짐 승 일 기

짐승일기

김지승

ㄴㄴ﹥﹤ㄷㄴ

제 힘으로 울기.

거기서부터 세계의 진입이다.

목
차

집안에서도

발끝을 들고

걷는다

그리스도의 손과 발을 관통해 죽음에 이르게 한 이 불길한 것들은 여자들이 맡게 하십시오, 하고 늙은 대장장이가 제사장을 향해 엎드렸다. 군중 틈에서 잠자코 있던 대장장이의 아내가 앞으로 나섰다.

"우리가 하지요. 우리의 손에서 이 못들은 죄를 씻을 것입니다. 이제 망치를 우리에게 주세요."

— 작자 미상, 「텔키네스 Telchines 의 성스러운 못」

쓸 수 없음으로 시작되는 쓰기였던 것 같다. 나는 자주 자기인식의 불가능성으로 강의의 첫 인사를 시작한다. 그 인사에는 방어와 공격이 페이스트리처럼 겹겹 포개져 있다. 쓰시마 유코는 "내가 나에 대해 단언할수록 나는 거짓말이 되었다"고 했고, 엘렌 식수는 "내가 말하기 시작하면 나는 내가 말하는 것이면서도 일부는 나에게서 빠져나간다"고 했다. 비슷한 문장 중 주디스 버틀러의 것을 제일 좋아하는데 "내가 생각하는 '나' 안에는 내가 아닌 무언가가 이미 들어와 있다"라는 그의 글을 반복해 읽으면 이미 '나' 안에 들어와 있는 무언가로 공포영화를 여러 편 찍을 수 있다. 어쨌든 나는 거짓말이고, 어쩌다 남은 것들이고, 이미 들어와 있는 것의 이웃이므로 나는 나에 대해 말할 수 없음으로 말하기 시작한다. 나는 정말 나에 대해서 할말이 없다. 쓸 건 더더욱 없다. 그런 주제에 어쩌자고 일기를 쓰겠다고 약속한 걸까.

호르몬제를 세번째 바꿨다. 산부인과 대기실 창밖으로 놀이터가 보였다. 어딘가를 향해 열심히 잼잼거리던 아이의 손과 미끄럼틀 아래로 사라지는 머리통이 너무 작아서 슬펐다. 산부인과 대기실에서 보이는 풍경은 자궁 밖의 꿈 같다. 항암 후유증으로 오는 갱년기

증상일 뿐 갱년기는 아니라는, 이 년 전 의사의 말도 아직까지 아리송하다. 얼마 전 이사한 동네에서 처음 찾은 산부인과 의사도 비슷한 말을 한다. 그 진단명의 증상은 있지만 그것으로 부를 순 없다. 증상이 곧 이름이 아니고 무엇인가. 내가 나라는 증상 외에 무엇으로 나를 설명해야 하나. 그나마 내가 나에 대해 말할 수 있는 건 그런 증상뿐인데.

화가 나요.

증상이 그렇죠.

그런데 갱년기가 아니란 거잖아요.

네, 호르몬 수치가 그렇게 보여요.

그럼 지금을 뭐라고 불러야 해요? 이름을 갖지 못하는 증상 같은 시간의 나는 또 뭐라고 해야……

의사는 이해 못한 얼굴이다.

자라가 바다에서 육지로 올라오니 힘들어 죽겠거든. 그만 입이 얼어서 토생원해야 되는데 호, 호, 호생원…… 해버린 거지. 그리하여 범이 내려오는디!

판소리를 배우고 있는 친구가 얼마 전에는 심봉사 눈뜨는 대목을 연습하며 심봉사 욕을 한 사발 하더니 오늘은 수궁가 중 '범 내려온다'를 웅얼웅얼하다 앞뒤 이야기를 해준다. 의사의 얼굴이 지워진다. 호랑이가 워리렁 운대. 워리렁 워리렁 그건 물려죽은 인간들의 울음소리 같다. 범 물어갈 년. 할머니가 나한테 그랬는데. 워리렁. 범이 진짜 물어가기도 했나보네. 마을에서 처녀도 바치고 했겠지. 워리렁 울면서 떨었겠고. 미끄럼틀 아래로 사라진 아이의 머리통이 세상에 나왔을 때 한 여자도 그렇게 울었을까 워리렁.

Friday 2

볕이 좋아 서재 창문을 닦았다. 안쪽만. 나는 3층에 있다.

"집을 그려보세요."

나는 늘 집에 창문을 잊지 않고 그리는 내담자였다. 첫 상담에서는 동그란 창을 아주 조그맣게 그렸다. 상담사가 "그래도 소통의 의지가 없지 않네요" 해서 창문의 상징성을 눈치챘다. 나라는 존재의 이 끝과 저 끝 사이 어디쯤에 소통의 의지가 있는지 모른다는 게 다음 문제였다. 가령 내 손가락은 너무도 의지가 넘치는 것 같았지만 타인을 만지기도 타인의 손에 잡히기도 싫어했다. 마음이라는 게 크고 작은 비유로 가득차 있는, 세상의 사물들이 처음과는 다른 모양과 위치로 뒤섞인 고물상과 같다는 걸 눈치챈 건 조금 더 후다. 고물상에는 내 손가락도 있었다.

창문은 그릴수록 커졌다. 나는 상담사도 걱정시키기 싫어하는 부류였다. 창문의 열림과 닫힘의 방향, 재질을 상세히 묘사했고 얼마 후엔 그 창문 위로 커튼을 그려넣었다. 십 년에 걸쳐 서서히 종이 위에서 이루어진 변화였다. 커튼 뒤로 서 있는 사람 그림자를 그린 게 마지막 버전이었을 것이다. 당시 내게는 나와는 무척 다른 성격의 수퍼바이저가 있었다. 그가 내 창문을 보고 뭐라고 했더라?

"소통의 의지가 있네요. 다만……"

'다만' 뒤에 훨씬 많은 말이 있었는데 지금은 기억나지 않는다. 그 뒤의 이야기 때문에 나를 이해시키고 세계를 이해하는 일이 한동안 중요해졌다는 건 기억난다. 그게 내 쓸모의 전부였다. 위로와 상처가 한 창문에서 들고났다. 기다림과 애도도 그랬다. 나는 정말 그것들을 이해할 수 있다고 믿었을까? 이 의심이 붙잡아오는 기억들이 있다. 픽셀이 다 깨져서 알아볼 수 없는 기억도 기억이라고 할 수 있다면, '다만' 뒤의 말처럼 그렇게라도 남은 기억 때문에 나는 내가 만난 모든 벽에 상상의 창을 그리는 버릇이 생긴 건지도 모른다.

창문을 닦고 낮잠을 잤다. 잠결에 확인한 일기예보에는 오늘 비가

온다고 했다. 비는 오지 않았다. 그런 날. 온다고 해놓고 여직 오지 않은 게 또 뭐가 있는지 오래 생각하다보면 창을 그리고 싶어진다. 오고감도 생사도 한 창문으로 들고나므로. 단, 커튼과 그림자를 잊지 마세요.

Friday 3

감정예보가 자꾸 틀린다. 오늘은 작고 부드러울 예정이었다. 만년필에 넣은 잉크 이름이 '물망초 파랑Bleu Myosotis'이라는 걸 알고부터 물망勿忘의 벽 앞에서 망각의 괴물처럼 으르렁. 잊지 않음의 색이 괴물을 서서히 물들이길 기다려 떠올리는 한 사람. 달빛 아래 템즈강변에서 나를 굽어보던 그의 이마가 푸르게 빛났다. 그렇다고 말하자 그가 쑥스러워하며 이마를 문질렀다.

흑인들이 주로 달 밝은 밤에 청혼한다는 말 못 들어봤어?

정말?

농담.

농담이 아니길 바랐다. 그가 언젠가의 달빛에 기대 자신처럼 푸르게 빛나는 이마의 사람에게 청혼하는 모습을 떠올렸다. 잠시 오렌

지빛 가로등이 꺼지길. 마주선 두 사람이 서로를 반사하며 물망의 색으로 물들인다. 아직 일어나지 않은 일이 그립다. 그런 순간의 목격자가 되고 싶다. 열망의 대상이 아닌 열망들의 목격자. 그는 내게 "정말 거절할 줄 모르네" 하고 웃었다. 그 시절 나는 내가 진실로 원하는 걸 도무지 몰랐고 결국 알게 될까봐 두려웠다.

어떤 시기의 망각은 모두 욕망과 관계가 있었다. 잊지 않음도 그랬다. 그 푸른빛. 자신에게는 글쓰기가 발을 바루는 행위와 같다고 말한 트레시 맥밀런 코텀의 이마도 푸르렀다. 선천적 기형을 가진 그에게 발을 바루는 노력은 자신이 누구인지를 기억하고 상호작용하는 의례이기도 했을까. 『시크THICK』에서 그는 억압적 언어를 뚫고 어둠으로부터 쏘아올린 여성의 검은 언어로 썼다. 그가 잊지 않고 있는 것에 관해. 태어난 곳도 자란 곳도 서 있는 곳도 어둠이어서 그는 어둠보다 깊어졌다. 그처럼 깊고 푸른빛이 울먹울먹했던 강변의 밤, 온전히 농담은 아니었던 농담이 파르르 떨 때 어둠은 왜 아픈가 묻고 울고 모두 잊은 인간은 무언가를 깨달았다고 착각하는 중이다. 이제 겨우 망각을 헤아리면서. 예보는 내일도 틀릴 것이다.

톤과 시선은 고정하고, 침묵을 견디며 웃지 말기. 다수의 사람들 앞에 서기 전 늘 다짐한다. 기도를 스스로 다그치듯 한 건지도 모른다. 무섭다고 말하기는 창피하고 어렵다고 말하면 어쩐지 엄살로 들을 것 같아서 굳이 표현하지 않지만 알 만한 사람은, 아마도 나 같은 사람은 눈치채지 않을까 했다. 장시간의 사회적 훈련으로도 가려지지 않는 기질이 있지 않은가. 그것을 '의지 밖의 일' 중 하나로 결론 내리기까지 자책을 꼬박꼬박 해와서 결론을 내려놓고도 자책은 멈추지 못하는 사람이 나 말고도 있지 않을까 하고. 저런 다짐을 한들 음정은 흔들리고 시선은 방황하며 삼 초의 침묵을 견디지 못하고 산란하게 웃고 마는 사람이 말이다. 그는 그런 사람이 아닌 모양이었다.

"왜 그렇게 열심히 웃어요?"

하마터면 욕을 할 뻔했다. "그러게 말이다, 이 자식아!"로 시작되는. 협력기관 업무미팅에서 처음 만나 우연히 옆자리에 앉은 이 자식아!

사람들 앞에서 말하는 일이 너무 무섭고 싫었다. 평생 하지 않고 살 수 있다면 어떤 대가도 치르겠다 했다. 경쟁 PT에 대한 부담 때문에 직장을 그만둔 적도 있다. 자아를 덜어내고 주어진 역할극에 몰입하는 훈련을 거듭하면서 일말의 편안함이 생겼다. 수영에서 호흡법을 배운 것처럼 여전히 어떤 공포를 가지고도 그럭저럭 주어진 생계를 이어갈 수 있게 되었다. 그럭저럭이 너무 노련해진 건지, 나처럼 타인을 무서워하는 이가 별로 없어서인지 훈련으로 다 덮지 못하는 기질을 눈치채는 사람은 드물었다. 왜 그렇게 열심히 웃느냐고 지적한 그가 아이러니하게도 나를 오랜만에 눈치챈 사람이었다. 웃음이 감정 표현이 아니라 어색함과 불편함의 방어적 반응일 때, 그런 웃음을 남성에게 지적받았을 때 얼굴을 가격당한 듯 일순 관자놀이 맥이 내달리는 건 내가 여성이기 때문일 것이다. 웃음과 여성은 이중구속 관계다.

"미안해요. 괜한 말을 했네요. 나쁜 의도는 아니었는데."

내 얼굴 온도를 느낀 그가 사과했다. 의도는 행위 조건이 아니라 결과적 해석이 아닌가요, 라고 말하지 못했다. 어째서인지 나는 내가 원래는 그런 사람이 아니라고 항변하고 싶은 유혹에 입을 달싹거렸다. 나도 안 웃고 싶은데 어쩔 수가 없다고, 그에게 뭔가 증명하려는 나 때문에 기분이 좋지 않았다. 왜 화를 내지 못하고. 복잡한 침묵 속에서 그가 휴대폰을 만지작거리는가 싶더니 갑자기 녹음된 그의 목소리가 시끄러운 배경음을 뚫고 튀어나왔다.

"어쩌다 사회를 봤거든요. 어떻게 말해야 할지 모르겠는데, 음…… 나도 비슷해요."

사내 워크숍에서 그는 반강제로 사회를 맡아 농담할 타이밍과 횟수까지 궁리해서 대본을 준비했다고 했다. 자기가 웃어야 할 시점도 표시해두었다는데 녹음 파일 속에서 그는 나처럼 말 중간중간 의미 없이 웃고 머쓱하고 어색하게 웃고 뱀 꼬리 잡듯 웃고 풍선 불듯 웃고 있었다. 냉정하게 말하면 그가 나보다 더 열심히, 불가항력적으로 웃었다. 뒤로 갈수록 자신이 그렇게 웃고 있다는 걸 자각한 후 짓게 되는 꼬리가 뚝 잘리는 웃음들이 늘었다.

"내가 이 정도는 아니죠?"

"뭐 엄청 낫거나 하진 않죠."

"아닌데? 나는 이런 타이밍에는 안 웃는데?"

"그렇다고 치든지요. 괜히 들려줬네."

그런 말들을 주고받으며 그도 나도 웃고 있었다. 웃겨서 새는 웃음이다. 그건 그냥 안다. 그 탓에 회의 내내 열심이었던 내 웃음과 대본에는 세 번 웃음 표시를 해놓고 열 배로 늘린 그의 무한증식 웃음이 지금 이 웃음과 얼마나 다른지, 왜 다른지가 지나치게 확연해졌다. 너무 적나라해서 잔인한 순간을 지나 내가 말했다.

"그런 웃음도 있는 거고 이 세상에는 악수 같은 웃음도 필요한 거니까요. 나를 해치지 마세요. 나는 그저 어색하고 불편할 뿐 당신에게 살의나 악의가 없어요, 하는. 아니, 내 말이 웃겨요? 왜 그렇게 열심히 웃어요?"

그의 말을 되돌려줄 수 있어 신났다. 어쩌다 너무 웃겨서 참을 수 없는 웃음으로 악수 같은 웃음들을 잠시 잊고. 원래 못난이 둘이 모이면 별것도 아닌 걸로 웃다가 못남을 잊고 그러는 거지. (웃음)

Friday 5

바꾼 호르몬 약의 적응 기간이 끝났다. 열감이 두 시간 정도 지속되는 걸 제외하면 증상은 거의 그대로이다. 누군가 내 입 속으로 손을 집어넣어 속을 휘휘 저은 다음, 두려움 하나 꺼내 내게 보여주며 "이 감정에 걸맞은 몸의 모양은?" 문제를 내는 것 같다. 그럼 나는 골똘할 새도 없이 본능적으로 이불을 뒤집어쓴다. 두려움 때문이 아니라 문제의 답을 제출하기 위해서. 쓸 수 없어. 이런 건 어떻게 써야 하는지 배운 적이 없다.

집안에서도 발끝을 들고 걷는다. 옛집은 지층이어서 내 걸음의 무게나 진동에 제약이 없었다. 대신 넓이와 높이가 몸을 옭아맸다. 제

자리뛰기를 하면서, 나는 높이 갈 수 없겠구나. 멀리뛰기를 하면서는, 멀리도 못 가겠구나. 방은 매일 조금씩 좁아졌지만 나는 자유의 품이 줄어도 자유는 자유라고 믿었다. 어떤 믿음은 강한 체념인 줄 모르고. 체념을 몸에 칭칭 감고 터무니없이 믿고 또 믿고.

이제 내게는 아랫집도 있고 윗집도 있다. 그게 좀 이상하다. 십 년 가까이 지층에 산 흔적이 그런 생경하고 낯선 느낌으로 드러난다. 위와 아래를 인식하면서 약간의 긴장이 더해진다. 일상의 긴장도는 그 이상이다. 새끼발가락은 한 번도 쫙 펴지지 않는다. 다시, 누군가 내 안으로 톱호미 같은 손을 집어넣어 휘휘 저은 다음 하나를 꺼낸다. 무력감. 이 감정에 알맞은 몸의 모양은? 발뒤꿈치를 들고 쪼그려 앉아 맹렬하게 미워할 대상을 찾아나선다. 이건 늘 '나'로 돌아오는 불멸의 게임. 위나 아래로 조용히 스며들지도 못하는 나를 겨누는.

Friday 6

집에서도 거리에서도 보호받지 못한다. 몸이 닿는 이웃도 없고 같이 쓰일 역사도 없다. 네트워크는 거의 작동하지 않는다. 내가 가진 건 낯선 사람들, 오지 않은 시간뿐이다. 아무 소리도 나지 않는 이어폰을 꽂고 쫓기는 걸음으로 산책을 하던 거리 한가운데에서 어디로 가야 할지 몰라 한참 서 있었던 시간이 십자가 모양으로 얽힌다. 교차로 부근에 마음이 있다. 동글동글 빨간 실뭉치 모양의 마음이 가끔 구를까 말까 하면서 기억이 확 기울기를 기다린다.

잠들지 않아야 할 이유가 없지만 본능적으로 잠을 쫓으려고 애쓰면서 우습다고 생각한다. 늦은 오후, 전시 프로젝트의 기획 줌 회의를 마무리한 시간에도 바깥은 환했다. 약속한 시간에 디자이너 둘, 큐레이터 둘이 짝을 지어 모니터에 모습을 드러냈다. 두 큐레이터와 내가 거의 동시에 웃음을 터트렸다. 둘 모두 강의에서 만난 적이 있었다. 그 인연을 드러내지 않고 예의를 갖춰 작업을 의뢰한 둘의 메일은 내게 번갈아 도착했는데, 발신자의 이름과 메일 내용만으로는 미안하게도 얼굴을 떠올리기 어려웠다. 화면 속 둘의 얼굴을 알아보자마자 다행히 강의시간에 나눈 그들의 글과 말, 몸짓의 파편들이 금세 연결되었다.

큐레이터 A는 몇 주 이어지던 강의 내내 화면에 손이 거의 잡히지 않는 사람이었다. 세 시간 남짓 손을 움직이는 일이 거의 없었고 자기 발언 차례를 원할 때만 팔을 L자로 접어올리며 손바닥을 보였다. 그 외에는 머리를 만진다거나 웃으며 박수를 치는 다른 사람들과 확연히 다르게 손은 물론, 팔도 미동이 없었다. 큐레이터 B는 어깨를 많이 쓰는 사람이었다. 얼굴과 상체가 어깨의 아래 위에서 따라 쏠렸다. 관심 있는 말에는 어깨를 으쓱거리고, 상체를 확 숙이는 것으로 강한 동의를 표현하기도 했다. 함께한 회의에서도 내 의견이 무척 마음에 든다는 걸 얼굴이 거의 화면 밖으로 쏟아질 것처럼 크게 표현하는 바람에 나는 표 나지 않게 의자에 등을 기대며 물러나야 했다. 회의가 끝날 때쯤에야 그들도 나도 말이 몰랑해졌다. 그래봤자 그들이나 나나 스몰토크에 능한 타입들은 아니어서 괜히 내 강의와 책에 대해 피차 쑥스러워지는 말들을 꼽다가, 손을 거의 쓰지 않는 큐레이터 A가 내 얼굴이 빨개지는 걸 보고 팔을 곧장 뻗어 큐레이터 B를 제지하면서 회의가 끝났다. 큐레이터 A, B는 그들의 줌 회의 대화명이었다.

그러고도 해가 지지 않았다. 밝을 때 잠이 들어 사위가 조용하고 깜깜한 시간에 눈을 뜨는 일이 두렵다. 그 상황은 내가 어찌해야 한다고 아직 배우지 못한 감정들을 배태한다. 내내 살기 귀찮고 싫었을 뿐이지 죽고 싶었던 적은 별로 없었는데 저 상황에서는 간절히, 매번 그랬다. 그렇게 돌연 몸이 감정부화기가 되는 순간. 다행히 부화기를 끄는 법을 일찍 찾았다. 나는 손에 집중했다. 방안이 어둠과 침묵으로 꽉 차고 혼자일 때 손의 행방은 중요했다. 몸이 부엌으로 가도 손이 칼로 가지 않으면, 다리가 창문 위로 올라가도 손이 난간을 꽉 움켜쥐고 있으면 괜찮았다. 그게 어려울 때는 손과 손이 서로를 꽉 붙들도록 했다. 깍지를 끼고 손톱이 손등에 자국을 남길 정도로 힘을 줬다. 그렇게 서로를 꼭 쥔 두 손의 모양이 언제나 교차로에서 움찔움찔하는 심장을 닮았다고 생각했다.

졸음을 참다가 잠이 들었다. 눈을 뜨니 밤 열한시가 넘어 있었다. 향초를 켜고, 노트북을 열었다. 깜빡, 커서를 보면서 손을 모았다. 어떤 기억이 기울었다. 손과 손이 서로를 더 꽉 붙들었다. 서로를 붙든 두 손, 그 꽉 쥠을 누구는 기도라고도 할 것이다.

Friday 7

매일 낱말들이 나에게서 탈출한다. 적게는 몇 개가, 많게는 수십 개의 낱말들이. 그중 한둘만이 내게 잡혀 다시 제자리로 돌아온다. 오늘 잡힌 건 단짝. 홑 '단單'에 한글 '짝'이 손잡은 단어. '서로 뜻이 맞거나 매우 친하여 늘 함께 어울리는 사이. 또는 그러한 친구'란 의미의 單짝은 태생부터 다른 두 단어의 조합으로 이질감, 불일치를 선천적 조건으로 갖고 있다. 單과 짝이 금방이라도 서로를 툭 치고 멀어질 것 같다. 발음할 때마다 자꾸 '혼자이면서 가끔 쌍을 이룬다'라는 의미로 수정된다. 그런 의미라면 K와 나는 뿔짝이었다. 편안한 결과 친밀함 안에서 마주보던 이들이 없진 않았지만 '늘 함께 어울리는 사이'는 없었고 지금도 없다. '늘 함께'라니. 간단히 사람을 질식사시킬 수 있는 무시무시한 말이지 않나. K와 나는 그런 관계에 대한 요구를 교묘하게 피해다닌다는 공통점이 있었다. 겨울을 싫어한다는 것도 같았다. 지독한 겨울에 우리는 종종 팔짱을 끼고 걸었다. 가끔 그렇게 쌍이었다. 내가 타인들에게 바라는 게 바로 그 정도라는 걸 알게 해준 것도 K다. 한동안은 좋았다. 좋음과 좋지 않음의 거리는 멀지 않았다. 딱 한 걸음이면 되었다. 그 걸음에 일 년이 걸리기도 하고 십 년이 걸리기도 하는 거였다. 내 걸음은 삼 년짜리였다. K는 술이 취할 때마다 말했다.

"네가 내 남자친구였음 좋겠어 진짜."

이성애에는 약이 없다. K는 나와 조금도 닮지 않은 남자와 결혼을 했고, 딸 쌍둥이를 낳았고, 둘 중 조금 더 작은 아이를 두고 "너 닮았지?"라는 메시지를 보냈다. 닮았을 리가…… 있냐?

다시 보니 뿔짝은 혼자가 문제인 사람과 쌍이 문제인 사람의 단합 같다. 두고 보니 삶의 문제가 대개 혼자이거나 쌍이어서 생긴다는 의미의 철학 개념어 같기도 하다. 내가 가진 많은 문제 중 몇 가지를 이제 겨우 안다. 그렇게 되기까지 평균수명의 반을 썼다. 그랬다고 나머지 반을 답 찾기에 쓸 것 같지는 않다. 아직도 파악조차 할 수 없는 문제들이 많고, 그중에는 내 것과 섞인 K의 것이나 엄마의 것이나 안면 있는 유령들의 것도 있다. 내 이름이 붙은 문제가 제일 많긴 한데 그게 내가 해결해야 할 문제란 뜻은 아니다. 그렇게 믿고 싶을 때 타인의 문제를 잔인하게 되새긴다. 내가 그렇듯이 남도 그럴 것이다. 쟤는 혼자 너무 오래 산 게 문제일까? 죽음에 너무 천착하는 게 문제 아냐? 파괴적인 관계가 남긴 분노를 못 이기는 거 아냐? 자기를 지키지 못한 긴 시간이 기어코 대가를 요구하고 있는 게 문제인 듯? 어떤 물음표는 더 꾹 눌러 찍으려다 미끄러진 마침표나 다름없고 타인의 문제에 대해서는 더 자주 물음표가 이미 마침표이다. 단단^{뿔뿔}해져라. 외로워지고.

Friday 8

나는 가끔 궁금하다. 타인의 삶이. 거의 동시에 전혀 궁금하지 않다. 타인의 삶 같은 건. SNS에 접속할 때마다 그런 생각을 한다. 인천행 1호선 지하철은 오랜만이다. 무릎에서 고름 냄새가 나는 것 같아서. 무릎 관절이 전부터 좋지 않았던 엄마가 그 정도 표현을 했을 때는 뭔가 많이 안 좋은 거였다. 엄마는 툭하면 참고 괜히 참고 참았으니 계속 참는다. 무릎에서 난다는 고름 냄새는 혹시 통증을 후각화한 게 아닐까, 염려하면서 함께 병원에 갔다. 화농성 관절염이라는 진단에 엄마도 나도 놀랐다. 의사가 고름을 빼내야 하는데요, 라고 했을 때는 엄마와 나 둘이 눈을 맞추고 피식 웃었다.

"엄마가 무릎에서 고름 냄새가 난다고 하셨거든요."

"냄새가 날 리는 없어요."

다른 감각으로 치환하지 않고서는 표현이 불가능한 감각도 있으니까요, 라고 말하진 않았다. 내가 들어도 그리 충분치 않은 설명이다. 다음 치료 때 다른 언어를 가지고 찾아뵙겠습니다, 하고 속으로 인사했다. 예상한 대로 엄마는 내게 병원에 함께 올 필요는 없다고 했지만 엄마가 보호자 없이 병원에 가는 건 싫다. 내가 싫어서 하는 일이다. 내 집에서 엄마 집까지 실려가며, 실려가는 일은 새삼 처지를 곱씹게 한다고 썼다. 연필을 쥐고 노트를 펼쳐서. 밤을 두려워하면서 열렬히 사랑하는 나의 처지, 밤마다 숲을 거닐고 싶다고 남산을 보며 생각하는 나의 처지, 약을 한 움큼 먹고 엄마의 무릎 고름을 짜러 가는 나의 처지, 매일 고양이의 꼬리에 매달리는 나의 처지, 눈을 뜨는 순간 머리 위로 하루가 주저앉아 짜부라지는 나의 처지를 이어서 쓰면서 누군가를 꼭꼭 씹어 사랑하고 싶어졌다. 같은 열차에 실려가는 이들의 처지는 나와 또 얼마나 다를지 궁금했다. 그러다가 금세 궁금하지 않았다. 엄마, 가는 중이에요. 조금만 기다려요. 문자를 보내놓고 눈을 감았다. 엄마 무릎의 고름 냄새가 나는 것 같다. 그건 내 처지의 냄새일까. "헌책방은 업종상 고물상으로 분류돼요." 누군가의 통화 소리가 부러진 칼날처럼 날아와 박힌다. 어쩌면 가방 속 중고책 냄새일지도 모른다. 어떤 날은, 주는, 달은 유독 노력해야만 한다. 잃은 사랑을 만회하려는 조급함에 휩쓸려 내 원래 리듬을 놓치지 않으려고. 만회할 수 없다. 잃은 사랑은. 그렇게 마음먹고 말자 했는데 엄마한테 문자가 왔다. 고마워 딸. 냄새가 차차 그쳤다.

Friday 9

만년 꼴찌 달리기 선수처럼 빨래를 한다. 꼴찌라서 벌받는 것처럼. 하얀 손수건에 수놓인 이니셜을 비비는 두 손을 남의 것처럼 물끄러미 보다가 반복되는 리듬에 기대 평화를 얻는다. 내가 빨래에 대해 뭘 알까. 오늘 일어난 빨래라는 사건에 대해서는 조금 알 것도 같은데 겨우 얻은 평화를 해치지 않으려면 그 생각은 이만 그치자.

간간이 솟는 일말의 불안만 어떻게 하면 이 평화로움을 반나절 정도는 유지할 수 있다. 희망이라든가 사랑 같은 건 오늘 나와 만날 수 없다. 어차피 나와 만나기 전까지는 없는 것들, 거기 어딘가 있을지는 모르지만 내게 없으니 아예 없는 것들이라는 믿음은 잔잔한 하루를 지키는 데 얼마나 유용한지. 텅텅 비워둔 채 평화롭다가 때가 된 것처럼 으차! 이제 그것들을 만나러 가야지, 큰 소리로 출발을 알리며 흔쾌히 길 위로 나설 마음이 생기기 전까지 조금은 더 그런 무책임한 믿음이자 궤변이자 얼굴만 가릴 수 있는 작은 구멍 같은 시간 곁에 있자. 끼니를 주문하고 배달을 기다리며 일회용 용기를 떠올리다 괜히 설거지를 하고 죄책감은 죄책감일 뿐 내가 그걸로 하는 일은 아무것도 없다, 하면서 사샤의 머리를 쓰다듬고 밥상 위에 물컵을 미리 올려놓는다. 불쑥 침입해 들어오는 질문, '지금보다 잘, 모멸감을 견딜 수 있게 되면 사정이 나아질 수 있을까?'를 물과 함께 삼킨다. 괜찮아진다기보다 익숙해질 거예요, 뼈통증이 언제쯤 괜찮아질 수 있을지 묻자 주치의가 말했다. 그 기억도 삼킨다. 익숙함은 만두 같다. 그래서 오늘은 만두다. 배달원은 또 군만두가 든 봉지를 문 앞에 집어던지다시피 하고 간다. 단무지를 씹으면서 외부에서 온 그 첫인사의 무신경함을 같이 씹는다. 만두 하나를 입에 넣고 불안이 서둘러 나를 길 위에 세우지 않기를 바란다. 아무것도 가진 게 없어서 안도할 수 있을 때가 아니면 나가지 말자, 하고 간장에 만두 끝을 톡 찍으면서 결심한다. 길로 나서는 이유가 불안함이어서는 안 된다. 오늘 하루 밖으로부터 온 인사가 내던져진 만두가 전부더라도.

Friday 10

금요일은 낮이 없다. 하루종일 밤을 기다리는 사람처럼 해가 진 후에야 창을 연다. 어둠에는 의심의 여지가 없다. 뭐랄까, 중력 같은 것. 나는 상승하지 못한다는 결연한 한계, 추락할 수는 있다는 서늘한 운명 자체인 어둠. 그런 어둠에 깊이 잠긴 밤을 질투하고 두려워한다. 정말이지 밤이면 도망칠 곳이 없다는 기분에 눌려 집안의 환한 형광등 아래에서도 불안에 떠는 주제에 어째서 밤을 기다리나 고대하나 알 수 없으나 허밍은 이어진다. 어두운 사위 속에서 작곡을 배우고 싶어진다. 음악은 밤의 그림자, 꿈의 대변인. 아주 잠깐 음악이 표상의 세계에서 의지의 세계로 향하는 도구라고 했던 쇼펜하우어를 떠올린다. 동시에 그가 평생 여성과 동등하게 관계해본 적 없음을 공공연하게 드러낸 여성혐오의 문장들을 떠올린다. 음악에 묻은 쇼펜하우어를 털어낸다. 음악에 비하면 문학은 자기가 똑똑한 줄 아는 세상의 신입. 음악 한참 후에 글이, 글 한참 후엔 다시 어둠이 오니까 회전이고 윤회다. 분명한 밤, 의심의 여지없이 까만 밤 꽃병의 물을 간다. 이 꽃의 이름이 뭐였더라. 캔자스 블루. 자잘한 보라색 꽃이 종이로 구깃구깃 접어놓은 것처럼 줄기에 꽂혀 있는데 잠시 손으로 꾹 눌러 생화임을 확인해볼까 망설이다가 마음이 순식간에 추락했다. 망설임이 추락을 부른 줄 알았다. '확인' 때문이었다. 생화의 반대는 조화이고 조화는 다른 재료를 가지고 인공적으로 만든 꽃을 의미하지만 살아 있는 것, 삶이야말로 가장 인공적인 게 아닌가 스산해서 내가 뭘 확인하고 싶었던 건지, 확인해서 뭘 우위에 두고 싶었던 건지 알 듯 모를 듯하여, 추락이다. 살아 있는 게 왜 모욕인 줄 모르냐고.

Friday 11

그는 기억력이 좋다는 말로는 부족한 사람이었다. 특히 내가 한 말은 이상하게 머리에 쏙쏙 들어온다면서 조사 하나 바꾸지 않고 문장을 통으로 외우곤 했다. 그건 약간 소름끼치는 애정이었다. 그랬던 그가 내 말의 주요 부분을 삭제한 채 회상하는 일이 점점 잦더니 아예 틀린 내용을 기억하면서 애정에서 소름이 빠졌다. 소름만 빠지면 좋았을 텐데 애정도 덩달아 빠져나갔다. 그는 부쩍 바빠졌고 정신없는 자기 일상 안으로 내 말들을 어떻게든 구겨넣으려고 했다. 말들이 꺾이고 찢어지고 날아갔다. 단둘이 있을 때는 나는 그렇게 말하지 않았어, 라고 정정하기도 했지만 기억의 오류는 여러 명과 함께일 때 더 심해져서 정정할 타이밍을 잡기 어려워졌다. 내가 한 말과는 다른 말들, 틀린 말들이 그의 입을 통해 세상으로 나오는 일이 반복됐다. 나는 미세한 상실감과 한편으로는 그와의 관계의 악력이 약해지며 스며든 외부 공기의 신선함을 동시에 느꼈다. 그래서 그 사람과 멀어진 거냐고 묻는다면 그게 좀 애매했다. 내가 한 말을 잘못 기억하는 것으로 끝나지 않고 하지도 않은 말을 그가 천연덕스럽게 꾸며내는 일이 잦아지자 떠오른 오랜 기억 때문이었다.

마을버스 안에서는 그를 보지 못했다. 나는 버스 머리 쪽에 서서 창밖을 바라보고 있었다. 정거장에 버스가 서고 한동안 문이 닫히지 않았으니 하차하는 사람들이 많았던 것 같다. 그가 막 버스에서 내려 걸어가는 게 보였다. 반갑고 다급한 마음으로 그에게 전화를 걸었다. 전화기를 손에 들고 있던 그가 바로 확인을 하는 게 보였다. 세 번, 네 번 신호가 울리는데도 그는 전화를 받지 않았다. 내 이름이 화면에 뜨는 그대로 그가 전화기를 가방에 넣을 때의 표정, 그 표정은 보지 않는 편이 좋았을 것이다. 그는 몇 시간이 지나고 나서야 문자를 보냈다.

　전화했었네? 뭐 좀 하느라 못 봤어.

　그럴 수 있는 일이었다. 나도 아무 이유 없이 전화를 받기 싫을 때가 있고 실제로 많은 경우 받지 않는다. 전화를 건 사람이 누구인가는 크게 상관이 없는데 사실 또 아주 없지는 않다는 게 문제라면 문제였다. 그의 문자를 받고 나는 마치 '그런 표정'으로 전화를 받지 않은 순간을 들킨 게 나인 것처럼 얼굴이 붉어졌다. 문자에 바로 답을 하지도 못했다. 며칠 동안 마음이 꾹꾹 눌렸다. 표면적으로는 달라진 게 없었다. 달라졌는데 달라지지 않았다는 게 간질간질 이상해서 차라리 어떤 사건이라도 벌어지길 바랐지만 아무 일도 없었다. 갈등의 조짐도 없이, 어떤 균열이나 파괴의 문장도 없이 시간이 흘렀다. 나는 가끔 그 표정 앞으로 돌아가 섰다.

　그게 좀 지겹다고 느낄 때쯤 갑자기 툭, 줄이 끊어지듯 관계가 끝났다. 그걸 그냥 알 수 있었다. 더는 그가 걱정되지 않았다. 내 애정의 방식이 정작 그 사람은 걱정하지 않는 그 사람 일을 내가 먼저, 자주 걱정하고 대비하는 것이었음을 뒤늦게 알았다. 근접한 타인들까지 자기 불행과 불안에 그을리게 만드는 사람들을 너무 많이 봐온 탓이다. 네가 괜찮아야 내가 괜찮았다. 그래서 말인데, 한 사람과 끝나고도 나는 잘살아야 한다. 내가 괜찮아야 마찬가지로 괜찮을 이들이 아직 남아 있다.

Friday 12

사는 게 어색하다. 친절과 질문, 침묵의 박자를 놓친다. 놓치면서 박자의 의미를 다시 새긴다. '일정한 수의 박이 모여서 음악적인 시간을 구성하는 기본 단위.' 놓치는 게 음악적인 시간이라면 언젠가 내가 되찾을 것도 그런 시간이 될까. 하지만 지금은 오는 게 있는데 가는 게 없거나, 잔뜩 가버리고 돌아오는 게 없다. 그럴 수 있다. 그런 일에 익숙해지고 기대나 응대 없이 무의미와 무기력을 향해 생의 방향을 조정하지 않는다면. 그렇게 하는 건 너무 쉽다. 쉬울 리 없는 일을 쉽게 하면 반칙이고, 돌아보면 예외 없다. 돌아보고 기다린다. 돌아봄이 돌봄이다.

돌아보다 선물을 사고 돌보다가 포장을 한다. 누군가에게 택배를 보내는 것으로 표현의 곤궁함을 해결해보려던 시기도 있었다. 보내는 마음 방향 그대로 가닿는 일은 그때도 드물었다. 수용의 곤궁함도 만만치 않다. 피곤한 일이다. 주고 또 받는 일은. 그만큼 살고 또 다치고도 주고받는 일에 열심인 사람들이 떠오른다. 가까이에 엄마가 있다. 마음을 쓰는 일은 필연적으로 몸을 쓰는 일이기도 하다는 걸 엄마를 보면 알게 된다. 가난하면 몸을 더 써야 한다는 것도, 그래서 엄마가 전보다 눈에 띄게 몸을 쓰는 게 싫었다. 지금처럼 가난하지 않았을 때에도 엄마는 먼저 움직이는 사람이었지만 그게 당연하지는 않았다. 어떤 일이 당연해지거나 어쩔 수 없어지거나 해서 포기가 느는 게 가난이기도 하니까 싫었다. 엄마가 자꾸 부지런해지는 게.

"도움과 폐만 상상하니까 그렇지. 둘 사이에 길을 많이 만들면 다른 것도 오고가."

내가 싫든 말든 엄마는 사람 사이에 길을 내기 바쁘다. 한 사람과 길 하나도 내 깜냥에는 버거운데 무슨 길을 또 내나 하면서도 어쩌면 음악적인 시간이란, 하고 엄마의 동선을 그려본다. 아침에는 거동이 불편한 아랫집 노인 문고리에 반찬을 걸어두고부터. 빈 반찬통을 찾으러 가기까지 박자가 착착 맞는다. 음악이 흐른다. 음악 밖에서 나는 비어지고 묽어져 자기 털로 만든 털공을 가지고 신나게 놀고 있던 하얀 고양이를 불러 세운다. 사샤야. 하얗게 진하고 작고 단단한 존재가 다행히 곁으로 온다. 이글eagle 속기용 연필로 '사샤'를 크게 쓴다. 독수리 연필로 고양이 이름을. 함께 산 이후로 새 연필을 깎아 처음 쓰는 건 '사샤', 받침 없는 그 이름을 사각사각 쓴다. 독수리 연필로 고양이 언어를 배우고 쓸 수 있으면 너무 좋겠지만 그건 코끼리라는 이름의 연필로도 안 되겠지. 독수리 연필과 고양이 이름 사이의 길을 내는 게 그나마 내가 인간이어서 할 수 있는 일일지도 하면서 쓰다가 사샤야, 부르고 대답을 기다린다. 사는 건 여전히 어색하다. 사샤의 심장박동을 느낀다. 다른 생명의 박자를 겨우 빌려 음악적인 시간이다. 돌봄은 돌아봄. 돌아보며 기다리다 길을 내는.

Friday 13

악당이 되고 싶다. 하나, 둘, 셋, 하면 칼을 뽑자 해놓고 하나, 둘에 총을 쏴버리는 악당이. 중요한 건 그다음인데, 그러고도 전혀 자책하지 않는 악당이. 명백한 얼굴들이 지나간다. 칼도 총도 없다. 어째서인지 오늘은 이유 없이 미움받는 기분이다. 악당의 조건으로 충분하다. 태어나면서부터 무언가 잘못되었다는 것을 잊기 위해 짓는 표정. 그 표정이 유인하는 감정들. 악당은 그 감정들을 먹고 자란다. 자라면서 쫓기고 쫓기면서 싸운다. 그를 찾는 현상금 포스터가 세상의 구멍들을 막고 있다. 구멍마다 오래 달인 한약재 냄새가 난다.

오늘 너는 포스터 속 악당을 닮았다.

"자기가 살아 있다는 걸 도무지 믿기 어렵다는 표정이더라고."

얼마 전에 본 영화 이야기를 하는 것 같았다. 한 여자가 뒤로만 뒤로만 걷다가 자기 얼굴과 충돌하게 된다고 했던가. 그렇게 악당이 된다.

"그래서 악당은 결국 죽어?"

"무슨 소리야, 악당이라니? 그 영화에 악당은 나오지 않아."

가장 따뜻하게 온 자가 사냥감이 된다. 그는 저주받은 몸으로 돌아온다. 너는 결국 그리 될 거라는 걸 알고 있어도 어쩔 수 없는 게 있다고 말한다. 어딘가에서 포르말린 냄새가 난다. 사냥감이 된 얼굴, 뒤섞인 냄새들이 그 어쩔 수 없음의 결과이다. 그런 걸 운명이라고 부르면서 몸은 느려지고 흐려진다. 몸 밖의 세계가 몇 배속으로 가속하는 데 반해 장기와 신경은 서서히 감속중이다. 착각의 속도가 진실의 속도를 추월하는 것처럼. 이 속도 차이가 주름을 만든다. 주름이 깊어진다. 아름다움은 대개 착각이다. 주름들이 몸을 접고 몸에 기입된 시간을 접어나간다. 꾸깃꾸깃.

모두가 특별하다는 말은 아무도 특별하지 않다는 의미이다. 너는 지겹다고 말한다. 너의 지겨움이 너의 특별함이다. 뒤로 걷는 여자의 필연적인 지겨움. 지겨워서 얼굴을 버리고 지겨워서 악당이 된 여자 이야기였나? 너는 다시금 영화에 악당은 등장하지 않는다고 말한다. 꾸깃꾸깃. 어떤 층위의 슬픔은 기억을 파괴한다는 걸 너도 알고 있다.

"오늘은 내내 이유 없이 미움받는 기분이야."

"걱정 마. 이유는 늘 있어."

큭큭. 지겹다. 시간이 한번 더 접힌다.

Friday 14

어떤 문장은 태어나기도 전에 죽는다. 포식자로부터 자신을 보호하기 위해 꼬리를 머리로 위장하는 애벌레 이야기를 읽었다. 애벌레는 존재의 이쪽 끝과 저쪽 끝에 머리 둘을 세우고 꼬리를 감춘 채 자신을 지킨다. 포식자가 기괴하고 낯선 애벌레를 지나친다.

"너는 너를 보호하려고 어떤 것까지 해봤어?"

"글쎄. 거짓말?"

"그건 다 하는 거잖아."

"망각."

"그것도."

"도망가면서 싸우기."

"도망가기 또는 싸우기가 아니라?"

"응. 싸우면서 도망가기도."

열네 살 아이가 아버지에게 칼을 겨눴다고 했다. 잠시 일한 적 있는 단체의 간사가 전화로 소식을 전했다. 그는 내가 그 아이를 만난 적이 있다고 했다. 애벌레와는 반대로 나는 머리 없이 꼬리만 두 개인 양 굴었다. 기억이 안 나요. 잠시 후 두 꼬리가 차례로 떨렸다. 어떤 상황인가요? 변호사 선임은? 그는 다 잘될 거라고 말했다. 우리가 보고 겪은 나쁜 일들은 그애에게 일어나지 않을 거라고. 통화는 짧았다. 그건 좋은 징조다. 늦은 저녁, 그는 다시 전화를 걸어와 자기가 내가 담당한 적 있는 다른 아이와 그 아이를 혼동했다는, 꼬리가 어색하게 긴 설명을 했다. 다른 아이 역시 이름과 얼굴이 연결되지 않았다. 아이가 썼던 글을 내가 좋아했다고, 여러 번 얘기했다고, 제목이 '덫'이던가, 했을 때 떠올랐다.

아버지가 죽었으면 좋겠어요.

같은 문장을 짧은 글에 열네 번이나 쓰고 내 얼굴을 살피던 그 아이도 도망가면서 싸우고 있을까. 그 아이는 잘 지내고요? 물어놓고 더럭 겁이 났다. 요즘도 뭘 쓰는 것 같더라고요. 꼬리로 위장했던 머리에서 사찰 종소리가 울린다. 싸우면서 도망가는 거 잊지 마. 그

때 아이에게 겨우 그랬다. 나는 잊고 있었는데 아이는 기억하고 있었던 것 같다. 태어나기도 전에 죽고 말 문장들을 혼자 쓰고 또 쓰는 이유에 대해.

Friday 15

죽은 이의 생일 알람이 울렸다. 그를 사랑하지는 않았다. 그의 두 송곳니만 예외였다. 그 곁에서 해가 지는 걸 여러 번 봤다. 해가 사라지는 순간 세상이 하나의 낯선 사물 같아진다. 그는 송곳니를 드러낸 채 옆에 서 있었다. 아름다운 건 내가 없는 곳에 있었다. 내가 없는 곳으로 가고 싶었다. 갈 수 없어서 매일 울기 직전의 마음으로 찰랑찰랑 물소리를 들으며 오래된 성벽을 지났다. 재건할 수 없는 경계와 관계들이 성벽 아래 묻혀 있었다. 우으히히. 성벽 가까이에서 그런 소리가 났다. 울음인지 웃음인지 모를 무덤가 꽃들의 표정 같은 소리.

여기는 죽고 싶음과 살고 싶지 않음을 구분해야 하는 세계. 미라 A는 자신이 죽은 게 아니라 비활성의 삶으로 전환된 것뿐이라고 말했다. 부러워서 나도 손과 발에 붕대를 감아보았다. 미라 C가 언짢다는 듯 말했다.

화상이라도 입은 것 같아.

미라는 밀랍의 옛말이기도 하다면서요?

넌 아직 살아 있는 인간이구나. 산 인간들은 밤낮 헛소리 아니면 딴소리지.

미라 C의 눈썹 쪽 붕대가 삐뚜름해졌다. 하루에 한 번 성벽 밑에서 나와 햇볕을 쬐고 붕대를 소독하는 시간이었다. 나는 그들이 거대한 면봉처럼 누워 있는 걸 구경하기 좋아했다. 그들을 보면서 비활성의 삶에도 자격이 필요한 것일까 궁금해지곤 했다. 나는 왜 저들처럼 될 수 없는가 하고. 미라 B가 애석하다는 듯 말했다.

먼저 그를 떠나고 땅을 떠나고 미래를 떠나.

그를 떠날 수 있을지 모른다. 어차피 편히 디딜 곳 없는 이 땅도. 하지만 미래가 남는다. 나는 어떻게 될까. 어떻게 살아야 할까. 살 수 있을까. 미래로 향하는 의문문을 멈출 수 없다. 비활성의 삶을 욕망하는 건 '어떻게 살아야 할까'라는 막막함 옆으로 긴 선을 긋는 일이자, '살 수 있을까' 하는 절망에 꼬리를 다는 일이다. 미래를 떠나야만 얻을 수 있는 비활성이라면 포기해야 한다. 내가 없는 어딘가로 가는 걸 포기한 것처럼.

더는 아름다운 게 없었다. 내가 여기 있기 때문이었다. 울기 직전의 마음으로 성벽 가까이 다가가니 미라 A가 자기 팔목에서 삐죽 나온 붕대를 손수건처럼 내밀었다.

그만 가. 여긴 죽은 자들의 기억이 모인 곳이야.

오늘은 죽은 자의 생일이다. 꽃을 들고 성벽으로 간다.

Friday 16

코끼리를 삼킨 보아뱀을 머리에 쓰고 걷는다. 멋진 페도라군요. 맞은편에서 걸어오던 여자가 자기 머리를 손가락으로 가리키며 웃었다. 오늘은 많은 말을 들어야 할 거야. 자기를 설명할 수 없는 존재일수록 들어야 할 설명이 많다. 최소한의 존재를 흉내내기 위한 정보처리만으로도 매번 벅차다.

"부작용side effect은 치료 효과 이외의 부수적 효과라는 의미입니다. 좀 부정적으로 들리죠. 그냥 부가효과라고 이해하시면 됩니다."

그건 또 너무 긍정적으로 들린다. 내가 세상의 부작용으로 태어났다고 하면 음, 뭐, 싶은데 내가 뭐라고 세상의 부가효과씩이나 되겠어요? 글쓰기의 부작용이 책, 여자의 부작용이 뱀, 코끼리의 부작용이 페도라…… 부정의 결과로 형성된 긍정적인 관계를 연쇄적으로 떠올리다가 의사의 말에 정신이 든다.

"보통은 금방 지혈이 되긴 하지만 한참 후에도 피가 멈추지 않고 올라올 수 있어요."

내 눈이 커진 모양이다. 입도 벌어졌겠지.

"아니, 그럴 일은 거의 없어요. 혹시 몰라서 말씀드리는 거예요."

나는 "거의 없어요"와 "혹시" 사이에서 갈팡질팡하는 시선으로 의사를 바라봤다. 그는 내 눈을 피하면서 내가 서명해야 할 서류를 내밀었다. 거의 없지만 혹시 몰라서, '모든 책임은 당신에게 있어요'로 요약되는 문장의 놀라움. 나는 코끼리를 삼킨 보아뱀을 쓰다듬었다. 내가 서명한 서류를 재빨리 받아들고 그는 나를 작은 모니터가 여러 대 달린 방으로 안내했다. 코끼리를 삼킨 보아뱀은 휴대폰과 함께 방 입구의 작은 바구니에 넣었다. 목구멍 마취제를 삼 분쯤 머금고 있다가 삼켰다. 목구멍 주변으로 마비되는 느낌이 서서히 퍼졌다. 마비에도 느낌이 붙다니. 죽은 나무처럼 뻣뻣해지는 그 불감의 감각은 한동안 지속되었다. 저절로 엉덩이가 조였다. 며칠 전 뱀 삼킨 여자를 봤다. 러시아의 한 여자가 잠든 사이에 뱀이 그의 몸속으로 들어갔다. 기괴한 일이긴 해도 사람의 몸에 난 구멍이란 열어둔 문 같은 거니까요. 그렇지만 이 뱀은 괜찮아요, 하고 하얀 가운의 남자가 목안으로 뱀머리를 푹 집어넣었다. 나는 뱀이 더 깊이 들어갈 수 있도록 근육을 움직여 삼켰다. 그 움직임을 타고 뱀은 더 깊이 들어갔다. 뱀의 몸이 점점 부푸는 것도 같았다.

방향을 바꿉니다. 남자가 뱀의 말을 전하고, 나는 그럴 필요가 없는데도 뱀을 삼킨 상태에서 대답하려고 애썼다. 대답, 대꾸, 반응, 반동, 반성은 나의 부작용이었다. 트림이 두어 번 났고 뱀은 몸을 틀어 반대편 벽을 응시했다. 뱀의 눈이 닫혔다 열리는 소리가 들렸다. 찰칵. 감각이 적응하는 시점을 지나 큰 이물감 없이 몇 초가 지난다 싶으면 뱀이 다시 꿈틀, 몸을 틀었다. 그러면 위가 빵빵해졌고 뱀이 지날 길이 넓어졌다. 뱀 삼킨 여자는 기다리고 있었다. 몸에서 그것이 빠져가는 순간을. 그것이 사라진, 수축되기 전 잠시 텅 비어버릴 공간의 느낌이 어떨지 궁금했다.

들어갈 때보다 나올 때 길이 조금 더 넓어졌는지, 의사가 잡아당기는 힘이 센 건지 뱀은 들어갈 때보다 빠르게 뒷걸음질쳤다. 메두사의 머리를 삼키는 상상. 몇 개월 후 우리는 입으로 아이를 낳을 거야. 딸이겠지. 트림이 끄윽, 나왔다. 마취된 적 없이 마취에서 깬 기분이었다. 누군가 티슈 몇 장을 내 왼쪽 뺨에 대주면서 나를 일으켰다. 두리번거려봤지만 뱀은 재빨리 사라지고 없었다. 믿어도 되는 걸까. 들어오는 뱀의 머리도 나가는 꼬리도 보지 못했다. 모두 나를 속이는 건 아닐까. 내 몸에서 일어나는 많은 사건과 과정이 그런 식으로 무지에 갇혀 있었다. 나는 아는 게 거의 없었다. 몸 어딘가를 찍은 사진을 판독할 수도, 피와 수분 상태를 분석할 수도 없었다. 내 몸이라면서. 뱀을 삼킨 순간, 무지 속에서 뒹구는 이 해로운 몸이 좀 더 거대한 무언가에 삼켜진 건 아닐까 의심했다. 코끼리를 삼킨 보아뱀을 머리에 다시 쓰면서는 확신했다. 여긴 누구의 뱃속일까.

Friday 17

멀리 가자. 나는 나에게서 너는 너에게서 멀리.

그럼 너는 나에게 가고, 나는 너에게 가면 되겠구나.

그 말이 남았다. 계절이 여러 번 오고가는 동안 우리는 한 번도 서로에게 가지 못한 채 그런 말들과 약속들만 나이를 먹었다. 늙은 약속들은 직선 끝에서 허리를 구부려 곡선을 만든다. 그 곡선을 타고 약속이 돌아온다. 안녕. 자책도 함께다.

이제 너는 멀리 가자는 말을 하지 않는다. 나는 멀리 가고 싶다고 혼잣말을 할 뿐이다. 변함없이 우리는 멀리 있다. 내가 이렇게 숨이 차도 그렇다. 너, 라고 호명해도 멀고 나, 라고 숨죽여도 멀다. 그런 실패들은 일어나기 마련이지. 늙어버린 약속이 말한다. 종일 유실물처럼 앉아서 아무도 나를 찾지 않는 상상을 해요. 나는 멀리 가고 싶다고 하는 대신 그렇게 대꾸한다. 자신도 모르는 말을 무책임하게 허공으로 던져서는 안 돼. 약속이 나무란다. 유실물이 무슨 생각을 하는지 넌 짐작조차 못할 텐데. 내가 대꾸가 없자 늙은 약속이 말투를 누그러뜨린다. 다독인다.

"그래도 애써봐. 괜찮은 인간은 애써보는 인간이야."

애쓰고 있다. 나도 모르는 걸 내가 쓰면서 나를 따라가는 일, 나를 훼손하지 않으려는 걸음걸음에. 멀리 가고 싶다. 약속이 갓 태어난 마음처럼 발그레한 세계로. 그러니까, 너에게로.

Friday 18

슬픔에도 녹지 않는 것들이 생의 무게를 바꾼다. 기억의 손톱 같은 것들. 약이 들어가고 삼십 분이 지난 후부터 보이는 것들. 아픈 몸과 아픈 몸 사이에 사는 새. 나만 아는 사람. 한입 먹고 버린 음식들. 때때로 하얀 통증이 지나면 밥 짓는 냄새가 났다. 아픈 몸은 말한다.

그 밥을 새기세요.

따뜻한 물수건으로 누군가 닦아주던 두 다리가 사라진다. 견딘다는 건 소리 없이 눈을 흡뜨는 거래요. 아플 몸이 아픈 몸에게 알려주는 밤. 절대로 어머니의 집으로 돌아가진 않을 거라고, 눈을 흡뜨고 밥을 새긴다.

Friday 19

죽었다 살아난 거나 마찬가지이니 창세기를 쓰라고 H가 말했다. 잠시 후 H는 그럴 게 아니라 코어 운동부터 하는 게 좋겠다고 말을 바꿨다. 뭘 알고 창세기와 코어를 연결하는 건지. 한때 이 세계에 거주했던 몸이 다른 세계로 이주해 잘살고 있다는 소문을 들었다. 그렇다면 이 세계의 몸은 이제 허구가 되거나 궤적으로만 남을 뿐인가. 코어가 중요해. 사과를 깎아 접시에 가지런히 놓으며 H가 말한다. 거기, 사과 한가운데도 코어야. 열매 속에 씨를 싸고 있는 딱딱한 부분. 창세기가 저장되어 있는 과심. 정말이야? 응.

완벽하게 신체적인 피로는 출생 과정 이후 처음이었다. 엄마 몸에서 나오는 길, 그 지난한 산도産道에서 경험한 피로를 다시 느끼게 될 줄 몰랐다. 몸에 복종함으로써 몸을 조종할 수 있다고 맨 처음 배우는 시간. 두번째 배움은 더 혹독했다. 코어는 축출되고 기능할 수 없다. 멸망기를 쓰겠다. 나는 텅 빈 집. 봐봐, 속에 빈 공간이 있는 주물을 만들기 위해 주형 안에 설치하는 또다른 틀도 코어라고 한대. 코어의 검색 결과를 읽어주면서 H는 자신이 내게 꽤 괜찮은 위로를 전하고 있다는 걸 전혀 모른 채 투덜거렸다. 대체 코어가 왜 이렇게 많아?

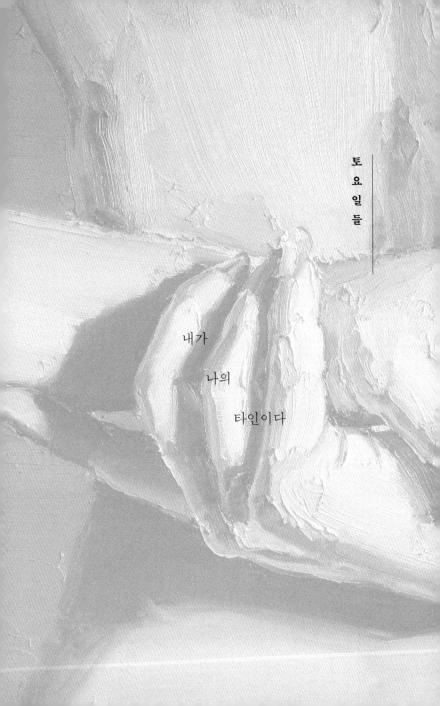

토
요
일
들

내가

　　나의

　　　　타인이다

고결한 숲의 주인이기도 했던 데메테르는 경고를 무시하고 숲의 나무들을 벤 사내에게 영원히 배부르지 않는 벌을 내렸다. 그는 제 살을 파먹다가 죽었다. 사내의 유일한 자손은 데메테르의 경고를 미래에 안치시켰다. 우리가 먹여 키울 재앙의 미래에.

봄꽃과 여름꽃, 가을꽃이 동시에 개화하는 날 너희는 그것을 감당하게 될 것이다.

—아스칼라포스,『데메테르의 경고』

엄마가 다녀갔다. 나도 밥 짓기 경력은 만만치 않은데 엄마가 해놓은 밥은 다르다. 더 맛있기도 하거니와 완전히 다른 트랙의 최고 기록 보유자들의 경주처럼 기본과 근본에 대한 존중이 밥 짓기 전 과정에 스며 있다. 오 년 전쯤부터 일주일에 두어 번 솥밥을 해서 냉동실에 소분해 넣어둔다. 잡곡을 반쯤 섞기 시작한 것도 그때쯤일 거다. 솥밥 짓기는 식은 죽 먹는 걸 안 좋아해서 그렇지 내게도 그만큼 쉬운 일이다. 그런데도 엄마는 내 집에 올 때마다 맨 먼저 잡곡과 쌀을 섞어 불려놓는다. 엄마 말 안 듣는 딸과 딸 말 안 듣는 엄마의 비율이 궁금해지는 순간이다. "엄마, 아 쫌!"은 전 세계 딸들의 공통어가 아닐까. 오늘만 해도 벌써 세 번 썼다. 엄마, 밥 많아. 하지 말아요. 하지 마시라니깐. 쌀은 왜 꺼내요. 엄마, 아 쫌! 못 이긴다. 기어코 밥을 해서 냉동실에 쌓으면서 엄마가 그런다. 다음에 와서 검사할 거야, 다 먹었나. 웃음이 터진다. 나를 낳은 사람은 자기가 원하는 만큼만 내가 자라길 바라는 것 같다. 나는 죽을 때까지 엄마한텐 애지? 나 죽을 때까지 아님 너 죽을 때까지? 핵심은 애냐 아니냐거든요. 나 죽고 너 죽고 나서도 애지. 죽음도 이기는 연이고 밥이니 세긴 세다. "아 쫌!" 해봤자.

엄마는 가끔 내가 기억하지 못하는 어릴 적 이야기를 꺼낸다. 여러 번 듣고 들어 이제 거의 다 외우는 이야기들. 부모가 기억과 사실의 우위에 설 수 있는 유일한 시절에 관해. 엄마의 기억으로 내 유아기가 구성된다. 내 역사는 내 안에 있지 않다. 어떤 일화는 열 번도 더 반복하면서 엄마는 나를 잃어버렸던 이야기만큼은 아예 하지 않는다. 그 얘기는 오래전 외삼촌에게 들었다. 너희 아빠가 세상 떠나갈 것처럼 울면서 널 찾아다녔어. 엄마는요? 외삼촌은 대답하지 않았다. 어떤 무게도 없이 가라앉는 감정이 있다는 걸 그때 알았다. 좀 걸을래? 엄마가 일어선다.

걸어서 십 분 거리에 종종 들르는 선물가게가 있다. 그 사이에 단골 김밥집과 카페가 있어서 선물가게까지 엄마와 팔짱 끼고 걷는 산책코스로 괜찮다. 엄마 말로 그 선물가게는 "이것저것 곤지랍은 게 많은" 곳이다. '곤지랍다'는 경상도 방언으로, 들을 때마다 의미가 달라지는 신기한 말이다. 선물가게에 대해서는 작고 아기자기하다는 의미 정도일 것 같다. 엄마의 "꼭 지 같은 데 좋아한다"라는 표현이 더해지면, 내가 작은 건 맞는데 아기자기하진 않아서 의미가 살짝 달라진다. 섬세하게 만들어진 작은 물건들을 좋아하는 내 취향에 관한 표현일 것이다. 경상도와 전라도, 서울과 런던, 일본을 오고가며 둘 이상의 언어에 소외당해본 경험 덕에 번역과 통역은 내게 언어적 문제라기보다 밥 짓는 일에 가깝다. 엄마의 솥밥처럼 적어도 언어에 관해서는 나도 기본과 근본에 대한 존중이 있다. 기본이나 근본이란 게 있다면 말이지만.

"저거는 간이 따가워서 못 사겠다."

상점 안에서 내 손바닥 반만한 설거지용 비누를 들었다가 다시 제자리에 두면서 엄마가 한 말이었다. 간이 쪼라든다거나, 벌렁거리는 건 알겠는데 따갑다니. 그런데 그게 또 무슨 느낌인지 찰떡같이 알겠다 싶어 웃음이 났다. 누구는 간이 쪼그라드는 느낌일 거고, 벌렁거리기도 할 거고, 엄마처럼 따갑거나 가끔 간지럽기도 하겠지. 아, '곤지랍다'는 심장이 간지럽다는 의미로도 쓸 수 있겠다.

"아우, 저거 저거, 코딱지만한데 별게 다 그려져 있고 자물쇠도 있고 아이고 곤지라버러."

그러면서 엄마는 내가 구경하던 노트를 가져가 계산했다. 옆에 서서 나는 엄마의 말들을 폰 메모장에 기록했다. 모국어는 왜 '모'국어일까요, 라는 제목 아래에. 선물가게 주인이 "좋으시겠어요, 어머니가 이런 데 같이 오시고, 선물도 해주시고" 했지만 내가 정말 좋아하는 건 엄마의 솥밥 같은 말들이다. 의미를 알아도 나는 엄마가 그러는 것처럼 적시적소에 저런 표현들을 쓰지 못한다. 번역이나 통역을 겨우 할 뿐 의미를 확장시키지도 못한다. 그러면서 백지 앞에 앉기만 하면 어깨에 힘은 왜 그리 주는 걸까.

Saturday 2

우리는 아니, 나는 대부분의 시간을 엉망으로 쪼개진 파편으로 살아가는데 우리는 아니, 나는 정주하지 못하고 일관되지 않으며 규칙에 반하는데 우리는 아니, 나는 할 때마다 달라지는 이야기인데 우리는 아니, 나는 잘 잊히기 위한 고군분투의 기록일 뿐인데 우리는 아니, 나는 매일 마지막 낮잠에서 깨고 마는데 우리는 아니, 나는 등 뒤로 줄 서 있는 슬픔들이 있는데 우리는 아니, 나는 이름 없이 단 하나 남은 부족민인데 우리는 아니, 나는 용서하지 않을 거고 용서받지 않을 텐데 우리는 아니, 나는 즉흥적이고 정직하게 울고 싶은데 우리는 아니,

Saturday 3

창밖으로 목을 길게 빼고 한 사람을 기다리기 좋은 날이었다. 사

랑하는 사람이 다녀갔다. 그리고 새벽과 나만 남았다. 새벽 적막은 송곳처럼 돌연 뾰족해지는 성질이 있다. 노트북 앱으로 아무 채널이나 틀어두고 근래 열심히 느려지고 있는 데스크톱으로 작업을 했다. 모리스 블랑쇼의 문장 하나를 막 화면에 옮겨 타이핑하던 참이었다. 노트북에서 익숙한 기타 반주와 노래가 흘러나왔다. 김광석의 〈거리에서〉를 프랑스의 한 여성가수가 부르고 있었다. 꿈결 같은 발음에 입에 붙는 가사가, 말이 천천히 방안을 돌았다. 블랑쇼의 문장이 같이 돌았다.

타인만이 말을 가능하게 한다.

음악이 멀어졌다. 문장이 찢어졌다. 불쑥 떠오르는 몇몇 기억의 구획도 흐려져 겹치고 섞였다. 작정하고 좀 빼내야 할 울음이 있다. 아무도 묻지 않지만 이 울음에 나는 이런 태도일 것이다, 라고 정한다. 타인이 내게 궁금해하지 않은 것들을 나는 내게 궁금해하고 대답하며 산다. 그 문답이 쌓여서 나의 감각과 태도가 될 것이다. 내가 나의 타인이다. 그렇다, 라고 다짐하면 어쩐지 당장 무엇과도 사랑에 빠질 수 있을 것 같은데 늘 다행스레 혼자다. 혼자일 때만 나는 수월하게 사람인 것 같다.

눈을 감으면 즉각 몸이 신호등 점멸신호 앞에 선다. 뛸까, 다음 신호를 기다릴까, 다음 신호가 있는 건 확실한가. 그때도 점멸신호나 되어서야 알아채면 어쩌지…… 마음이 깜빡, 깜빡, 깜빡이는데 어느 날 내게 온 하양 고양이가 다리에 툭 제 이마를 댄다. 눈을 뜬다. 네가 어쩌다 내게 왔을까. 서서히 잦아드는 깜빡. 신호를 등지고 고양이 약통이 든 서랍을 연다. 고맙게도 내게 온 하양 고양이, 사샤의 귀 염증약을 약솜에 묻혀 조심스레 귀 안을 훔친다. 사샤는 귀를 바짝 접고 머리를 숙이는 걸로 싫음을 표시한다. 사샤가 처음 싫음을 표현한 건 내가 자기 오른 앞발 위에 내 새끼손가락을 올렸을 때다. 사샤의 발은 노루궁뎅이버섯 같다. 보들보들 몽실몽실해서 자꾸 쓰다듬게 되는데 그동안 참아주던 사샤가 싫어, 하는 것처럼 발을 쏙 뺐다. 그랬다고, 그러더라고 친구들에게 호들갑을 떨다가 툭 눈물이 났다. 미안하지만 건들지 말아줄래? 같은 느낌이 아니고, 너랑 나랑 그 정도는 친하지 않아, 정도랄까. 그래그래, 선 긋는 것처럼. 하지만 친해지면 한번 생각해볼게, 하고 여지를 남겨두는. 찡하더라고. 넌 내가 거절하고 거부한다고 내게 해롭게 굴 존재는 아니구나, 믿음을 준 것 같아서?

그 믿음이 문제다. 그게 나를 울고 싶게 한다. 노루궁뎅이버섯 같은 마음이 된다. 사납게 가시 돋친 마음이, 한쪽은 절벽이 된 마음이 자꾸 보송보송해진다. 믿음은 보송보송한 것. 매일 혼자 밥을 먹는 사람은 숟가락을 들기 전에 눈알을 빼서 옆에 두고 야근하듯 젓가락질을 한다. 믿음이 생긴 존재가 발밑에 있고부터는 눈알을 그대로 두고 발가락을 꼼지락거리며 밥을 먹는다. 사샤의 체온이 발가락에 닿길 바라는 그 기다림이 간질간질하고, 내 시선을 피하지 않으면서 거리를 좁히지도 않는 그 조심스러움이 말랑말랑하다. 믿음은 전적이거나 통합적인 것이라 여겼던 내게 사샤는 믿음의 부분적이고 불완전한 면면을 일깨운다. 그래서 우리 사이의 믿음은 딱딱하지 않고 보송보송하다.

너는 나를 할퀴지 않는구나(그럴 수도 있을 것이다), 너는 내가 싫은 건 하지 않는구나(목욕이 남아 있다)…… 서로, 덜 자란 믿음을, 이렇게나 가까이 부비면서 눈물을 쏙 빼려고 네가 내게로 왔나. 어느 날 내게 온 하양 고양이. 싫어. 그래. 좋아. 그래. 안 할래. 하지 마. 나갔다 올게. 다시 올 거지? 응. 응. 하지만 이 모든 게 아니더라도, 틀려도 상관없는 믿음.

G가 작업한 '시각장애인을 위한 미술작품 해설' 원고를 들었다. 그림 세 점을 묘사한 원고를 성우처럼 읽어주는 그의 목소리가 평소보다 짱짱했다. 나는 G가 시키는 대로 눈을 감고 머릿속에 도화지 한 장을 깔았다. 상상 가능한 시각의 범주란 게 고작 8절 도화지 정도라니. 더 넓어진다 한들 채울 재주도 없다 하면서, G는 읽고 나는 들었다. 몸 어딘가에는 청각 정보를 약 사 초간 저장하는 청각 정보 저장소가 있다던데 평소 청각 정보를 인지 정보로 바꾸는 속도가 유독 느린 걸 보면 그 감각 저장소에 문제가 있는 게 아닐까 의심하면서 나는 그에게 조금만 천천히 읽어달라고 여러 번 요구했다.

(왼쪽 아래에 화병이 놓여 있고) 화병을 하나 그린다. 그런데 어떤 모양의 화병인지는 정보가 없다. 고민하다가 가장 일반적일 것 같은 모양으로 그린다. (화병 옆에 사과 한 알이 비스듬히 놓여 있다.) 사과는 잘 익었을까. 질문하고 싶은 순간을 놓친다. 정보는 계속 들어온다. (여성은 두 손으로 얼굴을 감싸고 있다.) 여성의 손가락은 가늘까, 통통할까. 우는 걸까? 누가 마음을 무너뜨렸나? 해설은 이어지고 나는 또 듣고 물음과 망설임과 골똘함을 물감 삼아 붓질을 했다. 나름 덧칠을 분주히 했음에도 내가 그린 그림에는 여백이 너무 많고,

사물들과 사람의 색도 모양도 불분명하게 존재하다 만 상태였다.

G의 해설 원고작업은 반대 수순으로 이루어졌을 것이다. 그림 앞에서 눈을 감았다가 뜨고, 떴다가 감으면서 시각 정보를 지웠다 재구성하기를 여러 번 반복했겠다. 가장 일반적인 경험에 닿아 있는, 널리 이해 가능한 어휘와 표현을 선택하고 쓰면서 G는 불특정의 타인과 그림 한 점의 세계 사이를 정성들여 연결했다. 그건 G가 태어나면서부터 해온 일이었다. 문득 사랑해, 라고 말하고 싶어지는 걸 어렵네, 라고 하고 말았다.

"내 그림은 빈곳투성이야."

"시각장애인들은 음성 정보를 신속하게 인식 정보로 바꾸는 기능이 발달해 있으니까."

나는 뒤늦게 중요한 걸 알게 된 것처럼 아! 했다. 보통 음성파일을 두 배속 이상 빠르게 듣는다는 그들의 도화지가 순식간에 채워지는 상상은 그나마 내게도 수월했다. 어떤 긴밀함이 조직하는 흐름과 아름다움이 거기 있었다.

치료 후유증으로 시각에 문제가 생긴 거라고 했다. 이십 분 이상 눈을 쓰고 나면 도무지 초점이 맞지 않는 렌즈가 되었다. 의사는 한시적일 거라고 했다. 수정체가 대상을 똑똑하게 볼 수 있도록 초점을 조절하는 데에도 체력이 필요하니까요. 그렇군요. 너는 그마저도 없다, 라고 의사가 말하지는 않았지만 초점 잃은 시선으로 내 어깨 너머를 바라보며 그는 다음 말을 삼키고 있었다. 시각에는 문제가 있어도 내 촉각은 아직 괜찮았다.

"한번 더 읽어줄 수 있어?"

"왼쪽 아래에 화병이 놓여 있고……"

Saturday 6

놓친 물고기 같은 언어들이 있다. 적확하게 써본 적 없거나, 몸으로 경험한 적 없거나, 한동안 어둠 속에 있던 것들이 그렇다. '긍정적'이란 말은 셋 모두에 해당된다. 사전적 의미로는 그러하거나 옳다고 생각하는 것 또는 바람직한 것. 나도 모르게 턱을 치켜든다. 옳고 바람직한 것이란 무엇인가. 철학에서는 사물의 존재 방식을 있는 그대로 승인함을 의미하는 것이고, 반대로 그 존재 방식을 의심하고 비판을 가하면 부정否定을 실행하는 게 된다. 그러니까 아픈 사람에게 긍정적으로 생각하란 말은, 당신이 앓고 있는 그 병을 있는 그대로 인정하고 그것과 자신의 관계 방식이 어떤지 객관적으로 파악한 후 유지하려 애쓰십시오, 라는 말일 수 있다. 마주치는 간호사들과 병실의 노인들이, 가족과 친구들이 나 몰래 만나 회의라도 한 것처럼 그 말을 했다. 쓰고 나니 뚜렷한 감정이 생긴다.

아픈 사람에게는 가끔 이대로 끝장나버렸으면 하는 열망, 타인의 병력을 자기 삶의 드라마로 각색하는 사람들에 대한 환멸, 통증을 줄일 수 있다면 세상의 멸망 따위 상관없을 것 같은 마음 모두가 있는 그대로 자연스럽다. 그들이 표현하게 놔둬라. 죽고 싶어, 살고 싶어, 멈추고 싶어, 잊고 싶어, 사랑하고 싶어, 무서워, 아파, 힘들어, 행복해, 고마워…… 뭐든. 마땅한 출구의 표현을 막지 말고. 아프지 않은 사람에게도 요원한 긍정적 사고를 아픈 사람에게 강요하는 일이 아픈 사람을 위해서가 아님은 분명하다. 완치의 시간을 향해 있는 말도 마찬가지이다. 그런 말들은 치료와 회복 기간을 마치 삶에서 재빨리 지나쳐야 할 어두운 시간으로만 규정한다. 아픈 하루도 아프지 않은 하루나 마찬가지로 다시 오지 않을 시간이다. 무언가를 해야만 한다. 통증 사이사이, 의식과 비의식 사이에서 삶은 비틀대며 전진하고 있다. 죽지 않는 한 멈춤은 없으므로.

살아야 한다. 정말 힘든 건 그런 거다. 정지 버튼을 누르거나 궤도에서 이탈해버릴 수가 없다. 다만 아주 많이 느려질 뿐이다. 정신이 명료한 시간은 하루에 삼십 분. 하루에 쓸 글을 열흘에 나눠 천천히 쓰고 지운다. 어둠이 길면 반짝이는 것들의 수명을 알 수 있다. 향초가 다 탔다. 정당한 분노도 굵고 명확한 미움도 길게 이어 갈 수 없다는 것이 아픈 몸의 유리함일지 모른다. 요즘 죄가 적다.

Saturday 7

 S가 다녀갔다. 그는 모두에게 사랑받고 싶어서 애쓰다가 자주 미 움받는다. 편애주의자에, 애정의 속성이 차별에 있다고 여기는 나는 다수의 팬이자 사랑인 이들에게는 그다지 관심이 없다. 그걸 S도 안 다. 알아도 어쩔 수 없는 것이다. 내가 어쩔 수 없듯이. 오랜 관계들 에는 어쩔 수 없음과 어쩔 수 없음이 만나는, 관계의 비무장지대가 존재한다. 타인을 인식하는 방식에는 꽤 각이 서 있지만 마주앉은 상황에서는 누구에게나 둥글고 싶다. 그러나 사샤의 생각은 좀 다 른 것 같았다. S가 여러 번 불러도 코타츠 밑에서 나오지 않았다. 그 럼 나오고 싶을 때 나오겠지 좀 놔두면 좋으련만 사람에게 그러듯 S 는 연신 전전긍긍했다. 놔두면 "내가 싫은가, 내가 무섭게 생겨서 그 런가, 다른 사람에겐 안 그러지?"를 일 분에 한 번씩 들어야 할 것 같 아 S를 창가로 불렀다.

 "저쪽이 트랜스젠더 바들이 모여 있는 곳이야. 나는 주로 낮에 그 골목의 문 닫힌 바 앞을 지나서 다른 곳으로 가."

내가 어디를 가든 그 골목을 지나서 갈 수 있다는 게 좋다. 한 번은 골목에서 언니들과 인사를 한 적이 있다. 좀 늦은 시간에 장을 봐서 양손 가득 들고 그 골목을 지나오는데 언니들이 나와서 담배를 피우다가 나를 보고 한마디씩 했다.

"언니 오늘 저녁 뭐야?"

"언니 뭐 해먹어?"

"분홍색 소시지요. 갑자기 너무 먹고 싶더라고요."

언니들이 나를 언니라고 해서 나도 그들을 언니라고 했다. 그래, 그거 가끔 먹고 싶지. 맞아 맞아. 나도 먹고 싶다 어쩌고 하면서 언니들은 맛있게 먹으라고 손을 흔들어줬다. 두 손이 자유롭지 못해나는 그냥 꾸벅 인사를 하고 걸었다. 내가 낯가림을 좀 덜 하는 사람이었다면 아마 소시지 부치는 김에 한 접시 더 부쳐서 갖다줬을 텐데. 그걸 못 해줘서 골목을 지날 때마다 마음이 옴찔하면서도 그곳을 지나 또 약속 장소로 간다. 도서관에 가고 카페에 가고 시장에 가면서 그 골목을 지난다. 요즘은 "차. 별. 금. 지. 법. 제. 정. 하. 라." 한 글자에 박수 한 번씩 치면서.

S가 내 어깨를 툭 치며 웃었다. 코타츠 밑에서 사샤의 발 하나가 쑥 나타났다. 비인간에게 주목받고 싶어서 애쓰는 인간에게는 귀여

운 구석이 있다. 대상이 사람일 때와는 좀 다른 모습인데 사샤 앞에서 S도 전에 없이 귀엽고 징그러웠다. S를 버스정류장까지 데려다주면서 그 골목을 지났다. "차. 별. 금. 지. 법. 제. 정. 하. 라." 이번에는 한 글자에 박수 두 번이었다. 박자가 딱딱 맞았다. 우리는 오늘도 어쩔 수 없이 매우 달랐지만.

머지 않아 이 골목을 지나 병원에 갈 것이다. 또다른 어쩔 수 없음의 관계, 내 몸을 데리고, 결심을 하고.

Saturday 8

지도앱 보는 걸 좋아한다. 아무 지명이나 검색해서 그곳까지의 경로나 여기와 거기 사이에 스치게 되는 지명들을 보면서 시간을 보낼 때가 있다. 오늘은 집에서 Y의 집까지 경로를 지도에서 검색했다. 내 집에서 Y집까지는 걸어서 다섯 시간 팔 분이 걸렸다. 다섯 시간 팔 분을 걸으면서 Y와의 일들을 떠올리고 그를 세 번쯤 죽였다가 다시 살려내 사과를 요구하고 사과를 받고 나면 그의 집 앞에서 웃으며 등을 돌릴 수 있을까. 그게 무슨 소용이 있나, 같은 생각이 뒤따랐다. 다섯 시간 팔 분 동안 내게 무슨 일이 벌어질지, 그 시간이 내게 어떤 감정을 줄지 모르는 채로 나는 우선 지도상의 경로를 따라 눈으로 걸었다.

익숙한 지명이다 했더니 Y집까지의 길은 K의 동네를 통과했다. K는 잘 지낼까. 아, K는 잘 지내지 못할 것이다. 심한 우울증으로 오 년 전 출간한 작품집 이후 활동을 전혀 못하고 있었다. 그가 원고를 전혀, 한 줄도 쓰지 못하고 있다는 말이 과장이 아닐까 했지만 사실인 모양이었다. "죽고 싶어"와 "누가 날 좀 살려주면 좋겠어"를 오락가락해서 대화가 연신 제자리 맴을 돌던 게 한 달 전이었다. 둘은 같은 말이었으니까. 뭐가 문제일까, 진지하게 같이 고민하기도 했다. 책이 문제인지, 우울증이 문제인지 하다가 "너도 책을 냈는데"라던 K의 말이 떠올라 그럼 내가 문제인가도 잠시 생각했던 것 같다. 그 말에는 내가 화를 좀 냈어야 하지 않나 싶은데 한참 뒤늦었다. K의 집까지 두 시간 십팔 분 동안 걸으면서 내내 화를 내볼까 하다가 화도 에너지임을 상기하고 대신 그를 만나 물어보고 싶어졌다. 내가 책을 낸 게 네 우울증에 영향을 준 거야? 음. K네는 들르지 않는 게 좋겠다.

K의 집에서 남쪽으로 조금 더 이동하면 예전에 아버지가 내게 옷을 선물해준 백화점이 나왔다. 그날 핸드백을 도둑맞았다. 그리고 아버지와 내가 꽤 닮았다는 걸 알게 되었다. 특히 스트레스에 대처

하는 방식이 얼마나 똑같던지 놀랍고도 웃겼던 기억. 나는 지금도 내가 쩔쩔매며 압박감을 어찌할 줄 모를 때마다 그날의 아버지가 떠오른다. 마음에 드는 옷을 환복하러 탈의실에 들어간 사이, 나는 아버지가 내 핸드백을 봐주려니 했고, 아버지는 내가 핸드백을 잘 챙겨서 들어갔겠거니 해서 벌어진 일이었다. 우리를 모르는 사람들이 보면 부녀가 화가 잔뜩 난 줄 알았겠지만 서로는 그게 아니란 걸 알았다. 모처럼 옷을 사주겠다고 백화점을 데려왔는데 핸드백을 챙기지 못해 휴대폰부터 지갑, 수첩 등 딸의 소중한 물건들을 잃어버리게 했다는 자책으로 아버지는 얼굴이 굳었고, 나는 나대로 아버지가 모처럼 서울에 와서 딸에게 옷 한 벌 멋지게 사주고 싶었던 마음과 그 일련의 기대감을 무너뜨린 도난 사건의 원인이 내게 있는 것처럼 고개를 숙였다. 미안하다. 아버지는 사과할 줄 아는 사람이었다. 그날 일은 아버지의 잘못이 아니었음에도 그랬다.

휴대폰이며 지갑이며 수첩 등을 새로 장만하려면 어차피 돈이 들 것이므로 옷은 사지 않겠다고 고집하는 내게 아버지는 기어코 옷 한 벌을 안겼다. 미안함과 미안함의 유전학적 대결 장소였던 백화점을 지나자 돌연 M의 마지막 장소였던 공원이 나왔다. 오래 숨어 있던 어두운 형체가 갑자기 튀어나온 듯했다. 나는 지도의 길을 따라가는 걸 그만두었다. Y의 집까지 걷는 일은 없을 것이다. 목적지까지의 길 곳곳에 아픈 수렁과 기억의 함정이 도사리고 있다면 그 목적지는 쉽게 포기된다. 이제는 그렇다. 어쩌다 이 세계에 만든 수렁과 함정의 기록인 셈이었다, 지도는.

Saturday 9

무기력은 수시로 도착한다. 잠이 드는 데도 힘이 필요하다는 걸 무기력이 당도한 날에는 알게 된다. 잠에 겨우 들고 허무하게 내쫓긴다. 눈을 뜨자마자 다른 사람들도 잠에서 깨는 일이 괴롭고 고통스러운지 궁금해진다. 친구들은 당연한 걸 왜 궁금해하냐고 묻고 나는 이들이 왜 내 친구인지 새삼 깨닫는다. 오늘도 무기력을 무기력하게 받아들이고 있다. 돌연 한 사람을 향한 분노의 씨앗이 날아와 싹을 틔우고 꽃을 피우더니 나비를 불러 결국 내 손에 연필을 쥐여줬다. 이래서 트위터에 분노한 사람들이 많은 건가. 분노의 힘으로 무기력을 일으켜세워 글을 썼다. 라디오에서 스포츠 경기중에 갑자기 심정지로 쓰러진 한 선수의 소식을 전했다. 쓰기를 멈췄다. 선수가 의식을 되찾았는지 생명에는 지장이 없는지 귀를 기울였지만 후속 보도는 없었다. 나는 더 쓰지 못했다. 인간의 급작스러운 죽음이 그렇게 환기되고 나면 내가 어쩌다 세상에 남길 것들이 죄다 무거워진다. 말과 글로 지은 업보가 지금까지도 적지 않은데 뭘 더 보태나 싶어진다. 연필을 내려놓고 다시 누웠다. 거실 한쪽에 쌓인 재활용 쓰레기를 물끄러미 바라보다가 택배 도착 문자를 받고 상체를 일으켰다.

그는 나를 좋아하지 않는다. 삶에서 이것만큼 확실하게 말할 수 있는 건 별로 없다. 누가 나를 좋아하는지는 감이 안 잡히지만 누가 나를 좋아하지 않는지는 그냥 알 수 있다. 일종의 생존감각이다. 나를 좋아하지 않는 사람이 보낸 선물을 어떻게 받아야 할지 보통날의 나도 판단이 안 섰겠지만 무기력한 나는 더욱 알 수가 없다. 그냥 고마운 일이네, 하고 넘길 수도 있다. 좋아하지 않음에서 싫음까지 가지 않으려는 그 사람 나름의 노력일 수도 있다. 나도 그런 적이 있다. 좋아하지 않음과 싫음 사이에는 그리 길지 않은 다리가 있다. 반쯤 건너다 돌아가기를 반복하게 되는 다리. 싫음에는 힘이 많이 든다. 가능한 한 좋아하지 않는 선에서 감정을 유지해보려고 그와 나의 비슷한 면을 적어보는 등 나름의 노력을 했었다(이 방법은 비추다. 쓸수록 싫음에 가까워진다).

자주 곤란한 심정이 되었다. 사람 사이의 연결과 얽힘에 관해서는. 무기력은 그나마 지켜온 마음의 확신과 장담, 돌멩이까지 희석

시켰다. 선명하고 쨍했던 연결선들이 흐려지고 뿌옇게 변했다. 분명해 보일수록 의심하는 버릇 그대로 이 흐림과 뿌연 상태는 그것대로 의심이 되었다. 그가 날 좋아하지 않는 게 아니었나? 그가 보낸 선물을 만지작거리다가 그렇게 생각하려는 내가 또 의심스러워졌다. 오늘 내가 의심하지 않는 건 사샤뿐이다. 이 선물 마음에 들어? 사샤의 두 귀가 앞으로 쏠렸다. 인간은 정말 불쌍하게 복잡해, 하는 표정일까. 불쌍하게 약한 거야. 내가 턱밑을 긁자 사샤가 꼬리를 세웠다. 사샤는 자기를 구조하고 임보하고 입양한 여러 인간들이 대체 왜 그런 선택을 했는지 궁금해하지 않을 것이다. 자기를 유기한 인간에 대해서도. 그건 인간들의 문제니까. 나 역시 궁금해할 필요가 없는 거였을지 모른다. 나를 좋아하지 않는 건 그의 문제이므로. 그러나 선물은 보낸 이와 받는 이의 공동 문제여서 그에게 고맙다는 메시지를 보냈다. 사샤에게 간식을 주는 것도 잊지 않았다. 그즈음 무기력이 무기력하게 떠난 것도 같은데……

Saturday 10

"어렸을 때 내가 너무 소심하니까 하루는 어머니가 나와 동생을 불러 앉히고선 아이 주먹만한 돌멩이 하나를 둘 사이에 놓으시더라고. 그러더니 이걸 가지고 한번 싸워봐라 하시는 거야. 나는 무슨 말인지 몰라 멍하니 있는데 동생은 한번에 알아들었다는 듯이 팔꿈치로 내 팔을 툭 치더라고. 자기만 믿고 따라 하라는 것 같았어. 이 어색하고 불편한 상황에서 합심해 빨리 벗어나자는 신호 같기도 했고. 그래서 나도 마음을 굳게 먹고 동생이 어떻게 하나 집중해서 봤지. 과장된 몸짓으로 덥석 돌멩이를 두 손으로 잡은 동생이 갑자기 큰 소리를 내는 거야. 이건 자기 거라고."

자신에게 맹렬한 욕망이 있다는 걸 언제 자각하게 되었는지 돌아가며 이야기를 하던 참이었다. 그중 성대를 가장 소극적으로 쓰며 살았을 것 같은 이가 순서를 이어받아 사람들의 시선이 더욱 흥미진진 모이고 있던 중에 흐름이 끊겼다. 약속에 한 시간 넘게 늦고도 미안한 기색 없이 등장한 어느 사람 때문이었다. 그는 그 자리에 모인 이들에게 '늘 늦는 사람'이었다. 한 친구는 그가 주목받기 위해 매번 일부러 늦게 등장하는 것 같다는 혐의를 두고 있었다. 그게 사실이라면 귀엽네. 내 반응에 친구는 짜증을 냈다.

소극적 성대는 늦게 나타난 사람이 자리를 잡고 한숨 돌리고 흐름에 합류할 때까지 기다렸다. 나는 우연찮게 그 둘 사이에, 소극적 성대의 어머니가 놓은 돌처럼 앉아 있었다. 둘 중 하나가 나를 덥석 붙잡고 "내 거야!"라고 한다면 그냥 짱돌이 되어 그에게 날아갈 준비가 되어 있었지만 그런 일은 일어나지 않았다. 한창 집중하고 듣고 있던 이야기의 다음이 궁금했던지 누군가가 재촉했다.

"그래서 넌 어떻게 했어?"

"무슨 얘기중이었는데?"

"아, 그게 내가 어렸을 때……"

"아니 뭘 다시 얘기해. 늦게 온 사람은 나중에 들어. 그래서? 응?"

소극적 성대는 늘 늦는 사람의 표정을 살피느라 입만 달싹거렸고 이번에도 늦은 이는 자신이 배제되어 기분이 상했다는 걸 숨길 생각이 없어 보였다. 타인은 늘 어렵지만 어떤 순간에는 어려움을 넘어선 신기함이 압도적으로 커진다. 감정을 드러내는 데 스스럼없고 감정을 무기 삼아 타인의 말과 행동을 제어하는 데 익숙한 이들과의 순간순간이 그렇다. 해로운 나르시시스트들! 심리학을 공부하는 친구는 그렇게 표현하기도 했다. 그저 욕망을 드러내는 방식이 신기하다가 어째서인지 휘발되는 귀여움을 느끼고 마는 나와 달리, 제어당하기 쉬운 기질과 성격의 사람들에게는 그럴 수도 있을 것이다. 소극적 성대에게처럼. 그와 늘 늦는 이 사이에서 내가 할 수 있는 일이 자명해졌다. 나는 소극적 성대를 향해 몸을 틀었다. 그와 마주보면서 동시에 늘 늦는 이의 얼굴을 가렸다. 둘 사이의 기류도 방향을 트는 게 느껴졌다. 나는 칠십팔 퍼센트 정도 확신할 수 있었다. 소극적 성대가 나를 보던 찰나적 시선, 그는 안도하고 있었다.

그의 이야기는 여동생 손에 있던 돌멩이를 뺏기 위해 여동생 손에 여덟 개의 선명한 이빨 자국을 냈다는 것으로 끝났다.

"아, 피도 많이 났거든. 엄마랑 여동생이 나를 한동안 미친 애 보듯 하더라고. 왜 그랬는지 모르겠어."

기류가 또 한번 달라졌다. 그를 보는 내 눈빛도 달라졌다. 이 친숙한, 은은한 광기. 그와 나는 그렇게 친구가 됐다.

Saturday 11

소식을 듣고 누군가는 바짝 당겨 앉았고, 몇몇은 뒤로 물러났다. 그들은 그들의 선택을 했다. 꿈틀. 그들과 나 사이의 거리와 방향이 달라졌다. 관계도 관계의 선택을 했다. 비슷한 일이 과거에도 있었다. 보통 결혼과 육아로 불가피하게 관계의 변화를 겪는다고 하는데 비혼 1인 가구의 관계도가 크게 달라지는 계기는 수병受病이다.

당신은 적잖게 당황할 것이다. 무지하고 무감한 이들에 포개어지는 과거 자신의 모습에. 아프지 않은 이가 아픈 이를 표본 삼아 하는 거의 대부분의 말이 모질다는 걸 몰랐던 자신에게. 가령, "앞으로 아등바등 살지 않으려고"에서 아등바등 같은 말(비슷한 말로 '아득바득'이 있다). 아픈 이는 통증이 종일 달라붙어도, 구토와 구역으로 물 삼키기조차 어려워도, 새벽에 깨어 잠들 수 없어도 아프지 않은 사람보다 삶을 힘주어 움켜쥐고 있으므로. 아득바득과 아등바등 사이에서 일상을 놓치지 않으려고 애쓰는 이들에게 아프지 않아서 할 수 있는 그 말들이 다 칼이 된다는 걸 몰랐던 자신에게 놀란다. 놀라서 미안하다. 미안해서 괜히 벽을 두드린다.

당신은 또 놀란다. 아픈 이를 수식하는 그 많은 말에. 수식에 앞선 평가들에. 강하다, 긍정적이다, 성격이 좋아 회복이 빠르다, 생의 의지가 남다르다, 씩씩하다, 씩씩한 척한다…… 시간이 지나면 모든 게 아프지 않은 그들의 안심을 위한 말임을 알게 되지만 그전까지는 이런 말들이 아픈 몸을 쉽게 억압할 수 있다는 걸 당신은 몰랐다. 필요한 게 있으면 연락하란 말을 끝으로 소원해지는 건 어떤 부정적 영향도 받지 않겠다고 멀찌감치 떨어져 겨우 팔을 흔드는 일이나 다름없다는 것도 몰랐다. 몇 년 전, 아픈 사람에게 선뜻 연락하기 힘들다는 말에 "아픈 사람이 연락하긴 쉬울까?"라고 대꾸하지 못하고 "그래, 이해해" 하던 친구 곁에서 당신은 짜증을 낸 적이 있다. 이해는 무슨. 말뿐인 것들. 그러나 이제 당신도 똑같이 대꾸한다. 바쁜 거 아는데 뭐. 고립과 소외가 무서워서. 그래, 이해해.

당신은 유난히 놀란다. 아픈 몸에 깃드는 새 지도들과 언어에. 어떤 말은 영영 예전의 의미를 찾지 못할 것이다. 걱정 어린 안부와 가벼운 호기심의 차이도, 기쁜 일과 힘든 일을 가리지 않고 함께하는 이들과 '도움이 되는 나'에 취해 힘든 일에만 반응하는 이들의 차이도 더없이 선명하고 분명하지만 아픈 이의 감정적 반응은 대개 "아파서"로 해석되므로 당신은 다만 조용히 기록한다. 통감 이외의 다른 감각을 놓치지 않도록. '긍정적'이지 않은 모든 감정의 방에 램프를 켜둔다.

매일 돌아가며 당신에게 오는 친구들과 그 방을 함께 살피고, 그들이 배를 쓸어주고 집청소를 하고 당신 집에 있는 모든 세제와 화장품을 무화학성으로 바꾸는 동안 당신은 마지막으로 놀랄 것이다. 이런 사람들이 당신 곁에 있다는 사실에. 어떤 시간은 소수의 사람들과만 건널 수 있으며 당신 역시 누군가의 소수로서 언젠가 힘을 내야 한다는 걸 모를 수 없게 되어서. 새 지도와 언어를 감사히 받아들고 소수의 힘으로 당신은 괜찮을 것이다. 오늘도 관계는 관계의 선택을 할 뿐이다.

어떤 사람이 있어요. 영영 멀리서 온. 질문이 무엇이든 오늘의 대답은 이것이다. 그는 아주 멀리서 왔다. 얼마나 멀리서 왔는지 오는 동안 어른이 되었고 충분히 늙었다. 결혼은 하지 않았다. 아이 둘 아니 셋은 태어나지 못한 채 죽었다. 태어나지 못한 그것을 아이라고 말해도 되는지 모르겠다. 그는 아이라 부르면 마음이 아파서 '이아^빠^{빠:어린아이가 말 배우는 소리}'로 부른다고 했다. 이아들은 세계의 아이가 되기를 거부하면서 숨쉬지 않기로 결정한 것 같다고 그는 비교적 덤덤하게 말했다. 더불어 자신과 이아들이 연결되어 있던 이십여 주 동안 금방이라도 정신을 놓을 만큼 피로했다는 기억이 공통으로 남아 있다고 했다. 사람이 의식을 붙잡고 사는 데에 얼마나 큰 에너지가 필요한지 알게 되었죠. 그는 실제로 깜빡 의식을 잃기도 했는데 그 상황에서도 두 발은 걷고 있었던 것 같다고 했다. 사후 반응처럼요. 이해가 됐다. 그리고 냄새 이야기를 했다. 달고 끈적한 냄새가, 벌집에서 막 꺼낸 벌꿀의 냄새가 이아들과 함께하는 내내 코에 붙어 있었다는 것이다. 그는 원래 단것을 싫어하고 단 냄새도 그리 반기지 않아 힘들 줄 알았는데 그렇지 않았다고 했다. 끈적이는 그 냄새가 이아와 자신이 어떤 식으로든 연결되어 있다는 걸 확인해줬다. 세

번 다요? 세 번 다요. 첫째는 진한 벌꿀 같았고 둘째는 달짝지근한 꽃향, 셋째는 케이크 반죽에 들어간 백설탕의 단향이었다.

그들이 떠나고 난 후 한동안 벌꿀과 꽃과 케이크에 집착했다는 그의 시간은 여기저기 구멍이 난 두터운 솜이불이나 다름없었다. 세 아이 대신 고양이 세 마리를 그 이불 위에 잠들게 하면서 그의 멀고 긴 여정에 쓰다듬는 손이 추가되었다. 세 마리는 번갈아 수명을 다하고 떠나고 다시 태어나 그들이 차지했던 그 자리로 잘 돌아왔다. 아주 멀리서 온 그의 시간을 함께하면서 고양이들은 아홉 생 이상을 살았다. 여덟번째 다시 그의 시간으로 찾아와 몸을 말던 8-1호는 사람 말을 알아듣기 시작했고 그에게 고양이 언어를 거의 완벽하게 가르쳤다. 그 언어로는 오직 8-1호와만 소통이 가능했다. 고양이들도 개체마다 언어가 달랐다. 생존과 관련된 것들만이 공통적으로 쓰였다. 비켜. 나누자. 피해. 먹어. 그거 먹을 거 아니야. 얘는 좋은 손의 인간이야 정도는 서로 알아들었다. 8-1호는 아홉번째 생은 다른 이와 보내겠노라 미리 선언하고 떠났다가 그의 이불로 돌아왔다.

"왜 돌아왔냐고 물어봤어요?"

"돌아오는 것들에게는 그냥 환영만 해요."

나는 그가 영영 멀리서 온 사람이란 걸 잠깐 잊고 환영의 기억이 몇 번이나 되냐고 물을 뻔했다. '멀리'에는 '수십만 명의 마음을 지나'

란 의미가 있었다. 내 인터뷰 요청 메일에 그가 보낸 답장은 단 두 줄이었다.

어디로 들어올지는 당신이 정하세요. 나는 모든 문의 잠금장치를 해제해놓겠습니다.

멀리서 온 사람을 만나고 싶다는 내 막연한 바람에 응답을 한 건 그가 두번째였다. 첫번째 사람은 멀리서 와서 다시 멀리로 떠났다. 떠나면서 그를 소개해줬다. 멀리서 온 사람만이 그런 사람을 알아볼 수 있다고 했다. 그들, 이라고 묶어 불러도 실례가 되지 않을지 고민이 될 만큼 그들의 '멀리'는 너무나 개별적이고 달랐다. 그들은 과거를 끝없이 연장하면서 '멀리'를 창조해냈다. 매일 과거를 이룰 기억이 추가되었다. 그의 이아만 보더라도 처음에는 하나였다가 둘이었다가 셋이 되었다. 하나였다가 둘이 되는 기억의 추가 지점마다 문이 있었다. 그가 내게 정하라고 해서 나는 대충 감으로 문을 정했을 뿐이다. 하필 그게 이아의 기억 지점이었다. 그는 내게 사과할 필요는 없다고 했다.

기억은 철새 같은 거라고 그가 말했다. 오고가는 시기가 있다는 말인가 했는데 그는 조금 다른 이유를 댔다.

"다음 해에는 언제나 더 많은 무리와 함께 오죠. 기억의 무리가 매해 다른 대형을 짜요."

그래서인지 그는 계절에 민감했고 필요한 계절이 충분치 않을 경우에는 스스로 색과 이름과 온도 등을 만들어냈다. 제시간에 도착하는 건 아무것도 없다고 그는 말했다. 우리는 제시간을 알 수 없다. 기다림과 짐작을 증상처럼 갖고 있는 사람들이 우연히 제시간을 받았다. 그의 과거는 나와 함께 있는 동안에도 계속 기다림과 짐작으로 연장되고 있었다. 그는 점점 '더 멀리서' 온 사람이 되어갔다. 준비해간 인터뷰 질문을 본격적으로 시작하지도 않았는데 더 멀리서, 멀리서 온. 이 인터뷰를 끝낼 수 있을까. 나는 더불어 너무 멀리 가고 있다는 느낌과 이러다가 돌아올 곳을 잃어버리고 말 거라는 불안에 사로잡혔다. 그게 바로 내가 오래 바라던 일이라는 건 까맣게 잊고. 그는 내 표정을 살피며 말했다.

"원한다면 다른 문을 열어보겠어요? 나는 괜찮아요."

나는 괜찮지가 않았다. 당장은 그랬다.

Saturday 13

마음 둘 곳 없는 데에는 몸 둘 곳도 없다. 내 몸이 환영받지 못하는 세계라면 마음이라고 다르지 않다. 몸도 마음도 내려놓을 곳 없던 어떤 시간을 떠올린다. 그 시절의 몸에 대한 기억이 감감하다. 강렬한 감각만을 겨우 투과하던 투명한 몸의 기억이. 지금도 한 달에 반쯤은 환영 없는 세계 속에서 윤회하는 기분이 된다.

몸 어딘가에는 멍이나 상처가 늘 있다. 대부분 언제 어디에서 부딪히고 긁히고 다쳤는지 기억하지 못한다. 이런 습성이 생긴 시점을 곰곰 뒤돌아 짚어보다 그 마음 둘 곳 없던 시절로 직행한다. 어정쩡하게 피하거나 비스듬히 기대다가 다친, 어색한 존재의 흔적들. 온전히 어딘가에 속하는 몸은 어디든 세 면이 만나는 구석을 찾아 어색함을 구겨넣을 필요가 없겠지. 구석을 찾아다닌 몸의 여정이 한 사람/삶의 궤적을 그릴 수도 있을 것이다.

영국인이 매사추세츠 해안에 도착해 피쿼트 족과 처음 만났을 때 그들은 그들 자신이 피쿼트 족의 세계에 침입했다는 사실을 오만하게 지우고 물었다. 이 이방인들은 누구지? 리처드 커니는 그 순간 피쿼트 족 역시 같은 질문을 했을 것이라고 짐작한다. 피쿼트 족 입장에서는 당연한 질문이지만 우리는 영국인 시점으로의 이방인을 먼저 인식하고 역사로 전유한다. 권력은 원주민을 이방인으로 만든다.

권력이 몸에 대해 하는 일도 그렇다. 규격에서 벗어나 둘 곳 없는 몸은 일그러지고 괴물이 된다. 병원에서도 집에서도 일터에서도 충분한 인간이 되지 못한다. 기괴하고 불편하고 침묵 혹은 웃음을 종용당하는 몸으로 할 수 있는 일은 그 몸이 의존하고 있는 작고 흐르는 세계의 증명. 그 유동성의 은유로서의 쓰기. 몸 둘 곳을 마련하는 쓰기. 그제야 알게 된다. 쓰기는 전혀 자연스러운 행위가 아니다.

Saturday 14

아픈 사람이 제일 싫어하는 건?

바쁜 사람이지.

'바쁜'으로 들려.

일리가 있다며 모두 웃었다.

원래 느리고 더 느려진 이에게 바쁜 사람은 매력이 없다. 바쁘면 타인의 시선을 깊이 받지 못하고, 몸 기울여야 들리는 말들을 기억하지 못하며, 중요한 감각을 놓치기 일쑤다. 자기 시간과 장소를 쓰지 않고 관계를 맺는 방법을, 사랑하는 방법을 나는 알지 못한다. 하지만 우리 모두 바쁘지. H가 키득거리며 말했다.

중요한 건 바쁨을 정지할 수 있느냐 없느냐 아닌가?

바쁨을 잘살고 있다는 신호로 착각하는 게 문제지.

위험하지 그거.

최대한 게으른 자세로 누워서 그들이 나누는 이야기를 듣고 있다가 트림을 했다. 모두 웃었다. 이게 웃을 일인가, 하는 생각은 한 발 뒤에 왔다. 웃을 일과 웃을 수 없는 일이 달라지고 있었다. 환자의 트림과 방귀는 웃을 일이다. 아픈 몸 하나가 세 사람의 일상 속도를 확연히 늦춘 결과로 나누는 웃음.

요즘 우리 중에 제일 바쁜 건 쟤라고.

H가 나를 가리켰다. 저 바쁨은 못 따라가지 어쩌구 하며 P와 L이 맞장구쳤다. 맞는 말 같다. 그러니 이렇게 시간 내 놀아주는 걸 영광으로 알아라, 했지만 웃기지는 않았다. 그들은 웃었고 그 힘으로 나도 웃음으로 돌아온다. 웃음 안에서 보호받는다. H가 일어나 내 곁에 와 앉고, P는 어제 낭독하다 만 책을 펼친다. L이 사과를 깎아 접시에 담아온다. 나는 계속 누워 있다.

약 때문에 졸릴지도 모르겠어. 미리 미안.

봐, 제일 바쁘다니까.

그들과 함께 있는 동안 나는 아프느라 바쁜, 부지런히 아픈 사람이 된다. 바쁘면 매력이 없는데! 사과의 단맛이 아직 입에 남아 있을 때 잠이 들었다. 『한 게으른 시인의 이야기』를 읽어주던 P의 목소리가 꿈 언저리까지 따라왔다.

다른 많은 것을 보고 싶다. 내가 아닌 다른 아름다운 것들을……

포기할 수 없는 생의 욕구가 그렇게 미덥더니 어쩐지 낯익은 의학과 문학, 수확의 여신 셋에 둘러싸여 부활하는 꿈을 꿨다. 여신들이 축성의 기도문을 외웠다. 그건 "살아내지 않은 것은 상징이 될 수 없다"는 최승자 시인의 또다른 문장이었다. 살아내지 않은 것은.

Saturday 15

메리 크리스마스!

눈 오는 날의 정적이 방안에 가득찼다. 눈은 오지 않는다. 침묵과 고요를 얻었을 뿐이다. 그리고 절대 뺏기지 않겠다는 결의. 말하지 않음으로 말할 수 있는 것들을 길게 열거한 후 냉동실에 넣었다. 겨울이 시작되었다.

메리 크리스마스!

성탄절 아침에 이런 이야기가 좀 그럴 수도 있지만 아니, 겨울잠 이야기는 아니다. 상관이 아예 없다고 말할 수는 없긴 해도. 그러니까 제일 먼저 시각에 문제가 생겼다. 빛의 자극을 받아들이는 감각 이상으로 오후만 되면 시야가 흐려졌다. 투약 부작용이었다. 의사는 그렇게 말하지 않았다. 투약과의 연관성을 확신할 수 없지만, 이라고 했다. 시력에는 문제가 없었다. 투약이 끝나는 1월 이후에 다시 검사를 하기로 했다. 그다음에는 이명이 생겼고, 손끝이 저리고 손톱이 들리면서 촉각 경험도 한정되었다. 미각은 제일 먼저 잃은 터였다. 쓰지 않고 가지고 있던 온갖 향수 샘플과 향초와 룸 스프레이를 꺼내놓고 나서야 내게 남은 (그나마) 온전한 감각이 후각뿐임을 깨달았다. 깨달음은 궁극의 실망이라고 부처님이 말씀하셨다는데 궁극의 실망이라니, 그거 매일 똥 싸면서 하는 거 아닌가.

맛있는 거 많이 먹어.

"구역/구토시 복용"이라고 쓰인 봉투를 꺼내지 않고 넘어갈 수 있을까. 미각이 어느 정도 돌아오면 꼭 먹겠다고 적어둔 게 있긴 했다. 자완무시, 다슬기 시래기국, 강된장과 양배추쌈, 호남식당 파김치,

조금솥밥, 금수복국…… 등등이지만 자완무시를 제외하고는 먹지 못해도 큰 아쉬움이 없을 것 같았다. 지금은 달큰한 향이 감도는 무언가가 좋겠다. 애플시나몬 티와 같은.

건강하고 행복한 성탄 보내길.

차라리 겨울잠 이야기가 낫겠다. 인간이 겨울잠을 잘 수 있다면 수면 직전에는 애플시나몬 티를 마실 텐데. 어째서 인간은 잠들지 못하는가. 믿지 못해서지. 서로를. 또 자신을. 두 눈을 뜬 채 살해당하는 꿈을 꾼 적 있어? 자기 목을 조르는 얼굴이 자신과 너무 닮아 깬 꿈은? 오랜 상상을 추격한 끝에 다다른 곳이 매번 자신의 무덤인 사람은 전 인류가 동시에 동면에 들기로 합의하는 날이 와도 결코 잠들지 못할 것이다. 책장 사이에 눌린 꽃잎처럼 자기 상상에 눌려 말라가더라도.

알고 있어? 예수는 서른세 살에 죽었어.

메리 크리스마스.

홀로holo는 그리스어 어원을 가진, 완전하다는 의미의 접두사다. 홀로는 완전하다. 완전해서 죽음이다. 일몰은 전 세계적 슬픔으로 어디에서든 눈물을 꾹 참는 잠깐이 있었는데 진짜 운 건 딱 한 번뿐이었다. 오늘은 그 잠깐, 진짜, 울음 같은 것에 대해 썼다. 잃음이 우선이고 애도는 그다음이다. 잃음에 우선 집중하는 글을 읽고 싶다. 잃음의 지속성을 사유하는 게 애도라면 그전에 우선 집중해야 할 게 있을 것 같다. 닿기에 너무 어려운 거기. 홀로.

그 슬픔은 이미 사라졌어요. 나의 슬픔 또한 그러하길.

〈데오르의 슬픔The Lament of Deor〉에 나오는 후렴구다. 시의 각 절 끝에 이 시구가 동일하게 반복된다. 고대 영시에서 볼 수 있는 유일한 후렴구로 알려져 있다. '데오르의 비가'라고도 불리는 이 시의 내용과는 무관하게 낭독할 때 긴 기도문의 음조가 생기는 건 저 후렴구 때문이다. 내 슬픔이 사라지고 난 뒤에야 겨우 나 밖의 슬픔을 돌볼 여유가 생기는 게 보통인 인간에게는 읽을수록 낯설고 어떤 인간성을 관통하는 것처럼 느껴진다. 사제의 선창기도, 영매의 주술문, 낭송자의 후렴이 다르지 않다. 그 슬픔이 이미 사라졌으니 나의 슬픔 또한 그리되길 바란다는 기원은 무엇보다 그 슬픔과 나의 슬픔이 연결되어 있다는 인식을 뿌리로 갖는다. 후렴구의 아름다움 역시 그런 관계성에서 기인한다. 나 밖의 슬픔과 나의 슬픔을 매개하는. 시인은 원래 그런 존재인지도 모르겠고.

견딘다는 게 종종 후렴구를 만드는 일 같았다. 반짝이는 사탕 껍질을 모으는 것처럼. 어디가 어떻게 손상되었는지 정확히 모르면서 복구와 치료, 재생만을 떠올리는 시간을 위한 후렴구는 '오랜만'이었다. 뭘 하든 오랜만이 되었다. 혼자 외출을 하는 것도 오랜만, 책을 처음부터 끝까지 읽는 것도 오랜만, 살고 싶어진 것도 오랜만, 누군가와의 관계를 끊은 것도 오랜만. 마치 몇 년간 아무것도 하지 않고 유배되어 있던 사람처럼. 고작 몇 개월이었을 뿐인데. 그러나 내 후렴구는 나를 무엇과도 연결하지 못했다. 그저 나의 몸을 사샤의 털 공처럼 동그랗게 말아두는 주술의 힘이 아주 조금 있을 뿐이었다. 다른 후렴구가 필요했다. 이왕이면 보라색 후렴구가. 그런 마음도 오랜만이었다.

따뜻한 물을 많이 마시도록 해요.

몇 도 정도면 좋을까요, 하고 평소 하지 않던 질문을 한 덕분에 알게 됐다.

체온과 비슷하게요. 37~8도가 좋아요.

따뜻함이라는 감각의 최초 경험이 타인의 체온이었을 아주 작은 인간이 떠올랐다. 따뜻함을 유지한다는 건 자기 체온을 지킨다는 말. 자꾸 차가워지는 손발을 주물럭거리면서 지키고 싶다, 생각한다.

뼈는 차갑고 육신은 돌아오지 않지.

조지아 오키프의 〈붉은 언덕과 뼈들Red Hills and Bones〉을 내게 처음 보여준 여자는 신이 된 여자들에 대한 이야기를 수집해 쌀알에 새기는 작업을 하고 있었다. 모래가 실어나르는 이야기들은 쌀알에 담겼다. 그중 하나는 이랬다. 여자아이와 어른여자가 있었다. 어떤 비극에서 두 사람이 살아남았다는 사실 외에는 그들을 설명할 수 있는 것들이 전부 사라졌다. 둘은 코끼리를 타고 호수를 건너 미지의 땅에 닿았다. 사람들이 사람을 제외하고 모두 버린 땅이었다.

둘은 모녀가 아니었다가 그 땅에서 스르르 모녀가 되었다. 그들은 할일을 찾아 운명을 만들었다. 여자아이는 코끼리와 함께 가장 깊은 우물의 물을 지켰다. 어른여자는 땅이 호수를 침범하지 않도록, 호수가 땅을 덮치지 않도록 호수와 땅의 경계에 아이와 자기 머리카락을 심었다. 싹이 나고 꽃이 피었다. 열매도 따랐다. 이름 없는 세계와 생물들의 삶이 지속되었다. 어둠이 몇 번이고 전진했다가 후퇴했다. 물이 솟거나 흐르는 소리 뒤로 많은 날이 지났다. 그들은 스르르 신이 되었다. 그 땅에서 솟는 모든 물의 주인이자 잊힌 것들의 수호신. 그들의 검은 머리와 태양이 가까워졌다. 살아 있는 모든 게 평온할뿐더러 죽은 것들의 그림자마저 잠잠했다. 때가 되면 죽고 때가 되면 태어났다. 신이 된 여자들의 이야기가 땅의 경계마다 다 다르자 모래들이 움직였다. 어떤 모래는 호수의 물속으로 평화롭게 들어갔고 어떤 모래는 바람에 실려 날아가 언덕이 되었다. 그들의 머리카락은 부드럽게 자라 숨어야 할 것들을 품었다. 인간이 버린 것들의 이야기와 그 뼈들이 언덕을 향하는 걸 두 신은 지켜보았다.

이것은 조지아 오키프와 프리다 칼로에 관한 이야기가 아닌가요?

내가 묻자 여자는 그것참 재미있는 생각이네, 하는 표정으로 웃었다. 아직도 신이 된 여자들의 이야기를 수집하고 있을까? 조지아 오키프의 붉은 언덕과 하얀 뼈들이 눈앞에 있다. 두 손을 그림 가까이

댔다. 따뜻했다. 아직 뼈가 식지 않은 것처럼.

일
요
일
들

아픈 몸이 꼽는 건

날짜가 아니라

요일이에요

"러시아어로 일요일을 뜻하는 '바스끄리쎄니에Воскресенье'는 러시아 동방정교회에서 부활의 의미로 쓰이기도 해."

"그럼 우린 무슨 요일에 죽은 거야?"

—엘레프시나, 「신의 죽음과 부활」

손해보지 않겠다고 다짐하면서 한동안 어떤 이야기도 가질 수 없었다. 지지 않겠다고 약속하고 나서도, 더는 속지 않겠다고 마음먹고도 마찬가지였다. 쓰기는 그런 마음의 단념으로부터 시작되는 건가, 여러 번 생각했다.

"기억은 욕망의 선택이죠. 욕망이 수호하는 시간만이 남게 되는 겁니다. 그러니 왜 잊히지 않냐고 묻지 마세요. 욕망이 하는 일인 겁니다."

그러니까, 그 욕망은 도대체 누구의 것이냐고 묻고 싶었다. 내가 어쩔질 못하는 걸 내 것이라고 말할 수 있느냐고도. 자신의 내면을 들여다보라는 개소리를 한 번만 더 하면 이 커피잔으로 프로이트의 코를 닮은 저 남자의 정수리를 내려쳐버려야지.

정말 그럴 수 있을 것 같았다. 유약해 보이지만 나는 아주 강해 보이는 인간들이 하지 못하는 일을 종종 한다. 그들은 생각도 못한 일을. 내가 생존하고자 하는 일을 굳이 하지 않아도 살아갈 수 있는 이들이 강자다. 애써 하는 사람이 아니라 꼭 안 해도 되는 사람들이.

탁, 커피잔을 내려놓았다. 그가 즉각 눈살을 찌푸렸다. 재빨리 원래의 표정으로 돌아가긴 했지만 그는 내게 들켰다. 한번 들킨 인간은 계속 들키기 마련이다. 재미가 아주 많이 없어졌다. 그만 일어나려는데 그가 말했다.

"뭐 하나 부탁해도 될까요?"

"아니요. 하지 마세요."

그가 억지로 입꼬리를 끌어올리는 것, 눈가에 서늘한 기운이 스치는 것이 전부 보였다. 내가 빤히 쳐다보자 그는 입을 다물고 이번에는 기분이 상했다는 걸 노골적으로 드러냈다. 탁탁. 구두 뒷굽으로 바닥을 내려치는 모양새가 우스워서 웃었다. 차라리 이게 낫다. 어디서 성숙한 인간 흉내인가!

"부탁을 들어줬으면 좋겠어요. 꼭."

"일단 말해봐요. 봐서 들어주든지 말든지……"

"당신을 죽이고 싶어요."

"그러든지, 그럼."

그렇게 나는 카페 소파에서 죽었다. 8인용 원목 테이블이 내 관이 되었고 며칠 후 그 위에서 부활했다. 일요일이었다.

속지 않겠다. 아직 그런 마음이 단념되지 않은 내 이야기는 다 이 모양이다.

사람들이 모두 자기 이야기를 해요.

좋은 일이죠.

자기 이야기만 한다고요.

아…… 그건 좋은 일이 아니네요.

그러면서 나도 내 이야기만 한다. 지겹다. 그렇다고 남의 이야기를 하고 싶지는 않다. 내 이야기를 할 때보다 남 이야기를 할 때 나를 더 많이 들킨다. 그걸 모르는 사람들이 의외로 많다는 걸 알게 되는 순간마다 깜짝깜짝 놀란다. 몇 살까지 그랬는지는 기억나지 않는데, 어두운 방에 들어가면서 늘 눈을 질끈 감곤 했다. 보통 어둠이 품고 있는 짐승들은 나를 해치지 않았지만 내가 약해져 있을 때는 달랐다. 그들은 내 상태를 쉽게 눈치챘다. 인간을 위장하는 짐승. 어리다는 건 잘 못 숨긴다는 말이고 철이 없다는 건 잘 들킨다는 말일 거다. 어린 나는 겁을 잔뜩 집어먹고 더듬더듬 스위치를 찾는 손을 누군가 덥석 잡을 것만 같아서 자주 오줌이 마려웠다. 내 이야기를 한다는 건 그 순간으로 나를 데려가는 일이다. 오줌이 마려워서 화장실에 가고 싶으면서도 가고 싶지 않다. 누군가 "쓰지 않을 수 없었다"라고 했을 때 나는 그 말을 단박에 의심했다. 지금도 의심한다.

그런 느낌을 아느냐는 질문에는 내게도 그럴 때가 올지, 그럴 때 내가 쓰는 쪽으로 선택할 수 있을지 모르겠다고 대꾸했다.

자기가 하는 일에 특별한 의미를 부여함으로써 자신을 높이는 데 능한 직업군. 작가도 그중 하나일 것이다. '쓰기'에 관한 책이 그렇게나 많은 이유를 떠올린다. 십대 후반, 중년의 남자작가가 격앙된 목소리로 "문학은 목숨 걸 만한 일"이라고 했을 때 "대체 문학이 뭔데요?"라고 묻지 못해서 지금까지도 혼자 질문하고 있다. 대체, 그게 뭐라고. 예술전공 강의실 안에서도 다수의 여자 학생들은 아버지를 죽이고 엄마를 버려야 하는 이중고에 봉착할 뿐 아니라 졸업하고도 한참 동안 남자 교수들을 목매달고 싶은 강한 충동을 느끼는데, 그 모든 건 시도하기도 전에 불가능해지고 만다. 그게 가끔 몹시 억울하다.

마침 창밖으로 내가 전혀 알아들을 수 없는 외국어가 무리지어 지나간다. 아랍어다. 터키어도 섞여 있다. 그들도 그들의 이야기만 하는 것 같다.

상처의 조화로움. 몸은 계속 균형을 잡으려고 한쪽으로 기울었다가 점점 더 낮아졌다. 어째서 상처까지도 조화를 이루어야 하는지 누가 묻는다면, 묻지 않는다면. 상처들이 그것끼리 혹은 기억과의 관계에서 조화를 이루도록 하는 게 심리적 생존이고 안간힘이라서 상처는 시간의 자화상. 붙잡아야 할 게 상처인지 시간인지 매번 혼란스러워 조화로운 상처됨을 감싸고 있는 얼굴은 비대칭과 느린 붕괴, 구멍 뚫림이다. 그래, 조화를 위한 침식의 흔적이 남은 얼굴. 그 얼굴은 매일 달라지는데 오늘은 H이다.

"위가 좋지 않네."

H는 내 얼굴을 빤히 보고 무슨 점쟁이처럼 말했다. 눈이 온 날이었고 마침 을지로를 지나다가 오랜만에 H의 병원에 간 날. H가 빚을 이억쯤 지고 문을 연 병원의 고객 대부분은 중국 관광객이라고 했다. 중국에서 왜 여기까지 오는 거냐고 묻자, H는 뭘 몰라도 너무 모르네, 하는 표정으로 그들이 들고 가는 박스 겉면에 쓰인 체중 감량, 지방 분해 등의 효능효과 설명을 가리켰다. 피부 관리는 기본이라고 했다. 진료실로 안내된 나를 보자마자 H는 늙었네, 라고 인사했다. 그날 이후로도 한참 시간이 지났다.

H는 어쨌든 나를 계속 미워하고 있는 중이라고 했다. 미움도 균형을 잘 잡으면 안부 묻듯 할 수 있다. "아직이냐?" "그렇다" 하며 지낼 수 있다. 다른 사람과는 모르겠고 H와는 그랬다. 나는 H를 싫어한다. 그건 전적으로 상처가 욕망한 조화로움의 결과이다. 이사를 했다는데 한 번도 와보지 못했다고, 집 가까운 역에서 갑자기 전화를 한 H를 나는 조금 더 싫어할 수 있을 것 같았다. 예정되지 않은 모든 일상적 틈입이 싫은 거였지만. 그건 그거고 일단 만났다. H가 커피를 마시자고 해서 자주 가는 카페로 향했다.

"요즘 궁금한 게 없어. 질문 좀 해봐."

"오늘 휴진이야?"

"그러니까 왔지."

"미리 전화를 하지."

"전화했으면 이런저런 핑계 대면서 못 오게 했을 거잖아."

"문자였으면 그랬겠지만 전화에는 그렇게 잘 대응 못해."

그러고는 한참 대화가 끊겼다. 보통 내가 침묵을 견디지 못하는 쪽이지만 H 앞에서는 꽤 잘 견디는 쪽이 되곤 한다. 인간은 완성형이 될 순 없고 언제나 잠정적인 완결형 정도라고 여기는데 H를 볼 때면 어떤 잠정적 완결형은 완성형 너머에 있다는 생각도 든다. 애는 너무도 지독하게 완결되어 있다.

"질문 좀 해보라니까."

"네가 해봐."

"또 안 들었지? 궁금한 게 없어졌다고."

"질문이란 걸 하다보면 거꾸로 궁금한 게 생기기도 해."

"이래서 내가 너 미워하잖아. 쥐뿔 가진 것도 없는 게 맨날 맞는 소리야."

어쩌면 H에게는 내가, 그 너무도 지독하게 완결된 인간 중 하나일지도 모르겠다.

"쥐뿔 가진 것도 없는 건 맞고. 맨날 맞는 소리 하는 건 아니고."

"그만 갈래. 이건 위약. 복용안내서 넣어놨어."

"커피 살게. 싫은 사람한테 그냥 뭐 받는 거 별로야."

계산하는 동안 카페 밖에서 나를 기다리고 있던 H는 내가 다가가자 등을 돌리고 간다, 했다. 손을 한번 들어주고 멀어지는 등을 나는 한동안 바라봤다. 자꾸 미워하게 만들어서 싫어하고 싫어하다보면 새로운 미움이 생기고. 그게 다다. 왜도 어째서도 언제까지도 얼마나도 없다. 나는 H여서, H는 나여서 그럴 수 있다. 가끔 위만 쓰리다. 오늘은 다행히 위약과 위악이 내 손에 있다. 병 주고 약 주고의 균형에도 이제 꽤 긴 역사가 생기는 참이다.

먹는 일이 피곤하다. 먹는 일의 앞뒤 과정이 그렇다는 말이기도 하다. 나 하나 먹이는 일에 좀체 편해지지 못한다. 이십 년을 한참 넘기고도. 이십 년을 한참 넘겼으니까. 구첩반상을 차린 적도 있고 열량을 계산한 식단을 매주 바꿔가며 먹인 적도 있다. 도시락을 싸 준 적도 있고 야채 중심으로 끼니를 챙기기도 했다. 몇 개의 식단을 제외하고는 대개 먹기 전에 지치는 일이었다. 먹는 즐거움, 맛있는 걸 먹는 행복 등의 표현도 일종의 사회성으로 기능하기 때문에 그게 모자라거나 거의 없는 사람은 자주 연기를 해야 한다. 맛있겠다! 역시 맛난 걸 먹어줘야 어쩌고. 그러니 음식점 앞에 줄 서서 기다리는 사람들이 얼마나 이상하게 보이겠느냐고 친구가 말한 적이 있는데, 그들이 음식에 대한 열망만으로 거기 줄 서 있는 것 같진 않아서 오히려 이해가 쉬웠다. 그것 역시 일종의 사회성 발현 아닌가. 남들이 가니까 맛있다고 하니까 사진도 좀 찍어 올려야 하고. 같은 것을 욕망한다는 안심이 때론 필요하다. 나도 신뢰하는 친구가 좋다던 책 사려고 오픈 전 서점 앞에 서 있어본 적 있다. 감히 음식과 책을 동일선상에 놓겠다고? 어느 쪽에 감히인데? 말을 말자.

굳이 꼽자면 이해하기 어려운 건 먹방 시청 쪽이었다. 친구가 먹방을 본 적 있냐 물었고 나는 없다고 대답했다. 왜 보지 않냐고 해서 거꾸로 왜 보냐고 물었다가 한 시간 넘게 먹방 유용론을 들었다. 앞뒤가 어지러운 내용이었다. 물음표가 많이 생겼다. 내가 모르던 세계로의 접속은 머쓱할 정도로 쉬웠다. 메뉴가 다른 몇 가지 방송을 돌려가며 한 시간 정도 시청한 후, 내가 면류 먹방을 제일 좋아하고 먹방 시작 십 분 정도에 식욕이 가장 크게 동하다가 이후 하향곡선을 그리며 지루해한다는 사실을 알게 되었다. 먹방을 재생해두고 책을 읽으면 음식을 먹는 데 쓰는 감각 일부를 독서 과정에 동원할 수 있다는 걸 알게 된 건 덤이었다.

거의 매일 먹방을 본다는 친구는 타인의 감각을 상상하며 자기 뇌를 속이는 일종의 집단 최면으로 먹방을 정의했다. '푸드 포르노'라는 표현도 먹방의 일상성이나 타인의 감각과 감수성을 와이파이 공유하듯 하는 세대문화에 무지한 이들의 과도하고 지루한 관점이라는 친구의 말에는 공감이 됐다. 어떤 과도함 속에 벌어지고 있는 게으른 명명들을 떠올렸다. 먹는 즐거움이 별로 없어서인지 먹방을 보는 즐거움도 거의 느끼진 못했다. 어쩌면 그랬기 때문에 침대 위에서 아무 방송이나 틀어놓고 졸 수 있었다. 그러다 통 뭘 먹지 못하는, 치료중인 민머리 여성이 얼마나 먹방이 도움이 되는지 거듭 고맙다고 인사하는 걸 보았다. 그런 걸 봤어. 응, 우리 엄마도 그랬어.

먹는 일이 어렵다. 잠과 침묵과 무통을 겨우 쟁취하듯.

Sunday 5

겨울에 피는 꽃이 겨울꽃이면 동백, 매화, 수선화 등이겠고 겨울에 살 수 있는 꽃을 겨울꽃이라 한다면 튤립, 라넌큘러스, 스토크, 아네모네, 프리지어 등이 그들. 토요일마다 집에서 가까운 삼거리 코너에 꽃트럭이 선다. 비정기적으로 일요일에도 올 때가 있다고 오십대쯤으로 보이는 주인남자가 말했던 기억이 났다. 그보다 늙은 아버지가 함께였다. 처음 본 건 한파주의보가 내린 날이었다. 노인이 트럭 주변을 서성이다가 친구와 내가 꽃 가격을 남자에게 묻자 슬그머니 조수석으로 들어갔다. 노인에게는 칼질 같은 추위겠다, 하고 나는 덩달아 옷깃을 여몄다.

"추운데 왜 나와요, 아버지?"

친구가 사준 꽃다발을 들고 몇 발 걷다가 남자의 말을 들었다. 뒤를 돌아보니 노인이 막 차문을 열고 땅에 발을 디디고 있었다. 추위에 혼자 있을 아들이 마음에 걸린 건지, 입김이 그대로 부서질 것 같은 한기에도 그는 다시 차 밖으로 나와 서성였다. 자식 속상하게 괜히…… 나도 모르게 자식의 마음으로 중얼거렸던 기억.

오늘은 노인이 보이지 않았다. 주인남자가 나를 알아본 것 같았다. 튤립이 좋다고 했다. 그러네요. 갱지로 꽃을 둘둘 말고 있는 남자에게, 오늘 할아버지는 같이 안 나오셨나봐요 물어도 되나, 아니지 노인의 안부는 조심해야지. 편찮으시거나 혹시라도 돌아가셨으면 어떡해. 그러니까 애초에 그런 걸 왜 물어보려고 하는 거지 나는? 하지만 계속 걱정을 간직하고 무시하지 못할 바에야 확실히 사정을 아는 게……

"차 안에서 주무세요."

"네?"

"아버지요. 아까부터 조수석을 자꾸 보셔서."

얼굴이 화끈거렸다. 애초에 숨길 생각이 있었던 것도 아닌데 어쩐지 들킨 기분이 되어서. 이런 일은 모른 척하기 카테고리에 속하는 것이다. 아니, 모르겠다. 아마도 그렇지 않을까 자신 없게 짐작할 뿐이다. 미안하다는 말도 이상하고 실은 할아버지가 걱정돼서 그랬다고 하면 어떤 사정으로 늙은 아버지와 함께 나온 남자를 책망하는 것처럼 들릴까봐 말 고르기가 조심스러웠다. 표정 역시 고르지 못하고 어정쩡하게, 나는 남자 손의 굼뜸을 원망하면서 서 있었다. 대충 말아주면 될 걸. 응? 갑자기 저 장미들은 왜?

"이거요. 여기 시든 부분만 떼면 괜찮거든요. 가져가실래요?"

미색 장미다발을 내밀면서 남자가 선생님 앞에서 허락을 구하는 학생처럼 내 표정을 살폈다. 보통 오십대 남자에게는 좀체 볼 수 없는 표정이었다. 너무나 조심스럽고 급히 사과할 준비가 되어 있는 그 표정에 놀라 나는 화들짝 시선을 피했다. 선뜻 권력을 넘겨주는 그런 시선은 받아내기 힘들다. 고맙습니다.

"어차피 못 팔 거라서요."

"그래도 예뻐요."

장미꽃잎 한두 장 끝이 말라서 변색이 진행중이었지만 빛깔도 모양도 나쁘지 않았다. 남자의 주고도 미안한 표정이 이해가 안 될 정도였다. 진짜 이런 것만 떼면 괜찮거든요. 놔두면 손수 꽃잎을 다 정리하겠다 싶어 남자 손에서 장미 다발을 건네받았다. 제가 할게요. 고맙습니다. 어차피 못 팔 거니까요. 그래도요. 두 번의 '어차피'에 두 번의 '그래도'였다. 몇 걸음 걷다가 차문이 열리고 닫히는 소리를 들었다.

"거참. 그냥 안에 계시라니까."

나는 굳이 돌아보진 않았다. 코끝에 잠시 온기가 스쳤다. 겨울에는 잠시 잠깐의 온기가 이상하게 서러워서 아예 냉기를 곁에 두는 마음도 있는 것이다. 어차피와 그래도 사이를 휘청이며 집으로 돌아와 나는 그런 마음으로 시든 꽃잎을 톡톡 떼어냈다.

Sunday 6

나는 내 방향으로 움직였을 뿐인데 그 결과 누군가와는 멀어지고 누군가와는 가까워진다. 너도 그랬을 것이다. 우연과 의지와 기호와 욕망이 추동하는 움직임이므로 그 멀어지고 가까워짐에 내 책임이 아예 없다고 할 수는 없다. 하지만 관계 변화의 책임을 추궁당하면 좀 억울해진다. 그 정도로 명백한 의도는 없었다 느끼고 그게 사실일 테니까. 내가 움직이고 네가 움직여서 일어난 관계의 변화는 필연적일 뿐 책임을 물을 일은 아닐지도 모른다. 근 몇 년, 관계와 연결된 고민을 할 일이 거의 없었다. 멀고 가까워짐이 용케 순조로웠다. 보통은 그렇지 못하다. 지금도 그렇다. 나는 모든 걸 무효화하고 혼자 있고 싶다. 피곤하다. 이 달라진 위치에 대한 감각으로부터 오는 모든 어긋남이. 좋아하는 마음이 관계를 지탱하는 골격이라 했을 때 그 마음이 서서히 빠져나가면서 무너져내리는 관계의 빈껍데기를 보는 건 어쨌거나 고통스러운 일이다. 여전히 너를 좋아하지만 그 마음에는 이제 힘이 없을 때. 왜 이렇게 되었는지 모르겠다 싶을 때. 아니 너무 잘 알고 있을 때. 우리는 그냥 매일 조금씩 움직이며 잃고, 매일 무언가를 잃고 마는 자신을 외면한다. 너는 이런 사람, 나는 이런 사람. 처음 만난 그 자리의 허상을 압정으로 꾹 눌러 둔다. 하지만 나는 그런 사람이 아니다. 그런데도 나를 계속 좋아해 줄 거야? 이런 질문은 영영 하지 못한다. 원래 있던 자리로부터 쉽게 물러난다. 뭐든 내가 할 수 없는 일인 것처럼 느끼면서 무능력함을 곱씹으면서 암담해지면서 자책하면서 나는 그냥 있다. 관계 실패와 회피에 익숙한 사람이면 흔히 그렇듯 몸피를 줄이고 체온을 낮추는 데도 능하다. 관계는 그렇게 취소된다. 존재도 취소될 수 있다면 가장 먼저 나를 그 취소의 순서에 세우겠지만 그럴 수가 없다. 이 불능의 감각. 존재 대신 자꾸 취소되는 마음들. 그러려니, 하고 살았더니 그것 봐라, 하고 돌아오는 삶의 단념들에게 묻고 묻고 또 묻는다. 집요한 질문일수록 틀린 질문이다. 틀린 질문일수록 집요해진다. 이제 나는 그걸 안다.

Sunday 7

해야 할 일과 했어야만 했던 일 사이에서 진동하는 저녁. 어떤 모순과 역설로부터 평상심을 지키기 위해 하루 대부분의 에너지를 쓰는 것 같다고 며칠 전에 L에게 말한 적이 있다. L은 눈을 동그랗게 뜨더니 "너도?" 했다. 그는 모순과 역설은 잘 모르겠고 어쨌든 심적 평화를 지키느라 진을 빼고 있다고 덧붙였다. 그래, 그런데 중요한 건 모순과 역설이라고. 내 말이 그를 서운하게 만든 모양이었다. 그런데 왜? 다름과 차이를 구체적으로 드러내고 언어화하는 일에 사람들이 서운해하거나 감정적으로 방어할 때마다 여전히 당황한다. 나는 다름만 얘기했는데 그 다름을 차별과 위계의 근거로 만드는 건 그들이다. 이게 다 '다름=특별함'으로 세뇌해온 자기계발서들 때문이며……

어떤 비극은 시의 옷을 입고 와서 그 참혹함을 견뎌라, 견뎌라 한다. 며칠 읽고 있는 시들이 그랬다. 지쳐서 읽기를 그만두었다가, 그래도 되는 걸까 마음에 걸려 다시 펼치기를 반복하고 있다. 점점 시와 논문만 옆에 둔다. 소설은 읽기 힘들고 에세이는 더 그렇다. 공감하기가 부쩍 지친다. 이런 이야기를 갑자기 누군가와 하고 싶었지만 오늘은 아무하고도 말하지 않고 지나가야 내일 일을 할 수 있을 것 같아서 대신 수첩에 적어두었다.

소설과 에세이 읽기에 지침. 누군가와 얘기해볼 것.

그런데 누구와? 일상을 지탱하는 아주 사소한 관성들, 그러니까

a 다음에는 b를 하고, b를 하면서는 c와 상의하고, d는 a와 꼭 연결해놓고 등 시간과 경험이 만든 지도가 지워지고 갑자기 깜깜해지는 순간이 잦아지고 있다. 머지않아 양말 신는 법부터 차근차근 배워야 할지도 모른다. 그런 순간이 찾아와도 그다지 놀라지 않을 것 같다. 오늘은 똥 닦는 법이 어색해 죽는 줄 알았으니까. 멍함과 망함이 가까워서 아 이것참 큰일인데, 하다가 책상 위 꽃이 예뻐서 웃고 차 향이 좋아서 웃고 사샤 귀가 나비처럼 팔랑거려서 웃고 어떤 대화가 떠올라 웃었다.

"구름이 되어야 했는데 그만 어쩌다 사람이 된 거죠."

"잘못 태어났다는 말을 참 자연친화적으로 하시네요."

"삶을 영위하는 모든 일이 힘에 부쳐서 물 한잔 마실 때에도 안간힘을 써야 하는 사람이 있어요."

"그런 사람 바로 앞에 두고 다른 사람 말하는 것처럼 묘사하기 기술 쓰시기예요?"

"어떤 인간이어야 한다 말고 힘들 때마다 그냥 구름이 되어야 했는데, 하세요."

그래, 구름이겠네. 잘못된 장소, 잘못된 시간에 틀린 존재로 있는 듯한 어떤 인간의 기분을 가장 잘 이해할 수 있는 걸 꼽으라면 그건 구름이겠다. 이 부풀다 만 육체를 쉽게 가늠하는 것도.

구름이 되었어야 했는데.

Sunday 8

지금 막 상실의 길 위로 접어든 여자의 이름은 '펀'이다. 살아가는 길옆에 언제부터인지 상실하는 길이 나란히 놓여 있었다는 걸 깨달은 사람의 첫 눈빛 그리고 오래 눈 감기. 영화 도입부에서 펀은 떠난 이의 셔츠에 얼굴을 묻고 숨을 깊이 들이마시다가 한참 가만히 있었다. 너무 그리우면 숨쉬는 걸 잊는다. 그러다 셔츠나 손수건, 모자 등 그 사람의 체취가 남은 사물에 얼굴을 묻고 내장에 기입할 것처럼 크게 들이마시는 일의 반복. 그건 심장을 맡기는 의식과 다르지 않기에 울지 않을 수 없었으나 눈물이나 흐느낌이 없어도 운다고 할 수 있을지. 액체도 기체도 아닌 무언가가 서서히 새어나오는, 그건 감당할 수 있는 만큼만 무엇도 다치지 않게 살살 구멍을 여는 어떤 의식과 관련한 행위일지도 모르겠다. 눈물 없이 목이 콱 막히는 울음과도 달랐다. 통증이 없었다. 상실과 연결된 통감을 어떤 시기에 과도하게 쓴 탓일지도 몰랐다. 급작스러운 통증과 밑에서부터 올라오는 소리, 눈물 없이도 운다고 할 수 있는 걸까. 영화 끝부분에 와서는 그 자문을 내가 아니라 편이 하고 있는 듯 보였다. 내 울음이 울음일 수 있는가. 달리 말하면 내 슬픔은 충분한가?

그랬다. 소리도 눈물도 없이 울고 있었던 건 편이었다. 지금의 고통으로는 어쩐지 충분하지 않은 것 같아서 지속적으로 불안과 고통을 더하는 식으로 삶을 끌고 가는 것도 편이었다. 그랬는데 나는 왜 그처럼 충분한가 자문하며 울었나. 슬픈 사람은 슬픔을 지키기 위해 비극 옆에서 잠든다, 라고 쓴 건 오래전 일이고 지금 그 문장이 다시 떠오른 건 살아온 대로 살려는 지긋지긋한 인간인 '나'의 꼬리가 오늘따라 길어서다. 편처럼 살 수는 없을 것이다. 선택의 문제라면 그렇다는 말이다. 그런데 누가 그런 걸 선택할 수 있나.

내가 잃은 것이 무엇인지 얼만큼인지 얼마나 더 잃은 상태여야 하는지 누가 알 수 있을까요? (누가 말해줄 수 있을까요?)

괜찮아지고 싶었지만 잊기는 싫었다. 잘살고 싶었으나 내 슬픔을 잃고 싶지는 않았다. 영화는 상실의 고통과 대상을 분리할 수 없는 채로 살아가는 한 사람과 더 많은 사람의 어쩔 수 없는 여정을 따라

간다. 거기에는 국경이 없다. 꿈에 국경이 없는 것처럼.

자신을 자기 기억에 지속적으로 포함시키는 노동의 고단함에 대해.

들은 말

빈번하게 요일을 묻는 사람이 있고, 그 사람에게 귀찮은 기색 없이 꼬박꼬박 요일을, 어떤 때는 날짜까지 답해주는 사람이 있어. 답하는 이가 묻는 사람에게 되물어. "약속이라도 있는 건가요?" 묻는 사람은 깜짝 놀란 표정으로 "나는 약속 같은 건 하지 않아요!"라고 거의 소리 지르듯이 답해. 그렇다면 왜 그토록 요일을 궁금해하는 걸까. 습관일 뿐일까? 그보다 약속이란 것에 단단히 화가 난 사람처럼 핏대를 세우는 이유는 뭐지? 친절한 답변가는 의아할 따름이야. 그러면서도 계속 되묻고 연신 날카로운 반응을 받아.

"오늘이 무슨 요일이죠?"

"일요일요. 그리고 10월 31일이에요."

"고마워요."

"중요한 약속이라도 있는 건가요?"

"나는 약속 같은 건 하지 않아요!"

항상 거기서 끝나던 대화가 꿈틀 몸을 틀어 다른 쪽을 향하기로 마음먹어.

"왜 화를 내세요?"

"화내지 않았어요. 그냥…… 아니에요. 미안합니다."

"아니, 사과를 받으려고 한 말이 아니에요. 조금 더 설명해줄 수 있어요?"

묻는 사람은 설명은커녕 아무 말도 못한다. 친절한 답변가는 그가 성실히 요일을 물으면서도 약속에는 예민한 이유를 영영 알지 못한다.

듣지 못한 말

시간을 쪼개고 더 작은 단위로 쪼개 살아요. 예전에는 한달 단위였다면 그게 일주일로, 요즘은 월화수, 목금토, 일로 나누어 삶을 조립해요. 아픈 몸이 꼽는 건 날짜가 아니라 요일이에요. 금요일이 지나면 토요일이 될 것이고 일요일이 오면 일주일을 견딘 게 돼요. 일주일, 각각의 원소와 물질들을 떠올리면 조금 더 쉬워져요. 월요일에는 꼭 달을 보고 그것의 울퉁불퉁한 표면을 떠올려요. 토요일은 흙을 쥔 사람은 누구도 슬프지 않은 날이고요. 오늘이 무슨 요일이라고 했죠? 아, 일요일은 살이 타고 남은 재와 같은 날요. 그런 식이요. 계속 상기할수록 위치와 물질성이 선명해지고 안심이 되거든요. 그게 내가 나를 놓치지 않는 방법이에요. 내 기억에 나를 누락시키지 않고 담는 일은 생각보다 어렵거든요. 자기를, 그것도 마음에 들지 않는 자신을 자기 기억에 잘 담기가 참. 요일이 중요한 사람이 어딘가 또 있을까요? 약속할 수 있는 게 거의 없는 아픈 몸들. 약속은 우리를 모서리에 세워요. 약속 없어 우린 만날 거예요. 오늘이 무슨 요일이라고요?

Sunday 10

월드와이드웹과 http 프로토콜을 만든 팀 버너스리는 2009년에 주소 맨 앞에 붙는 http://와 관련해 오랫동안 감춰둔 이야기를 고백한다. http://의 슬래시(//)는 사실 의미나 효용이 없는 기호였다는 것이다. 실제로 주소창에 '//'를 넣지 않아도 페이지는 정상적으로 작동한다. 그런데 왜 슬래시를 넣었느냐는 질문에 팀 버너스리는 "당시에는 그게 멋있어 보여서"라고 대답했다. 멋있어 보여서. 언젠가 읽은 이 일화에서 나는 컴퓨터 언어로 쓰인 문학, 농담, 묘비명을 막연히 상상했다. 멋있어 보여서 우리는 망연한 부사 하나를 끼워 넣기도 하니까 슬래시는 부사고 일요일은 그런 부사 같은 날이다. 연일 명사가 사라지는 일주일의 끝.

어제 저녁 뭐 먹었어?

어…… (명사 사라짐)

네가 그때 말했던 책 제목이 뭐였지?

음…… (명사 사라짐)

사라진 명사 주변을 형용사와 부사가 부유한다. 강력한 동사만이 무언가를 하라고, 해야만 한다고 종용한다. 어떻게 써야 할까가 어떻게 살아야 할까로 치환될 때 명사 없이 동사만이, 주어 없는 행위만이 나를 짓누른다. 슬래시가 부사라는 걸 진작 알았다면 슬래시 두 개 정도의 얇은 출구 혹은 입구를 조금 더 일찍 얻게 되었을 텐데. 연필을 깎다 벤, 처음에는 피가 나지 않다가 한참 바라보고 있으면 서서히 벌어지면서 피가 맺히는 그런 상처 같은 슬래시가 부사라면 명사가 증발되었다고 전전긍긍하지 않았을 것이다. 지옥으로 가는 길은 부사로 가득차 있다고 말한 건 아마 스티븐 킹이었을 텐데, 나는 천사들이 밟기 두려워하는 땅은 명사로 가득차 있지 않을까 생각했다. 영혼, 진심, 성실, 최선, 구원…… (천사들이 귀를 막는다) 내

가 쓰는 명사는 괴롭고 쓸 수 없는 명사는 그리워, '나'는 괴롭게 그리
워하며 계속 명사를 좇고 있다. 명사는 권력이고 권력 가까이 선 것
들이고 권력으로 만들어지고 사라지는 것들이다. 명명은 명사가 권
력과 손잡고 하는 행위의 핵심. 너는 여자다. 그러면 나는 그들의 필
요에 따라 긴 시간 조형된, 여자라는 개념 안에 갇힌다.

갇혀서 탈출의 언어를 고심한다. 고심하며 쓴다. 그럴 때마다 마
음이 교도관처럼 엄격해진다. 말들이 교도관의 눈치를 보기 시작한
다. 내 말들이 내 마음의 눈치를 봐야 하는 세계는 불행하다. 그 마
음이 정말 내 마음인가 묻다보면 더 불행해지는 세계. 그렇다면 이
야기를 바꾸자, 하고 오늘은 용기를 내 다시 앉았다. 명명은 놀이로,
놀이는 술래 없이, 권력은 사람 말고 지구에게. 미래를 선택할 수 있
다고 치면 어떤 미래를 선택할 것인가 묻자. 화자에게 당신은 그럴
힘이 있다고 말해주자. 화자가 자기 힘을 믿어야만 세상에서 이야
기가 그 존재를 배정받게 됨을 기억하자.

어떤 면에서 모든 이야기는 믿음으로부터 시작된다. "우리가 타
인의 얼굴을 만난다는 건 무슨 의미일까?"라고 내가 쓰면, 삼 초 전
에 세상에 없던 문장이 갑자기 나타난 거다. 말들의 세계는 바쁘게
이 새로운 문장을 받아들일 준비를 한다. 내 말은, 그럴 것이라고 믿
는 게 중요하다. 내 문장, 내 이야기, 내 것을 욕심내라고 말해준 한

사람. 이 모든 걸 부사로 바꾸면서 이야기는 시작된다. 대체로 망망하게.

Sunday 11

저녁 배식을 받아 막 한술 뜨려던 참이었다. 옆 병상 씨씨노인(소등 후 잠들기 전까지 "아우씨!"를 연발해서 붙인 별명)이 침을 뱉듯 말했다.

"아우, 씨발! 내가 빨리 죽어 젯밥을 받는 게 낫지!"

어떻게 피할 새도 없이 욕설을 뒤집어쓴 나와 식후약을 주러 왔던 간호사가 동시에 웃음을 터뜨렸다. 내가 만난 여성노인들은 죽음이 자기들 편이라는 걸 전혀 의심하지 않는 것 같았다. 죽음에 관해 말할 때 그들은 어쩐지 더 당당했다. 웃으면서, 그건 내 편이지, 하듯이. 이곳의 노인들도 그렇다. 병원밥 맛없어서 도저히 못 먹어주겠다, 라는 말을 죽음과 젯밥까지 버무려 할 일인가 싶지만 한 사람도 들은 사람도 다 웃어버리는 순간에는 그 죽음이 폴폴 첫눈처럼 가볍다.

죽음은 그렇지만 통증은 다르다. 해가 지고 나면 커튼 너머 노인들의 신음소리가 이리 구르고 저리 구른다. 밤에서 새벽까지가 통증의 시간이라는 걸 병실 사람들은 다 알고 있다. 진통제를 미리 요구하는 사람과 경험상 가장 통증이 덜한 자세로 몸을 누이는 사람, 낮에도 참았으니 밤에도 참는 사람이 있다. 욕하는 사람은 참는 사람에 속한다. 참기 위해서 욕을 하는 거니까. 노인들의 '아우씨!'와 '씨팔' 발음은 무슨 기예처럼 절묘하게 공기를 냅다 가른다. 욕인데 욕이 아니어서 신음의 기예다. 그들의 기예에 방해되지 않도록 나는 조용히 책장을 넘긴다.

다섯시 반, 저녁시간이 지나고 노인이 많은 병실은 일곱시면 소등을 한다. 코로나 이후 간호간병통합병동의 노인들에게는 면회, 텔레비전, 대화가 없다. 거동이 불편한 이들이 대부분이어서 간호조무사의 도움으로 상체를 일으켜 식사를 하고, 휠체어를 타고 화장실에 다녀오는 게 하루 움직임의 전부다. 식사시간 외에는 잠을 잘 때에도 마스크 착용을 해야 한다. 휴게실은 폐쇄되었고 각 침대를 둘러싼 커튼 안에서 이루어지는 통화는 횟수나 시간 모두 옆 병상 눈치를 보지 않을 수 없다. 동영상 시청도 이어폰을 쓰지 않으면 바로 불만이 터져나온다. 관계의 소리는 사라지고 소등 이후 신음만이 뒤섞인다. 통화 소리나 동영상 소리보다 더 신경을 건드리는 신음소리에 불평하는 사람은 없다. 내일 수술을 앞둔 옆 병상 여자도 "할머

니, 이어폰 쓰세요!"라고 통화하는 씨씨노인에게 짜증을 내놓고 쉼
없이 이어지는 신음에는 묵묵하다. 저 신음이 내일은 자기 것이 될
지도 모르니까. 에이씨! 차례를 기다리는 마음으로 나는 거의 잠을
이루지 못한다.

Sunday 12

오늘 돌봄 당번으로 온 H가 한 손에는 일반 쓰레기봉투를, 다른
손에는 고무장갑을 끼고 음식물 쓰레기봉투를 들었다. 앞으로 넌 무
거운 거 들면 안 돼. 나눠 들자 내민 손을 H는 본체만체하고 말했다.

1인 가구가 일주일에 한 번 배출하는 평균 쓰레기양이 얼마나 되
는지 모르겠지만 내 배출량이 적은 느낌은 아니다. 앞으로 평생 얼
마나 더 쓰레기를 만들지 짐작도 안 된다. 쓰레기봉투를 배출 장소
에 하나씩 두고 허리를 펴는 H 뒤에서 흑인 남자가 인사를 했다. 안
녕. 도움 필요해? 아니. 내가 도와줄 수 있어. 보다시피 네가 도와줄
일은 없지만 고마워. 얼핏 도움을 주겠다는 사람이 더 간절해 보이
던 짧은 대화 후 H는 고무장갑을 낀 채 집 반대편으로 앞서 걸었다.
그러기로 하고 함께 나온 참이었다. 그게 뭐든 버리는 마음에는 모

서리가 생긴다. 버릴 것과 버릴 수 없는 것을 구분하는 마음에도 가끔은 그렇다. H의 마음에 모서리가 생겼을까봐 마음이 쓰였다.

조금만 걷고 들어가서 너 좋아하는 노래 들으며 차 마시자.

들어갈 때 쓰레기봉투 사라고 해줘. 얼마 안 남았더라.

쓰레기가 너무 많이 나와.

지금은 그런 것까지 신경쓰지 마.

H가 팔짱을 끼며 말했다. 가끔 떠오를 뿐, 실은 신경쓰지 못하고 있다. 하지 못하는 일은 잊고 할 수 있는 일만 조금씩 해나가라는 H의 잔소리가 이어졌다. 사람을 대상으로 쓰레기를 욕으로 쓰지 않으려고. 사람이 뭐 대단해서가 아니라 처음부터 쓰레기로 세상에 나오는 건 없잖아. 쓰레기가 쓰레기가 아니었던 시간을 기억하고 있으니까 그럼 안 될 것 같아. 그 시간을 더 기억하고 싶기도 하고. 느릿느릿 그런 말을 나누며 걷다보니 이슬람 사원이 나타났다. H가 코란 읽는 소리에 집중하다보면 어느 구절은 그럴듯한 욕설처럼 들린다고 말했다. 사원 입구 맞은편, 해독할 수 없는 푯말들 가운데 욕에 일가견이 있는 여자 둘이 앉아 있다. 그중 한 여자가 이른 아침에 자기가 지나는 곳마다 욕설을 정성껏 심듯 동네를 배회하는 걸 본 적이 있다. 여자들을 본 사람마다 그들이 미쳤다고 했다. 잘 모르겠다. 미침과 미치지 않음의 기준이 내겐 없다. 하나 확실한 건 그들

의 광기가 무척 안정되어 있다는 점이다. 극단을 주저하며 균형을 알게 모르게 지향하는 내 경우는 광기도 불안정하다. H가 걸음을 집 쪽으로 돌렸다. 잊지 말고 음식물 쓰레기봉투 사 가야지. 봉투를 떠올리는 것만으로 썩은 음식 냄새가 났다. 처음부터 부패한 채 세상에 오는 게 있던가. 내 생각에도 냄새가 나기 시작했다. 도움 필요해? 그 흑인에게 부탁할걸 그랬다. 당신의 광기를 싣는 욕을 좀 가르쳐줘. 엄마랑 고추 들어가는 거 빼고.

H는 혼자 편의점에 들어가 쓰레기봉투를 사왔다. 한 손으로는 쓰레기봉투를 들고 다른 손으로는 내 손을 잡아끄는 H를 따라 계단을 오르다가 혼자 사는 다른 아픈 사람들은 주로 어떤 걸 잊지 않으려고 애쓰는지 궁금해졌다. 그게 자신에 속한 것인지 타인의 영역에 관한 것인지도. 대부분은 혼재되어 있겠지만 오롯이 타인을 향한 감정이나 생각만으로 소진되는 날이 있기도 하니까. 누구를 대신해 사는 순간이 있기도 한 것처럼. H에게는 오늘이 그런 날이겠고, 내겐 아니었는데 그런 날을 떠올리게 하기는 했다. 아까, 쓰레기가 쓰레기가 아니었던 시간을 기억하고 싶다는 말 좋더라. H가 내 집 현관 비밀번호를 누르면서 말했다. 나는 숨이 차서 아무 말도 못했다.

어떤 틀 밖의 존재여서 지불해야 하는 비용이 있다. 잔돈까지 탈탈 털어 계산하고 분노하던 시절을 지나 이제는 아주 가끔만 떠올린다. 그 비용이 점점 늘어나고 있다는 것도 어쩌다 한 번만 생각하려고 애쓴다. 자꾸 떠올리면 언어를 부착하고 싶어지고 언어가 붙고 나면 정말 몸을 기울여 관여하고 싶어진다. 보통 이런 과정을 거쳐 몸을 기울이게 된 이들을 우리는 활동가라 부른다.

몸은 차별과 혐오가 기입되는 가장 첨예한 장소다. 몸을 기울인다는 건 그런 장소의 닿음이다. 내 몸은 어디에 닿아 있는가. 질문이 저 멀리 앞서가고 있다. 나는 이제 겨우 내 몸에 도착한 상태다. 방청소에 몸을 쓰다가 알았다. 살려고 이러는 거구나. 약속을 취소하고 책상 앞에 앉자마자 알았다. 애쓰고 있는 거구나, 내가. 문제는 살자, 하고 애쓴 일들이 도무지 삶 쪽으로 나를 인도하지 못한다는 거였다. 내 마음 편한 방식이 내게 정말 도움이 되는 경우는 드물다 (마음이 편하려고 익숙한 선택을 하고 자꾸 그래서 망한 거잖아요, 선생님?).

틀 밖 존재의 부유감은 점점 어지럽고, 손가락질이 다가왔다 멀어지고, 멀어졌다 다가오진 않았으면 좋겠고, 언어는 자꾸 통증을 호소하고, 다주택 보유자의 가난을 해석하길 포기하면서 아이쿠 미안해요. 내가 당신에게 관심이 없어서 나를 죽이고 싶다던 당신에게도 미안합니다, 라고 말할 수밖에 없는 것도 내가 지불해야 할 비용중 하나다. 너무도 고통스러워서 이론으로 향했다고 쓴 벨 훅스를 떠올린다. 도대체 무슨 일이 일어나고 있는지 이해하고 붙들기 위해서. 틀 밖의 존재 비용이 정당한가도 그가 이론 안에서 고민한 문제였다. 내 고통은 나를 어디로 향하게 할까. 밤의 몸을 가로지르며 생각한다.

Sunday 14

낯선 곳에서 혼자 말없이 걷다보면 내가 아무것도 아니라는 사실에 오히려 안심이 된다. 무엇일 필요가 없는 시공간의 발견은 중요하다. 혼자 방안에 있을 때조차 무엇이어야 해서, 무엇이어야 할 것같아서 침대나 책상, 천장, 변기에 자꾸 각인된다. 그게 지겨워질 때에는 각인되는 버릇 이전에 나는 어떻게 살았나 떠올리려 애썼다. 몇 년 후 재개발로 사라질 골목으로 이사하고 사라질 거야, 중얼거리며 매일 걸을 수 있다는 게 그래서 또한 좋았다. 사라질 건 골목만이 아니었으므로 스치는 모든 것과 나는 서로의 사라짐을 증언할 터였다.

긴 세월에 걸쳐 연인이었다 아니기를 반복한 두 사람을 본 적이 있다. 스페인 유학중인 친구가 긴 여행을 떠난 동안 바르셀로나 인근에 있던 친구 집에 혼자 여러 날을 머물렀다. 아침에 간단한 산책을 하다가 장을 봐서 다소 창의적인 음식으로 끼니를 해결하고, 창을 열어둔 채 종일 책을 읽다가 저녁마다 친구가 알려준 로컬 카페에 들렀다. 아시아 여자는 늘 나 혼자였다. 동네 주민들 틈에 앉아 모이는 시선들을 슬그머니 밀어냈다. 그들도 나처럼 영어가 서툴고 그들도 나처럼 영어를 싫어했다. 손짓, 발짓, 표정과 의성어, 의태어 온갖 언어 이전과 이후의 도구를 다 동원해서 나눈 것들이 매일매일 쌓였다.

"저 사람, 그리고 저 사람. 연인일까 아닐까?"

내가 부부라고 생각했던 두 노인을 가리키며 퀴즈를 낸 사람은 첫날부터 친해진 제키였다. 카페에서 서빙을 하는 제키의 관심 덕분에 나는 우두커니 앉아서 주문을 받으러 오길 기다리지 않아도 됐다. 대학생인 제키가 다른 사람들의 스페인어를 내게 영어로 통역해주는 일도 잦았다. 부부인 줄 알았다고 하자, 그는 웃으면서 그보다는 아름다운 관계지, 했다. 부부보다 아름다운 관계. 그때는 지금보다 훨씬 더 시니컬했기 때문에 부부보다 아름답지 않은 관계가 있냐고 되물었다. 제키가 깔깔 웃었다. 그날 이후 반쯤은 자연스럽게, 반쯤은 제키의 도움으로 알게 된 사실은 이랬다. 두 노인은 법적으로는 싱글이었고 각각 자녀들이 둘씩 있었고 아이를 낳은 파트너들과는 사별을 했다는 공통점이 있었다. 삼십대에 혼자가 된 후 지금까지 둘이 연인이었다가 헤어졌다가 다시 만나기를 반복하고 있다고 했다.

"헤어졌을 때는 다른 사람을 만나고?"

"그렇겠지?"

"그런데 왜 같은 사람에게 돌아오는 걸까."

"돌아가고 싶은 사람인 거지. 난 이해할 수 있어."

"제키도 돌아가고 싶은 사람이 있어?"

제키는 의미심장한 웃음을 지으며 고개를 저었다. 나는 더 묻지 않고 두 노인에게로 시선을 돌렸다. 그들 관계가 어떻다고 말할 순 없어도 그들에게 타인의 주의를 쉽게 끄는 매력이 있음은 분명했다. 주름 넘치게 웃는 얼굴도 서로를 바라보는 시선에 담긴 애틋함도, 너무도 대조적으로 따로 놀던 그들의 낡은 몸까지 모두 아름다웠다. 감탄사와 함께 동경하게 되는, 아직 먼 아름다움이었다.

그들처럼 지금껏 살아온 힘으로 어쩌면 살수록 아름다워질 수 있지 않을까 기대했던 것 같다. 아니었고 아닐 것 같다. 매년 조금씩 더 안팎으로 성채를 공고히 쌓아두고 듣고 싶은 말만 들으며 완강해 질수록 불안해지는 삶. 나를 지키는 것이 나를 가두기도 하여서, 나라고 여기는 것이 나일 수 있는 가능성을 차단하기도 해서 어쩌면 일생 쌓고 허물고 쌓고 허물고일 수밖에 없을 텐데. 내가 아무것도 아니어도 괜찮아지고 싶다. 낯선 골목에서 자아 밖으로 탈주를 시도하며 문득 내게도 돌아가고 싶은 사람이 있나 자문한다. 돌아가도 나는 아름답지 못하겠지만.

Sunday 15

총 한 자루와 일억 상당의 현금, 이름이 다른 여권 여러 개. 현실에서 이것들이 여성에게 주어질 가능성은 거의 없다. 성년 생일에 받고 싶은 선물이 있냐고 H가 물었고 나는 그런 것들을 말했다. 총과 다른 나라에서 한 달 정도 넉넉히 버틸 수 있는 현금과 여러 개의 여권 중에 H가 가장 난색을 표했던 게 총이었는지 현금이었는지 기억나지 않는다. 여권이 아니었던 건 분명하다. H는 셋 전부를 선물하겠다고 장담했다. 특유의 연극적인 표현이려니 했다. 그러니 나도 "만약 준비 못하면 우리 사이는 끝이야!"라고 맞장구쳤던 거겠지. 어째서인지 지금도 이유는 알 수 없다. 그 시절엔 이해할 수 없지만 그렇다고 무시할 수도 없는 충동이 너무 많아서 뭐든 그리 깊이 생각하지 않았다. 안 그러면 돌아버릴 것 같았으니까. 떠난 자들이 남긴 수수께끼가 틈입하는 밤. 어둠과 더 진한 어둠과 완전한 어둠을 구분하는 법을 알아? 답을 들은 것도 같은데. 기억하지 못하면 모르는 거다. 없는 거다.

야간자율학습 시간은 전생을 이야기하기에 좋았다. H는 자신이 남태평양의 작은 섬에 표류한 여행자였다고 말했다. 남태평양이 어디 있는지는 알고? 넷 아니면 다섯, 늘 모이던 애들이 H를 놀리기도 했지만 그는 진지했다. 그 점이 더 놀림감이 되곤 하는 게 안타까워서 나는 은근슬쩍 H의 말에 힘을 싣는 반응을 골라 시기적절하게 끼어들었다. 수십 번은 들은, 들을 때마다 달라지던 그 이야기는 한동안 잊었다가 H의 십주기 추모모임이 있던 날 밤 생생한 꿈으로 다시 쓰였다. 총과 현금과 여권 여러 개가 뒤섞였던 그 꿈은 H의 전생이자, 나의 전생처럼 흘렀다.

남태평양의 그 작은 섬에서 총은 내가 가진 연필만큼 흔하고 많았다. 다섯 살짜리도 총을 쏠 줄 알았다. 세상에서의 오 년이 무언가를 겨냥하고 죽일 수 있는 자격을 갖기 충분한 시간이라고 여기는 건가. 자살을 처음 구체적으로 떠올리는 나이가 평균 열 살 정도라는데 생각이 미치자 나는 꿈에서도 끙, 소리를 냈던 것 같다. 섬의 사람들은 총보다 연필이 더 위험하다고 생각했다. 고작 몇 년의 세상을 가지고 연필을 잡는다고? 콜트 357 매그넘을 손에 쥐고 나는 설득당할 뻔했다.

총으로 뭘 배울 수 있죠?

반동요. 오고감요. 총을 쏠 수 있다는 게 총에 맞을 수도 있다는 것과 같은 의미라는 거요.

내가 도착한 다음 날, 총과 돈과 여권이 담긴 커다란 상자 두 개가 섬의 동쪽 해안가에서 발견되었다. 섬의 사람들은 룰에 따라 상자 안의 것들을 공평하게 나누었다. 섬에서 통용될 리 없는 달러 지폐는 마른 낙엽과 같은 용도로 쓰였다. 매일의 식사 준비에 몇 달러의 지폐가 태워졌다. 내게도 총과 돈과 여권이 똑같이 주어졌다. 백달러짜리 지폐 뭉치와 십 달러짜리 지폐 뭉치를 고르라고 했을 때백 달러짜리를 선택한 데에 양심의 가책을 잠깐 느끼긴 했다. 그들에게 나눠받은 것들 대부분을 편하게 사용했지만 여권만은 그럴 수가 없었다. 거기에 누구의 사진이 붙어 있는지 알고 있는 기분이었다. 내가 아는 얼굴. 나만 아는 얼굴. 놀리기 좋은 얼굴의 여권 주인에 대해 나는 계속 모른 척했다.

상자 주인의 것으로 짐작되는 배낭 하나가 며칠 후 섬의 다른 쪽에서 아이들에게 발견되었다. 배낭 속에는 총과 돈, 여권 외에 한 통의 편지가 들어 있었다. 섬사람들이 내게 편지를 보여줬다. 물에 번진 글씨는 거의 알아보지 못할 지경이었다. 내가 너였으면 좋겠어. 그 한 줄이 유일하게 또렷했다. 내가, 너였으면. 나는 한 번도 가져보지 못한 바람이었다. 총과 돈, 여권을 포함해 그에게서 내게 온 것 중 그 바람만 거부하기가 뭐해서 그 문장을 자꾸 되새겼다. 내가, 너였으면. 그건 사랑에 가까운 마음일까, 엄밀한 증오일까. 어느 쪽이든 죽지 말아야 한다. 먼저 사라지는 게 나쁜 거다. 나는 이런 말들을 섬사람들에게 가능한 한 전달하려고 애썼다. 그러니까 죽지 말아요. 내가 말하면 그들은 그저 웃고 끄덕였다. 그게 섬의 룰이라는 듯이. H에 대해 이야기했을 때도 그랬다. 그의 꿈도 어떤 섬에 닿았으리라 생각해요. 그 섬의 사람들이 당신들 같기를 바라요. 그들은 총과 돈과 여권 주인의 시신 없는 장례를 오 일간 정성을 다해 치렀다. 섬의 꽃들을 아끼지 않았고 밤에는 모닥불 근처에서 달러 역시 아끼지 않았다. 아이들이 하늘을 향해 총을 여러 번 쐈다.

어둠과 더 진한 어둠과 완전한 어둠을 구분하는 법은 보이지 않는

것이 무엇이냐에 따라 달라져. 눈앞의 네가 안 보여. 그거 그냥 어
둠. 내 기억 속 네가 안 보여. 그건 더 진한 어둠. 완전한 어둠은……

내가 나를 볼 수 없으므로 완전한 어둠이다. 편지가 다시 쓰이고
이름은 재배치된다. H, 네가 나였으면.

싸늘한 추방의 상태에 있다. 매일 다른 고통이 찾아온다. 고통에
대해 벤야민은 처음엔 "증오의 내리막길이 아니라 기도의 오르막길
이 되어야 한다"고 썼다. 오 년 후 이 문장은 "슬픔의 내리막길이 아
니라 저항의 오르막길이 되어야 한다"로 바뀐다. 나라면 증오보다
는 슬픔을, 저항보다는 기도를 고통과 이을 것이다. 그의 고통이 내
고통과 얼마나 가까울지는 모르겠으나 오르락내리락 하는 운동성
은 비슷했나보다. 오늘은 추방의 내리막길. 저녁약 복용 후 침대에
누워 친구가 알려준 음성 입력 기능을 시험해본다.

음성 입력: 암이면 어쩌나 했는데

문자 출력: 밤이면 어쩌나 했는데

음성 입력: 아니, 암이면

문자 출력: 아니, 맘이면

암이 밤으로, 그다음에는 맘으로 흘렀다. 창밖은 어둡고 추웠다. 밤으로 돌아올 무언가, 맘으로 쓰일 어떤 것을 떠올렸다. 달이 흐릿하게 보였다. 슬픔도 다른 무언가가 될 수 있을 것이다. 그렇다면 이 한껏 부풀어 남의 것인 양 눕혀놓은 몸도 다른 무언가가 될 수 있지 않을까. 음성입력: 누구에게 물어야 할지 모르겠다. 문자 출력: 누구ㄱ 물어야 할지 모르겠다.

Sunday 17

몇 번째인지 기억나지 않는 PCR 검사를 하러 간다. 오 개월 넘게 불규칙적으로 반복되는 일정이다. 지금까지 내 코에 들어온 면봉들은 그리 거칠지 않았다. 일요일 이른 아침에 걸음해야 한다는 걸 제외하면 크게 힘들지도 않았다. 사전 질문지를 작성해 전송 후 줄을 따라 접수하고 검사하면 끝이다. 병원에 보여줄 음성확인서 문자는 하루면 도착한다. 한번은 바로 앞에 서 있던 여성노인의 사전 질문지 전송을 도와주고 있는데 방호복을 입은 안내자가 와서 나와 노인에게 거리 유지를 하라고 조금 큰 소리로 말했다. 둘 다 화들짝 놀라 서로에게서 한 발 뒤로 물러섰다. 그가 방호복을 입고 있어 소리를 크게 냈다는 걸 안 노인이 마찬가지로 목소리를 높였다. 그럼 어쩌란 거야? 나는 혼자서 못하는데! 방호복을 입은 사람이 자신이 도와주겠다고 했다. 노인이 내게 미안하다고 했다. 여기서 미안해야 할 사람은 아무도 없어요. 방호복과 마스크로 가려진 얼굴이 얼마간 떨어져 있어서 내 말에 그들이 어떤 표정을 지었는지는 알 수 없었다.

줄이 겨울날의 해처럼 짧아졌다. 접수창구까지 기계적인 움직임이 이어졌다. 신분증을 제시하고 휴대폰 번호 뒷자리 네 개를 확인한 후 내 이름이 적힌 검사 키트 받기. 다른 말들이 오고갈 일은 없었다. 창구 안쪽에서 진행되는 확인과 안내 또한 기계적이었다. 그런데 키트 대신 뜻밖의 질문을 받았다.

"선생님, 입원하실 때마다 검사를 받으시는 거예요?"

무슨 문제가 생긴 건가. 나는 다소 눌린 목소리로 그렇다고 답했다.

"힘드시겠어요, 매번."

"아, 병원에 계신 분들 안전을 위해서 하는 거라……"

"그래도요. 한두 번도 아니고."

그는 자기 말을 그대로 시선에 담아 키트와 함께 내게 내밀었다. PCR은 의심 환자와 진짜 환자의 RNA를 비교해 일정 비율 이상 일치할 경우 양성으로 판정하는 검사 방법이다. 키트를 받아들고 그의 마음에서 공감과 연관된 유전 물질을 채취해 비교할 수 있다면 내 그것과 많은 부분 일치할지도 모르겠다는 생각을 했다. 해야 하는 일이니까, 하고 힘들다 어렵다 귀찮다 등의 감정을 접어놓은 곳을 그가 건드렸다. 누군가에게는 힘든 일이겠구나. 나는 그런 일을 잘 해내고 있는 거구나. 아픈 사람에게는 아픈 사람 외의 정체성이 가끔 필요하다. 오늘 나는 잘 해낸 사람이었다.

내게 오는 말들과 내게서 나가는 말들을 떠올린다. 어제 친구는 내 배를 쓸어주면서 너는 고통에 재능이 있어, 라고 말했다. 내일 나는 누구에게 어떤 사람이 될까. 그렇게 나로 와서 내가 되는 말들, 내게서 나가 네가 되는 말들의 세계가 있다. 오늘 그 세계가 지구를 한 바퀴 돌았다. 야호. 이번에도 면봉은 최소한의 이물감만 남겼다. 이 감각은 이제 내가 아는 것이다. 알지만 아직은 언어를 만나지 못하는, 나의 입국심사대에 서 있는 감각이다. 다음에는 너도 함께 지구를 돌자.

조금 더 먹지 그러니?

힘들어요.

저녁이 되면 더 심해질 텐데.

어째서요?

모든 통증은 어둠을 채우고 싶어하거든.

암흑을 지나 쓴다. 내 몸을 서른세번째 돌고 있는 푸른 액체와 코끼리 저녁. 어둠의 운동학. 코끼리는 죽을 때까지 계속계속 자라. 그처럼 멈추지 않고 번지는 저녁의 푸르스름한 뿌리와 회색 줄무늬가 유독 슬픈 날, 코끼리 저녁. 자란다는 건 번진다는 것. 무리 끝에서 저녁이 시작되고 질문은 끝난다. 거기를 넘을 겁니까? 넘는다, 넘어서, 석양 아래 동료의 뼈를 찾으러 간다.

왜 자꾸 살아나지, 나는?

화를

따뜻하게 내는

사람이고

싶어

잔인한 것들이 터무니없이 아름다운 이름을 갖는다고 여자는 생각하던 참이었다. 닥터 왓슨은 여자의 부푼 얼굴에 대해 약물 치료 중 복용한 스테로이드제 부작용이라고 진단했다.

"문페이스moon face라고 합니다. 원래 얼굴이 돌아오려면 꽤 시간이 걸릴 겁니다."

여자는 몇 달째 커다란 통조림에 갇힌 듯한 자기 얼굴을 더듬거리며 말했다.

"잭 런던이 1902년에 쓴 단편 제목이기도 해요."

"죄송합니다, 부인. 저는 모르는 글이군요. 어떤 내용인가요?"

"누군가가 문페이스의 사람을 극심한 거부감 때문에 죽이는 내용이죠."

— 덱 사메타 손, 『달의 얼굴』

다와다 요코의『목욕탕』에서 욕조는 관이고 침대, 부활과 재생의 장소다. 말을 잃어, 말을 낳아, 말을 키우는 장소. 인간은 고체일까 액체일까 처음 궁금했던 장소. 인간 아가미의 흔적기관은 귀일까, 입일까. 손으로 더듬어보다가 아, 손인가? 하던 곳. 욕조에서 나와 흐린 거울 앞에 서면 인간이면 있어서는 안 되는 것들이 후다닥 등뒤로 숨는다. 내가 옷을 입으면 등에서 흘러내려 그림자가 되는 것들.

G가 간이욕조를 선물했다. 잠이 오지 않을 때면 따뜻한 물에 몸을 담그는 상상을 하곤 했는데 이제 진짜 몸을 담글 수 있게 됐다. 오랜만에 물속의 몸과 물 밖 몸의 감각이 달라지는 걸 느꼈다. 물 밖의 몸만 남기고 가슴 아래 물속 몸이 사라진 듯한 순간 엄마가 떠올랐다. 너 낳을 때 심장 아래로는 내 몸이 아닌 것처럼 아프더라. 나는 지금도 그 말이 무슨 뜻인지 모른다. 모른 채로 엄마에게도 욕조를 보냈다. 우리 딸이, 로 시작되는 엄마의 자랑도 한몫했겠으나 코로나 이후 목욕탕에 걸음을 끊은 엄마와 같은 동에 사는 여성노인들이 그 간이욕조에 눈이 반짝한 건 당연했다. 며칠 후 엄마가 부탁이 있다며 전화를 했다. 같은 동에 사는 세 여성노인에게 욕조를 보내

달라는 거였다. 그러겠다고 했다. 엄마는 미안하고 고맙다고 했다. 나는 별거 아니라고 했다. 클릭 몇 번이면 끝날 일이다. 엄마는 어디에 접속해야 할지부터 짐작도 되지 않는다고 했다. 엄마보다 나이가 많은 여성노인들은 말할 것도 없었다. 그런 말을 들으면 나는 이 세상이 뭔가 크게 잘못되었다고 거듭 느낀다. 엄마와 일상공동체를 이루고 있는 여성노인들 덕분에 그 잘못되었음의 감각을 잃지 않고 있다. 그런데 욕조 주문 정도야. 주문도 하기 전에 엄마는 노인들에게서 받은 욕조값을 입금했다. 각각의 주소를 받아 입욕제와 함께 욕조를 보냈다. 노인들은 간이욕조가 그렇게 빨리 문 앞까지 배송될 수 있다는 사실에 먼저 놀랐다.

"욕조가 벌써 왔더라. 다들 욕조에 들어가 앉았다 누워봤다 엎드려봤다 난리났어."

"그러다 거기서 삶은 달걀도 까고 커피도 드시겠네. 아, 그러지 말고 한집 거실에 욕조들 모아서 반신욕 모임을 하세요."

내 말에 엄마가 신나게 웃었다. 할머니 넷이서 그러고 있으면 깔깔, 너무 웃기겠다야. 우리 딸 정말 특이해 깔깔. 그게 왜? 큭큭. 가서 내가 옮겨주고 물 받아주고 싶네. 커피 타주고 삶은 계란도 팔고 큭큭. 노친네들한테 얘기해주면 틀니 빠지게 웃겠다 깔깔. 그렇게 같이 한참 웃다가, 욕조 하나로 하루종일 즐거움을 먹이고 키울 수 있는 노인이 된 여자에게 내가 묻는다.

"욕조 들어갈 때마다 떠오르는데, 나 낳을 때 심장 아래로는 엄마 몸이 아닌 것처럼 아팠댔잖아?"

"아아, 그거. 너무 아프니까, 처음 겪는 기절할 만한 통증이니까 그걸 겪는 자기 몸까지 낯설어지는 그런 게 있어."

"잘 모르겠네."

"평생 모르고 살 수 있으면 더 좋지."

"아예 모르겠다는 아니고 조금 알 것도 같다 정도."

"보통 조금 알 것도 같다 싶을 때 저세상 가던데."

"저기, 엄마?"

"아니, 노인들이 그렇다고."

이후로도 한참 동안 웃음이 동그랗게 부풀었다 꺼진다.

『목욕탕』의 마지막 문장, "나는 투명한 관이다"를 떠올린다. 욕조 속에 오도카니 앉은 네 명의 여성노인들과 함께. 말을 잃어, 말을 낳아, 말을 키우는 장소. 그 장소이기도 한 여자들을.

해가 진다. 등에서 흘러내려 그림자가 된 것들이 돌아오고 있다.

네번째 관리비를 입금했다. 이곳으로 돌아온 지 사 개월이 지났다. 이사와 함께 달라진 것들이 이제야 하나둘 눈에 들어온다. 집은 아직도 게스트하우스 같지만. 변화는 이제 반복되는 혼란 외에 무엇도 아니다. 혼란 속에서 모든 신경계가 맥을 탁 놓고 재조립을 기다린다. 재조립이 끝나면 며칠 아플 것이다. 아직은 아프면 안 된다. 혼란을 연장하고 안심하지 않는 것으로 아픔을 잠근다. 대신 오늘은 게을러야지, 했는데 월요일이다. 신난다.

원금상환을 미루고 약간의 이자를 납부했다. 이건 돈 이야기이자 시간 이야기이기도 하다. 가령, 이사와 책 발간과 비영리단체들의 사업보고서와 여성노인들과의 인터뷰, 새로운 강의를 정신없이 해치웠지만 원금은 멀쩡히 남아서 한 달 내내 과수면으로 보냈다. 영영 잘 수 있을 것 같았다. 상관없다, 하면서 잠들었다가 어떤 기적에 잠에서 깨면 아빠가 제일 먼저 떠올랐다. 아빠야? 하루는 소리 내 허공에 물은 적도 있는데 갑자기 머리맡에 벗어둔 안경이 바닥으로 툭 떨어졌다. 그걸 써야 할 것 같아서 일어났다. 안경을 쓴 채 머리를 감았다. 세수하다가 안경을 벗었다. 무언가가 더 벗겨진 것 같았다.

천천히 긴 세월 동안 헤어지는 중인 사람들이 있다. 그가 나를 이곳으로 불렀다. 누군가와 가까워진다는 건 내가 인간이란 종의 어떤 점을 제일 못 견디는지 알게 하는 경험이다. 나는 내게 제일 불편한 존재이고, 내가 제일 싫어하는 누구도 내가 나를 싫어하는 만큼은 아니다. 그래서 어떤 미움은 쉽게 포기된다. 버겁다. 다른 사람까지 미워하는 건. 그래서 돌아올 수 있었다. 이제 나는 그를 미워하지 않는다. 다만 궁금해진다. 그때 잘못 살았던 건 내 탓이었을까. 이곳에서 다시, 혼자 내가 잘살 수 있으면 내 탓이 아니었다는 걸 증명할 수 있지 않을까? 내가 어떻게 살아도 그때보다는 잘사는 게 될 테지만.

오드리 로드에게 시는 '검토되지 않은 마음'이었다. 그 마음을 존중하는 법을 배우는 과정이 시쓰기라고 나는 이해했다. 미움에서 나는 냄새, 내가 찢어놓은 얼굴들, 심해어들이 잃은 시력…… 이런 걸 어떻게 써야 하는지 말짱 모르므로 시는 내게 평생 먼 것. 먼 것이어서 좋은 것. 안경을 쓴 채 머리를 감는 일 같은 것. 오늘은 그런 글을 쓰고 싶다고 두 번 생각했다. 이런 게 제일 부끄럽다. '하고 싶다'의 뻔뻔함. 아직 아프면 안 되니까 게으르고 뻔뻔하기로 한다. 오늘이 무슨 요일이지?

잠이 안 와서 침대 머리맡에 늘 두는 『딕테』를 집었다. 펼칠 때마다 『딕테』 속 단어와 단어의 비문법적 나열이 형성하는 의미망에 홀린다. 홀린다, 라는 물의 세계적 표현과 이만큼 어울리는 작품은 드물다. 수많은 쉼표, 마침표가 위치에 따라 빈 목소리로 변모하며 정신을 빼놓는다. 내게 문장부호는, 특히 쉼표는 의도적 오독과 연결된다. 혼자 월간지의 원고를 반 이상 채워야 했던 직장에서 상사 중 하나는 미안하다고 말해야 할 타이밍에 직장 메신저로 "김 팀장은 원고에 쉼표를 너무 많이 써"라고 지적하곤 했다. 직장에 당분간은 붙어 있어야 했으므로 그 말을 어떻게 해석하면 '미안하다'로 받아들일 수 있을지 고민했다. 불가능했다. 그 불가능성이 오독의 변이 됐다. 쉼표를 너무 많이 쓴다는 지적 그대로 원고에서 쉼표를 거의 다 걷어냈고 그는 그게 엄청난 도전이나 되는 듯 불같이 화를 냈다. 그제야 내게 보내는 사직 강요 메시지를 읽어낼 수 있었다. 나는 그만둘 수가 없었다. 그래서 계속 오독하는 척, 못 알아듣는 척, 무지한 척을 했다.

『딕테』를 강독 멤버들과 번역할 때마다 그 시간이 떠올랐다. 그 '척'이라는 걸 정성들여 지속하면 진심이 된다고들 하던데 그렇게 진심이 되어버린 것들, 태생이 '척'인 것들을 내가 가장 믿지 못하고 오래 의심한다는 게 문제였다. 디아스포라는 어떤 세계에서든 받아쓰기와 흉내와 척으로 우선 생존해야 했던 사람들이므로 테레사 학경차는 그 불신과 분열, 괴로움을 잘 알고 있지 않을까. 나는 멋대로 기대했다. 『딕테』속에서 목소리가 되지 못한 수많은 소음과 신음의 아우성을 듣고 있으면 H가 떠올랐다. H가 말한 여성이 현기증 속에서 하는 질문들도 소음이자 신음으로 이루어지지 않을까. "나는 어디에 있는가?" 그리고 "여기서 향유하고 있는 자는 누구인가?" 이런 자문들은 필연적으로 어떤 "앎"으로 향하겠지만 그것이 "정돈된 것으로서의 앎"이나 "제어로서의 앎"이어서는 안 된다는 걸 너무 늦게 안 것도 같다.

여전히 정돈되고 제어하는 앎에 대한 욕구를 버리지 못한 채 『딕테』의 분열을 좇는다. 목소리 이전에 소음과 신음에 귀기울이는 것부터 다시 시작하자고, 잠 못 이루는 밤에는 결심이 쉽다. 말이 되어 느끼는 고통과 말이 될 수 없어 느끼는 고통을 오가면서 테레사는 목소리를 얻었는데, 나는 살아져서 느끼는 고통과 도무지 살아지지 않는 고통을 오가면서 삶을 흉내내고 있다. 겨우.

약속이 취소되면 안심이 된다. 약속 상대를 좋아하지 않아서도 아니고(그런 경우도 있다) 외출 준비가 귀찮아서도 아니다(그럴 때도 있다). 그건 전적으로 내 문제다. 약속이 상대방의 사정으로 취소되는 순간 긴장이 풀리면서 나른해진다. 거절에 언제나 실패하는 이들이 기댈 데라고는 비자발적 '취소'밖에 없으니까. 타인과는 어느 정도 긴장이 수반되기 마련이지만 그 정도가 유난히 심한 편이다. 타인 앞에서 늘 과장되어 있고 과도한 에너지를 쓰며 과사회화된다. 통화할 때도 마찬가지이다. 누구와 함께든 살아 있는 동안은 그럴 것이라는 예감.

월요일부터 약속이 취소되고 마음이 낙낙해졌다. 들끓는 감정들도 취소할 수 있겠다. 어쩌면 조금 더 솔직해질 수 있을지도 모른다. 글쓰기를 '변화 가능성 그 자체'로 정의한 H를 떠올리고 변화와 가능성을 따로 떼어 굴려본다. 내가 뭘 가졌는지 가진 게 있긴 한 건지 모르겠지만 일단 있다 치고 그걸 다 걸어도 변화와 가능성 모두 요원하다. 몸의 존재방식이 달라지면 그것을 억압하는 방식도 달라진다. 취소에 의지해 살아가는 몸을 억압하기란 너무 쉽다. 시선과 한숨소리만으로도 가능하다. 그래서 이 취소의탁자는 때에 따라 유의

미한 자극을 줄 수 있는 친한 이들과도 능숙하게 거리를 둔다. 일종의 자멸 메커니즘이다. 결코 아무도 믿지 못함으로 자멸이다. 약속이 취소되고 마음이 낙낙해진 김에 하는 고백이 고작 자멸 어쩌고라니. 취소는 언제나 환영이라는 고백이면 충분했을 텐데. 반복한다. 취소는 언제나 환영이다.

　20세기 말이었나, 비구니 스님들만 머무는 산중의 꽤 오래된 절의 공양간 한켠에서 두어 달을 보냈다. 주지 스님과 선방의 스님 넷, 공양간 보살 둘이 낮에는 밭일과 절 살림을 하고 저녁 후에는 스르르 각자의 동굴로 사라졌다. 보름이 지나고부터 저녁과 밤 사이에 스님들이 차를 내려 내 방문을 두드리곤 했다. 그들은 나를 애기보살이라고 불렀다. 보통 삼십 분 정도 머물면서 내가 읽던 책을 들춰보며 질문을 하거나, 뱀 기어가는 소리도 들릴 듯한 밤의 적막에 무심하게 귀를 기울이다 흠, 하고 균열을 내기도 했다. 말은 아예 없거나 드문드문 이어졌다. 사람, 관계, 욕망, 지긋지긋함…… 그런 말들이. 지쳤다는 말 대신에 지긋지긋하다고 나는 여러 번 중얼거렸다. 관계를 재고 오리고 까뒤집는 어떤 감정이나, 욕망과 욕망이 굳이 부딪혀 내는 신음에. 그 모든 걸 묶어 나는 그냥 사람이 힘들다고 어느 밤의 방문객에게 말했던 것 같다. 절에서 나눈 대화 대부분이 그렇지만 유독 그날 밤의 짧은 장면은 여러 번 달리 재생되고, 재해석되었다. 톡 튀어나온 뒤통수가 영민하게 보이던 스님은 내 말을 듣고는 지긋하게 웃었다.

"그들이 애기보살님보다 넘치거나 모자라서 그렇습니다."

"그들의 뭐가요?"

"뭐라도요."

종일 눅눅하게 들러붙는 어떤 감정을 손톱으로 긁어내다가 그 말을 떠올렸다. 그러니까 넘치거나 모자라는 그 '차이'. 고작 내 납작한 뒤통수와 스님의 완만한 뒤통수 같은 차이. 누구 뒤통수가 더 낫나 우리는 판단하지 않았으므로 힘들 일도 없었다. 어느 날부터 공양 시간을 알리는 목탁 치기가 내 담당이 되었다. 완만한 뒤통수의 스님이 시범을 보여주며, 통통통통 넘침. 토토토토 모자람, 했다. 목탁 소리가 커졌다 작아졌다 다시 커졌다. 매 끼니마다 넘침과 모자람이 절 전체에 울렸다. 오십 번쯤 반복했을까. 나는 넘침과 모자람 그 사이 어딘가에서 무심히 졸았다. 그 졸음이 얼마나 다정하고 간지러웠는지, 졸음으로 새로운 세계를 지을 수도 있을 것 같았다.

신경증 증상에 상징적인 의미가 있다는 인식은 프로이트와 요제프 브로이어로부터 시작됐다. 마치 눈을 뜨고 꾸는 꿈처럼 무의식적 정신과정이 드러나는 방식이기도 한 '증상'은 언어와 깊은 관계가 있었다. 어떤 상황을 도무지 수용할 수 없는 한 환자는 침을 삼키려고 할 때마다 경련을 일으켰다. 수용과 삼킴의 언어, 그리고 이미지가 서로를 건드리면서 증상을 만들어냈다. 더이상 살아갈 수 없다고 느낀 환자는 다리 마비를 경험했다. 살아갈 수 없음과 다리가 조응하면서 멈춰선 것이다. 거꾸로 말할 수도 있다. 한 환자는 한동안 먹기만 하면 토했다. 도무지 '소화할 수 없는' 불쾌한 사실이 그의 위를 붙잡고 있었기 때문이었다.

카를 융은 이 증상들이 가진 상징성을 따로 정리했다. 나는 그 덕분에 근래 내 시야가 흐려진 변화가 '앞날이 너무도 막막한' 신경증적 상태가 만든 증상일지도 모른다고 진지하게 생각해보게 되었다. 기억은 도래하는 것이고, 어떤 기억은 성벽을 쌓아서라도 막고 싶은 게 이상하지 않다면 이 글쓰기는 '너무도 막고 싶은 기억 때문에 쌓는' 증상의 하나로 볼 수도 있다. 벽을 쌓는 대신 언어를 쌓는 것이므로 내 쓰기는 자유를 위해 건배할 수 없다. 사샤, 내 하얀 고양이 네가 말해보렴. 영화 〈몬테크리스토〉에서 악명 높은 독방에 갇힌 단테는 자기 방의 모든 돌을, 그것도 세 번이나 세어보며 견뎠다고 늙은 죄수 아베에게 털어놓지 않니. 아베는 단테보다 더 견딘 사람이었지. 아베가 단테에게 물어. "그 돌들에 각각의 이름은 지어줘봤나?" 사샤, 너는 내 독방에서 유일하게 이름을 가진 존재야. 도무지 명명할 수 없는 존재들에 대한 증상으로 나는 내가 아는 이름들을 부를 순간에 잊고 말지만 너는 아니야. 너는 유일한 이름이야. 증상의 예외야.

명명이 공격이 아니길 바라면서 쓰는 글이 언제나 바람처럼 되는 건 아니기에 자꾸 이름을 지우면서 쓴다. 그냥 나고 너고 그고 그것이다. 지워진 이름의 존재들을 지나 어디로 갈 수 있을까 너무도 '막막해서' 자꾸 벽을 찾아 걸음을 멈춘다. 이 도시의 벽들에는 정말 다양한 표정이 있다. 내가 사는 동네에는 지친 표정의 벽들이 많다. 머지않아 재개발로 사라질 그 벽들 앞에 막막함의 증상으로서 멈춘 나는 거기에 이마를 대고 싶어지는데, 그러니까 사샤와 내가 가끔 그러는 것처럼 냐옹, 사랑해, 하면서. 그런 벽들을 지나 시장에 가서 귤과 토마토를 사서 오는 길, 자꾸 손에 든 검은 봉지를 놓치는 바람에 과일들이 상했다. 검은 봉지 하나가 버겁고 무거워서. 이건 무의식도 뭐도 아니다. 치료 후유증으로 손에 힘을 주지 못한다.

봉지가 검은색이어서 다행이다. 차분한 냉정함으로 단련하고 싶은 헛바닥을 낼름낼름, 혀는 왜 빨간색인가. 차라리 싼 와인잔을 사세요. 유리가 두꺼워서 잘 안 깨질 거예요, 말해준 사람은 내가 너무 자주 와인잔을 깨먹는다고 하자, 그나마 제일 만만하죠 그게, 라고 했고 나는 비교적 새로운 증상들 중 하나로 '와인잔 비의도적으로 깨기'를 적어두었다. 날렵한 신경증과 독방의 죄수 같은 증상들. 그래서 말인데 사샤야. 너의 잠, 그 조용하고 긴 잠이 내겐 이 세상에 대한 너의 가장 강력한 증상 같을 때가 있어. 단테의 독방에는 72,519개의 돌이 있었어. 내 방에는 더 많은 돌이 있고 이제 이름을 지어줄 차례다. 사샤 네 옆에 있는 그 첫번째 돌의 이름은 가책이야.

Monday 7

우리는 서로 바꿀 수 있는 이름. 이름에는 배신과 속임수가 가득했다. 나쁘다거나 악하다고 말하기는 애매했다. 그 애매함이 사람들을 잠시 붙들어놓았다. 분명하게 말하지 말 것. 명료하고 완료된 얼굴을 내밀지 말 것. 언제 내려도 이상하지 않은 영화를 혼자 보러 간 여자처럼 명과 암이 애매한 얼굴로 말끝을 흐리자.

오늘 바꿀 수 있는 하나의 이름, 테레사 학경 차는 걸어간다 천천히. 지나는 길의 문들이 조금 열리다가 닫힌다. 차로 이름을 바꾼 또 다른 여자가 뒤를 잇고 그 뒤에 또 그 뒤에. 행렬은 부드럽고 섬뜩한데 문들은 열렸다 닫히고 문 안쪽의 사람들이 눈알 두 개만 남겨놓고 줄행랑친 뒤 차와 차와 차 들은 그들의 눈알들을 수거해 주소가 맞는 우편함에 넣어둔다. 눈알들이 제 주소에 머문다. 사라지지 않고 응시하며. 울어? 울어.

우편함 가장 가까이에 살해당한 차가 있고 그 옆에는 언어가 없는 차가 있고 그 옆에는 언어가 있었던 차가 있고 검은색의 차와 흰 장막의 차가 자꾸 반사되고 우편함 속 눈알들이 번뜩거리며 숨찬 목소리의 차들을 지켜보다가 어딘가의 입들에게 전송하는 문법들.

너무 많은 이름, 갇힌 전망, 자리가 없습니다.

Monday 8

아픈 것 빼고는 다 괜찮았다. 이상한 말이지만 아픔은 그 외의 것

을 그럭저럭 견딜 만하게 한다. 그래서 한 사람의 외면도 두 사람의 공격도 세 사람의 망각도 괜찮았다. 잠결에 사샤의 꼬리를 잡았다. 카뮈의 일기를 떠올렸다.

치유의 단계들. 자유의지를 잠들게 하라. '해야 한다'는 이제 그만.

병상 일기였을까? 카뮈가 자주 아팠을 것 같긴 한데. 나는 한두 가지 고질병을 거의 평생 안고 살아야 하는 사람들이 그 병이 주는 지겨움과 통증의 새로움을 어떻게 해결하는지가 궁금했다. 누군가에게 '아프다'라고 말하면서 스스로 지겨워지는 그 기분을, 일이나 약속을 취소하면서 그만큼 아픈 게 맞는지 검열하는 자신이 지긋지긋해지는 마음을, 병명이 변명이 되는 순간의 쓸쓸함조차 떳떳하지 못한 기억들을 어떻게 해결하는지. 동시에 매번 새롭게 아프고 낯설게 아픈, 통증의 타자성을 어떻게 견디는지. 그동안 누군가를 떠올리며 버텼던 것도 같은데 이제 누구도 생각나지 않는다. 대신 기억하고 있는 잘못들 위에 덮어둔 천막을 벗긴다. 대부분은 '하지 않음'으로 생긴 잘못이다. 연락하고 고백하고 이야기하고 만나고 귀담아듣고 기억하고 표현하고 약속을 지키고 같이 먹고 자고 옆에서 걷고 바라보고 말을 걸고 웃고 웃고 웃고 등을 못해서 잘못이 된 일들에는 자꾸만 병명이 변명이 되고. 연신 입을 다물면서, 일말의 귀찮음이 없진 않은 입 다물기여서 줄곧 억울하지는 않아도 잠깐 억울하다. 억울하니 체온이 조금 오른다. 병원에 갔다. 처방전을 기다리다가 옛 슈퍼바이저 전화를 받았다. 병원이라고 했다가 자연스레 잔소리를 들었다. 아픈 것에 대해서는 꾀병이 아님을, 힘든 것에 대해서는 엄살이 아님을 증언해주는 그가 내게 하는 잔소리는 언제나 같은 맥락 속에 있다. 자신에게 매몰차지 말 것, 휴식과 게으름에도 명분을 줄 것, 무엇보다 죽음을 잊을 것. 한 손에는 병원 처방전, 다른 손에는 그의 처방 잔소리를 쥐고 자꾸 뒤뚱거리는 길을 걸어돌아와 그대로 침대로 들어갔다. 관뚜껑을 덮듯 이불을 덮었다. 잠시 후 사샤가 이불을 비집고 들어와 종아리쯤에 누웠다. 이러면 순장인데…… 생각 끝에 잠이 매달렸다. 잘 자. 내일은 이 지겨움만 좀 어쩔 수 있으면 좋겠어. 화를 따뜻하게 내는 사람이고 싶어. 남에게 밧줄을 던질 때는 반드시 한쪽을 꼭 잡고 있어야 한다는 걸 너도 알아둬. 그래, 네가 기지개를 켤 때 앞발에 힘을 딱 줘야 하는 것과 마찬가지로 말이야. 약을 먹어야 하는데. 관이 좁다. 너는 나가는 게 어때? 잠시 후 사샤의 발이 내 발을 감았다.

마샤 노먼의 『잘자요, 엄마』에서 가장 인상적이었던 소품은 매니큐어였다. 가짜 손톱이라고 부르는 네일팁을 사서 엄마 손톱에 붙여주는 취미가 있던 나는 네일팁이 없던 시절, 팔십년대 모녀가 마주앉아 딸이 엄마의 손톱에 매니큐어를 바르는 장면을 상상하기 좋아했다. 내게는 작품 속의 딸 제시처럼 총은 없었지만 다른 것들로 나를 조준하고 언제든 엄마를 떠날 준비를 했었다. 하루는 거실에서 졸고 있던 엄마를 깨워 매니큐어를 발라준 적이 있다. 그때 엄마는 나 어릴 때 내 손톱을 잘라준 이야기를 했다. 나는 가만히 있어라 하면 가만히 있는 수월한 아이였지만 남동생은 그러지 못했다고. 가만히 있어라 하면 가만히 있는 나를 엄마는 무릎에 앉혔을까, 마주앉혀 손가락을 하나하나 굽혔다 펴도록 했을까. 내가 기억하지 못하는 엄마와의 시간은 대부분 나의 신체와 연결되어 있다. 한때는 한몸이었던 타인. 그가 본 것이 곧 내가 본 것이 되었던, 같은 욕망의 몸. 그랬는데 우리는 왜 이만큼 떨어져 이토록 먼가, 생각하면 그렇더라도 우리는 오래전 헤어진 남인 것이다. 다시 만나들 이전으로 돌아갈 수 없다는 걸 알면서도 평생 첫 합일의 시간과 겹친 몸들을 그리워하다 죽는다. 지금에 와서는 합일은 포기할 수 있다. 내가 포기할 수 없는 건 그리움이다. 그리움의 육체. 그것과 얽혀 사랑하면서 지금까지, 탕.

Monday 10

몸의 문들이 일제히 닫히는 색깔, 새들이 한꺼번에 날아오르는 냄새. 깃털의 곡선이 파도로 파도로 솟구치는 그림 안에 있다. 내가 여기 있다는 걸 아무도 몰라. 은폐된다.

창밖이 뿌옇다. 머릿속이 그런 건지도 모르겠다. 내 감각이 의심스러울 때 외부 세계는 가장 익숙한 감각의 횡포에 맡겨진다. 안전제일 감각이나 고인 감각, 윤회하는 감각 등으로 불리던 그것을 떠올리며 창 앞에 한참 서 있다. 덜컹. 낡은 집 창들은 수다스럽다. 바람이 낡은 창들을 만나 수다스러워지는 건지도 모른다. 내가 낡은 창이 되게 하는 사람이 있었다. 만나면 자꾸 문장을 만들고 싶어지던. 그가 가닿는 문과 창이 많았다. 새도 많았다. 낡은 창을 흔든 바람의 색, 소리, 냄새는 오랫동안 떠나지 않는다. 도무지 지나가지 않는 그런 감각의 아카이빙이기도 하다. 이 일기는.

뭐해?

창밖 보고 있어.

창 열어봐. 겨울 냄새 나.

응. 새들이 한꺼번에 날아오르는 냄새.

라면 먹는 걸 보면 라면이 먹고 싶고, 쇼핑 목록을 보면 돈을 쓰고 싶어지는데, 팔짱 끼고 걷는 연인을 보면 서점에 가서 책을 훔치고 싶어진다. 어렸을 때 엄마 무릎을 베고 눕는 게 좋아서 자주 귀를 파 달라고 졸랐다. 엄마가 다 되었다는 신호로 귓속에 바람을 후후 불어넣으면 줄곧 눈을 감고 있던 나는 그때부터 자는 척을 했다. 엄마는 나를 그대로 두고 빨래를 갰다. 빨래가 내 뺨에 살짝살짝 닿을 때마다 사막 냄새가 났다. 한 번씩 머리를 쓸어주던 엄마 손길. 그래봤자 십 분쯤, 그러다가 무릎 대신 베개를 내 머리 밑에 넣어주고 멀어지던 엄마 발소리. 오후였고, 엄마는 지금의 나보다 어렸다. 몸의 문들이 다 열리는 감각의 원류라면 그 오후, 그 어린 엄마, 자는 척하는 더 어린 나 사이의 오해다. 사실 나는 죽은 척을 한 거였으니까. 그럼 엄마가 슬퍼할까 했으니까. 계속 나를 무릎에 눕힌 채 쓰다듬어줄까 하고.

매일 밤 잠든 척과 죽은 척에 실패했다. 몸에 있는 모든 문들이 닫히는 소리를 들었다. 머리 위로 깃털이 내려앉았다. 아무도 몰 랐다.

38.5℃에서 열이 떨어지지 않았다. 만성염증 문제려니 짐작하며 병원에 갔다. 짐작이 맞았다. 주사실에서 일단 항생제를 맞고 있으면 병실을 알아보겠다고 의사가 말했다. 잠시 후 주사실로 온 의사가 오늘은 빈 병실이 없으니 하루 더 견딜 수 있겠냐고 물었다. 하루. 순식간이다가 도무지 끝날 것 같지 않은 그 하루. 빛이었다가 바위였다 하는 그 하루. 질문은 또다른 질문을 끌어오는데, 내가 내 몸에 대해 뭘 장담할 수 있나 하는 거였다. 갑자기 그 하루가 서커스단에 남은 마지막 코끼리 같다. 견딜 수 있겠냐는 질문에 솔직한 대답은 모르겠다겠지만 상대가 바라는 대답은 아닐 거라서 괜찮을 거에요, 라고 의사가 환자에게 할 법한 말을 했다. 안심시키려는 듯 웃기도 하며.

그래도 하루 만에 병실이 잡히고 호전될 수 있는 문제라면 다행인 경우다. 운이 좋았다. 정말 그렇게 생각해? 나는 또 나에게 그렇게 시비를 걸고. 병원이니까 그럴 수 있다. 이곳에서는 예외나 특이 케이스가 될까봐 두렵다. 내가 전형적인 반응을 보이는 환자이길 바란다. 검사 안내지 아래 촘촘하게 쓰인 부작용, 알레르기와 복용하는 약 체크, 반드시 알려야 하는 반응 등을 읽을 때마다 내가 이런 것과 상관없는 사람이길 얼마나 간절히 바라게 되는지. 아픔이 공공연한 곳에서 내 몸이 전혀 특별하지 않기를 기원하는 마음과 "운이 좋았다"로 수렴되는 어떤 미안한 안심, 안도.

종종 알 수 없는 기분에 사로잡힌다. 어디까지 설명할 수 있을지도 잘 모르겠다. 그래서 늘 설명하지 않는 쪽을, 대충 오해받아도 어쩔 수 없는 쪽으로 마음을 틀어 상황이나 관계를 엉망으로 만들어온 것 같다. 근래 가장 긴밀한 관계 대상인 몸과도 마찬가지이다. 당장은 내일 있을 일정을 취소하기 위해 머릿속에 적절한 문장을 여러개 떠올렸다. 돌아갈 땐 택시를 탈 생각이었다. 택시비로 사샤 간식을 사기로 했다. 집까지 가져가기가 싫은 기분이 있다. 예전 같으면 영화나 전시를 본다든지 도서관을 간다든지 없던 일정을 만들어 밖에서 시간을 좀더 보내다 들어갔을 텐데, 집에 혼자 있는 존재가 있고부터 동선이 달라진다. 간식을 들고 달려가야지. 그렇긴 해도 여전히 관계는 엉망, 사랑만 충만이다. 이 사실 역시 집에 가져가기 싫다.

육 개월 만에 받은 메시지였다. 힘들 때 힘들다고 말할 줄 아는 사람이 내 주변에는 별로 없다. 말하지 않으면 모르기 때문에 우리는 모르는 채로 살다가 과거 어느 순간을 뒤늦게 이해하는 방식으로 한 사람의 고통과 연결된다. 아니, 이해한다기보다 그 시간을 수긍한다고 해야 할까. 그렇구나, 그런 일이 있었구나. 그런데도 너는 고맙게 살아주었구나.

손상된 시간의 그물을 수선하고 있어요.

문자로 답하려다가 전화를 했다.

그물이 손상되기 전에는 어땠는지 기억해?

그런 질문은 아무도 한 적이 없는데.

수선 너무 열심히 하지 말라고. 어차피 원래 어땠는지 아무도 몰라.

어쩐지. 자꾸 수선을 하는 게 아니라 수선을 떠는 것 같더라니.

말장난은.

사랑해요, 언니.

집주소가 바뀌었는지 묻고 시간이든 심장이든 돌연 수선하고 싶어진 사람에게 좋을 선물을 보냈다. 꽃과 향초와 맛있는 커피 같은 것. 사실은 내가 좋아하는 것들이었지만. 다음부터는 우선 도망치라고 카드에 적었다. 도망쳐, 그냥. 이것도 사실은 내가 듣고 싶은 말이었지만.

세번째 만남이었나, 언니는 솔직한 사람이냐고 그애가 물었을 때 나는 문장이 다 닫히기도 전에 아니, 라고 답했다. 예민한 기질의 사람들은 감각한 대부분을 감각 못한 척하는 데 능하다. 그걸 그냥 안다고 해야 할지 느낀다고 해야 할지 감지한다고 해야 할지 잘 모르겠다. 조금씩 다른 주파수로 내게 닿는 어떤 사실, 마음, 욕망들을 거의 외면하며 살고 있다. 나는 솔직하지 못하고 내 평생의 불안은 그 사실을 불시에 들키는 상상에 기인한다. 어떤 거짓은 구멍 뚫린 모래주머니 안에 들어 있다. 스스로 거짓과 가짜, 속임수의 단서를 흘리고 있다는 걸 사람들은 잘 몰라요. 그만해요. 당신은 들켰어요. 이런 말을 어떤 이의 면전에서 집어던지듯 하는 상상. 혹은 누군가 내게 하는 상상을 언젠가 멈출 수 있을까. 그애는 나보다 더 예민했고 더 불안해했다. 이건 정말 나쁜 생각인데요, 하고 꺼내는 말들이 전부 전혀 나쁜 생각이 아니어서 나는 자주 웃었다. 내가 보낸 걸 받고 흥분해서 전화한 오늘도 그랬다. 그건 나쁜 생각이 아니야. 자랑할 게 화수분 같은 사랑밖에 없던 시절에 만난 사람이어서일까, 그때처럼 품은 넓고 체온은 높게 대한다. 그런 사람이 그애 포함 서넛 정도 남았다.

언니가 그랬잖아요. 자기 탓이 가장 쉽다고.

정정할게. 남 탓이 가장 쉬운 사람도 있더라.

관계가 끝난 사람이 SNS에 자기에 대해 좋지 않은 이야기를 계속 쓴다면서, 화가 나고 속상한데 그를 계속 미워할 수는 없더란 말, 자기가 원하는 관계가 되지 않자 화를 내는 그 사람이 이해가 잘 안 된다는 말, 그러다가 이해가 될 것도 같다는 말. 그애가 그렇게 자기 이야기를 조곤조곤 자세히 풀어놓는 건 처음이었다. 내 경험을 직접 물은 것도 처음이어서 나는 집중해 말을 골랐다. 함께한 시간을 그렇게 가망 없이 만들어버리는 사람이 있더라고, 하지만 내가 그 관계에서 퇴장하고 나면 상대의 이상한 정리방식에는 개입할 수 없다고. 그들이 험담과 왜곡과 수동공격으로 자기 삶을 시시하게 만드는 동안 우리는 다른 걸 고민해보자고. 어떻게 하면 우리가 고립 없이 솔직해질 수 있을까 같은.

그 말은 침묵의 위력 앞에서 어떻게 하면 우리가 조금 덜 불안할 수 있을까, 하는 질문과 같았다. 그애가 안심한 듯 웃는 소리가 들렸다. 한 번씩 웃음이 오고갔으니 된 거였다. 성급히 슬픔을 취소하지도 않았다. 전화를 끊고 우리는 괜찮은 줄 알았던 어떤 자리에서 밀려나 울고 싶어질지 모른다.

그럼 어쩌죠.

다시 전화하면 되지. 언제나 언제나 다시 하면 되지.

내 사랑은 내 사랑을 기억하는 이들에게만 부활하고 있다.

Monday 13

정말이지 끔찍해요. 그는 번번이 소문에 걸려 넘어져 다쳤다. 소문의 교통편이 된 사람들에게 그것의 진위 여부가 중요했던 적은 한 번도 없었다. 그가 얼마나 다쳤는가 더럽혀졌는가 훼손되었는가가 그들의 관심사였다. 소문의 진원지를 아는 건 거의 불가능했고 설사 알게 된다고 해도 할 수 있는 일이 없었다. 처음엔 덮이기만 하던 소문이 사람들의 입과 입, 악의와 질투, 뒤틀린 마음을 흡수하며 뼈가 조립되고 살이 붙었다. 인간을 닮았으나 인간이 아닌 괴물의 모습으로. 괴물은 길들여지지도 누군가 한 사람이 책임질 수도 없었다. 결코 쉽게 죽지도 않았다. 그들의 혀를 다 잘라놓고 싶어요. 나는 이해했다. 그들은 겉으론 점잖고 품위와 품격을 스스로 발음하는 사람들이다. 혀를 자르되 소설 안에서. 내가 십여 년 전 받은 조언이자 내가 그에게 한 제안이었다.

그래서 속이 시원해졌어요?

아니요.

그럼 뭐 하러 써요?

재밌어졌어요. 소문에 들러붙은 욕망들이.

그것은 너무나 세속적이고 원초적이어서 매번 웃음이 났다. 결국 세속적이고 원초적인 대응 외에는 방법이 없어서 대응 자체를 포기하게 되는 그런 소문들을 여전히 어쩌지 못하고 다만 그것 역시 나를 어쩌지 못하도록 유독 발열하는 욕망을 멀리할 뿐이다.

소문을 달고 오는 손님을 조심하세요.

나를 생각해서 하는 말이래요.

소문을 들은 자리에서 화를 내거나 정정하지 않았다면 거짓말이에요.

아, 그래요. 그러네요.

나를 생각하는 사람은 소문을 달고 오지 않아요. 끊어내고 오지.

이제 이런 지상의 소문에 관한 소문은 정말 재미가 없다. 동이 트기 전에 사라지는 소문, 누구도 다치지 않는 우연이 세 번쯤 겹치는 소문, 오해이지만 이해이기도 한 소문을 듣고 싶다. 꿈의 조각들,

분절된 언어의 파편들, 차단된 시선과 서툰 변신…… 그런 것들로 이루어진 소문을 이제 우리 써보면 어떨까요.

어쨌든 혀는 잘라도 되는 거죠?

기대되네요.

양쪽 눈의 실핏줄이 또 터졌다. 선글라스를 찾다가 문득 귀찮아져서 마스크를 좀더 위로 올려 썼다. 마스크는 불편하고 편하다. 세수를 하지 않아도 피부에 문제가 생겨도 시선을 맞추는 일이 힘들어도 마스크 한 장이면 해결된다. 타인은 어차피 내게 그리 관심이 없다. 빨간 눈의 여자가 한강진역 앞을 배회하고 있어요, 라는 신고가 들어갈 일은 없다. 누군가의 SNS 계정의 좋아요 수를 늘려줄 가능성이 더 높다. 요즘은 그게 더 무서운 일이지만 역시 마스크가 도움이 된다. 얼굴이 가려진 채로 존재가 식별되는 순간들이 하루에도 여러 번, 원래도 거의 없던 타인의 얼굴에 대한 관심이 확연히 줄었다. 타인은 무수한 마스크다.

아마도 그래서, 점점 재미없는 사람이 되어간다. 일주일 전에 눈이 붉어졌을 때는 안압을 걱정하느라 긴장하고 말았는데 이번에는 그냥 이 붉어진 두 눈이 내 재미없음을 어느 정도 상쇄하는 것 같아서 약간 흥분이 됐다. 친구들에게 붉은 눈 사진을 보내고 싶어질 정도였다. 실핏줄이 터진 눈은 멍든 피부와 같다는 의사의 설명이 마음에 들었다. 멍든 피부를 가리지 않은 채 나는 편의점에 들렀다가 내키는 방향으로 걸었다. 동물이 가진 기관 중에 가장 눈에 띄는 게 눈이어서, 대부분의 종이 눈을 감추거나 은폐하는 방향으로 진화가 이루어졌다지. 드물게는 짝을 유혹하거나 포식자를 놀라게 할 목적으로 특이한 색과 모양의 눈으로 진화한 종들도 있긴 했다. 실핏줄이 터진 눈은 어느 쪽일까. 마스크 의무 착용 이후 진해진 사람들의 눈화장은?

친구의 전화를 받고 잠깐 멈춰 섰다. 이제 지쳤다고 친구가 말했다. 보통은 고민하지 않아도 되는 일을 고민하지 않고 설명하지 않아도 되는 건 설명하지 않으면서 살고 싶다고. 나도 그렇게 살면서 느릿느릿 몸으로 언어를 낳고 싶은데, 하고 붉은 눈의 여자가 쇼윈도 앞에서 대꾸하는 중이었다. 거울 앞에서도 피식자인 여자가.

살아가는 일이 너무 놀랍지요. 말하지 않음으로써 간직함인 사람에게는요. 간직함을 간수하느라 천천히 유령이 된 사람에게도요. 새들이 돌아오던 날, 살아가는 일이 놀라워 내가 유령이라는 걸 잊고 에이치, 재채기를 했어요. 죽음으로도 멈출 수 없는 슬픔이어서 재채기만요.

새들은 하늘에서 실패하고 우리는 땅에서 실패합니다. 하늘에서 실패한 새 한 마리가 땅으로 떨어지고 땅에서 실패한 사람 하나가 하늘로 솟구치면 이 세계에는 하얀 날개, 소박한 약속이 에이치! 생기는 거라고.

죽어도 땅으로 돌아오지 말자는 약속 죽어서도 하늘로 돌아오지 않겠다는 약속. 추락하고 상승하는 빈 집에서.

세계 가득한 죽음의 약속과 살아가는 일이 너무 놀랍지요.

조율사는 열리는 모든 부분을 열어젖혔다. 나는 엉성하게 앉아서 조율사가 호흡을 가다듬고 머리를 하나로 모아 묶고 양 소매를 걷은 다음, 박수를 세 번 치는 걸 지켜봤다. 스스로 자신을 고양시키는 방법을 아는 이들은 곁에 있는 사람을 곧잘 곤란하게 한다. 열리지 않는 곳까지 열어보겠다는 말을 듣게 될까봐 나는 약간 긴장했다.

"도를 쳐보세요."

시키는 대로 했다. 그는 온몸을 내 쪽으로 기울이더니 어떤 것과 접촉했으나 그 접촉이 마음에 들지 않는다는 듯이 손을 허공에 털었다.

"거기일 리가 없어요. 다시, 도를 쳐보세요."

"도를 쳤는데요."

"아니요. 거긴 도가 아니에요. 확실해요."

그는 단호했고, 자신의 재능을 의심받은 예술가처럼 굴었다. 적당히 단념하고 싶었지만 내 몸이었다. 성분이 달라졌어도 내 몸이니까 나는 알았다. 도가 맞았다. 그러니까 도였던 지점이. 조율사는 거봐라, 하는 표정으로 내 말꼬리를 잡았다.

"도였던 지점 말고 지금 도는 어디인데요?"

"그걸 알면 조율사를 왜 불렀을까요?"

"당신 몸, 팔다리, 온갖 내장, 신경세포…… 그것들을 어떤 관념에게 빌려준 건 당신이잖아요. 그 관념이 당신 몸으로 뭘 했죠?"

"글쎄요. 새로운 규칙을 만든 것도 같고. 불균형과 부적합의 기준점이 달라진 것 같아서……"

"다시 도를 쳐보세요."

이번에도 틀릴 걸 알았지만 나는 그가 시키는 대로 따랐다. 도. 여기였을 것이다. 아마 도. 도는 도의 소리가 났다. 조율사의 몸이 내 몸에 거의 포개지다시피하더니 맨 처음 고양된 표정으로 돌아와 말했다.

"잘 기억해둬요. 방금 친 걸 지금부터 도로 정하는 거예요. 위치가 아니라 감각을 기억해요."

규칙, 관계, 오류와 상호작용하며 몸을 작동시킬 기억의 일부로서의 감각을 말하는 거라면…… 나는 고개를 끄덕였고 도를 기억했다. 도는 도의 소리가 났다.

칠 년 전 S가 한 말이 도착했다. 오늘은 그런 날이다. 오래전 누군 가의 말이, "후회할 거야"라는 말이 하루종일 머리 위를 맴도는 날. 어째서 누군가는 멋대로 떠들고, 누군가는 기어코 떠올리는가. 몇 년 전 어느 날의 이십사 시간 녹취를 푸는 기분이었다. 그래, 그가 말했다. 후회할 거야.

나는 어제 먹은 점심 메뉴도 후회해. 매일매일 기도하듯 후회하는 사람에게 그건 협박이 안 돼.

후회의 냄새가 평생 따라다닐 거라고.

그 냄새를 지울 수 있는 향기를 얻게 되겠지. 그보다 센 냄새나.

후회의 냄새만큼 센 게 있을까봐?

오만의 냄새. 지금 당신한테 나는 악취 그거.

지난 칠 년간 나와 연결된 모든 게 내게 비협조적이었고 후회의 냄새를 덮을 향수도 내 힘으로 사지 못했다. 계속 이어질 것 같았던 관계는 허무함도 없이 사라졌고 시간이 필요하다고 했던 사람들은 지금까지 연락이 없다. 불평하긴 어렵다. 그보다 많은 경우에 내가 먼저 등을 돌렸다. 원칙은 있었다. 겨우 형체를 잡아나가는 내 심장 을 찍어 뭉개려는 사람들에 한해서 그랬다. 그들은 줄곧 내 욕망을 자기들이 허락해온 것처럼 굴었다. S도 그중 하나였다. 사람을 잃기 싫어서가 아니라 변화가 귀찮고 싫어서 군말 없이 끌려간 게 화근이었다. 변화가 싫지만 지겨운 건 더 싫어서 그들을 떠났다. S가 맞았다. 나는 후회했다. 진작 내 지도를 돌려받지 않은 것에 대해서. 그들이 내 지도를 가져가서 좌지우지할 수 있도록 용인한 건 바로 나 자신이 아닌가, 하고.

당신의 지도를 타인이 그리게 두지 마세요.

인도에서 만난 선승이 그랬다. 티벳에서 만난 승려나 인도 바라나시의 구루나 스페인 산타마리아 수도원의 수사가 한 말에는 냄새가 없다. 계속 말을 청하고픈 사람들은 왜 침묵에 더 능할까. 수다스러운 승려를 본 적이 있는데 그도 자기 공력을 쓴 발화는 아끼곤 했다. 부재를 재현하는 말들은 더욱 그랬다. 어디 담지도 키우지도 못할 말들이 헤매는 날. 머릿속에 오두막 한 채 짓는다. 그 안에 말들을 차곡차곡 들여보낸다. 후회할 거야. 너는 잘못 살고 있어. 넌 결국 외로워질 거야. 오두막에 불을 붙인다. 말이 탄다. 재가 남는다. 후, 분다. 재가 후회의 냄새를 덮는다.

이런 류의 대화를 좋아한다.

"그 여자 생긴 게 여우같잖아. 난 고양잇과는 싫어."

"여우는 개과야."

"말도 안 돼. 정말?"

"응."

"어쨌든. 지금 그게 중요한 게 아니고……"

중요한 건 그 여자를 당신이 싫어한다는 사실이지. 개과든 고양 잇과든 실은 핑계고. 옆 테이블에서 들려오는 대화에 웃고 만다. 이 런 대화가 왜 좋냐 하면 일단 웃기기 때문이다. 가끔 듣는, "그 사람 은 네가 다른 선택을 했어도 싫어했을 거야"라는 말에 신빙성이 있 다는 걸 알게 되어서도 좋다. 그 사람은 당신을 싫어하기 때문에 싫 어한다. 진짜 이유는 어차피 그 사람 안에 있는 자기 문제이므로 당 신은 신경쓸 필요가 없다. 하나 정도는 바랄 수 있겠지. 그가 자기 문제를 직시하길. 자기 감정을 알아서 처리하길. 너무 열심히는 바 라지 말고. 가끔 놀라지 말아야지 하고도 놀란다. 세상에는 음침하 게 꼬이고 악의에 가득차고 타인의 불행을 바라는 마음을 아예 삶에 이식한 사람들이 있다. 그들은 대상을 달리해 그런 마음을 반복하며 산다. 어떻게 피할 수 있을까. 그들이 당신 인생에 끼어드는 데에는 이유가 없다. 군이 찾고 싶다면 전생과 상의해볼 순 있다. 중요한 건 절대 자신에게서 이유를 찾지 않기이다. 악의는 그 대상을 스스로 고른다.

"저런 대화에 가장 이상적인 반응은 '아, 여우는 개과구나!' 하고 마는 거야. 분석하지 마."

마주앉은 친구가 연필로 테이블을 톡톡 치면서 나른하게 말했다.

아아, 저 나른함 위로 구르고 싶다.

Monday 19

사랑의 기억은 학대의 기억과 뒤섞인다. 경계선은 자주 다시 그려지고. 기억이 없는 생후 삼사 년의 시간을 그들의 기억으로 증언해줄 부모를 우리는 유일한 증인으로 신뢰할 수 있을까? 부모는 신뢰할 수 있는 증인인가. 보통은 아닐 것이다. 신뢰하고 싶은 증인인가? 그래, 보통은 그럴 것이다. 결국 믿고 싶은 쪽을 믿으면서 사실로 만들어가는 일련의 과정을 삶이라고 한다면 내가 믿기로 마음먹은 그것이 삶의 경전이 된다. 그걸 알고부터 믿는 일에 더 신중해진다.

너무 신중해져서 아무것도 믿지 못한다. 믿기 위해 계속 의심하는 삶이라니. 그냥 믿음 없이 사는 게 낫겠다, 하고 반은 농담으로 버무린 그 말이 이후 삶의 방식이 되어버리고. 그렇게 한참 살았는데 요즘 자꾸 간절히 믿고 싶은 것들이 생긴다. 믿음이 아니라 믿고 싶은 것들이 삶을 추동하는 모양이다. 그렇구나. 믿음 없이는 살 수 있어도 믿고 싶은 것 없이 사는 건 힘든 거였어.

거울 앞이 가장 위험하다. 페이스 아이디로 로그인하기에 세 번 연속 실패한다. 얼굴이 다시 돌아올 거라고 믿고 싶다. 일치하지 않습니다. 나 맞다고. 일치하지 않습니다. 나라니까. "나를 입증하고, 나를 올바르다고 여기게 되면, 나는 실패할 것이다."라고 클라리시 리스펙토르가 쓰지 않았다면, 입증과 올바름의 불가능함을 긍정하게 해주지 않았다면 나는 실존을 위협하는 거울 속으로 사라졌을지 몰랐다. 일치하지 않습니다. 일치할 리가 없다. 달얼굴moon face은 액체이고, 등록되지 않는다.

내가 그린 자화상은 과장도 미화도 없을 거라고 믿고 싶다. 종종 가차없는 마음이 누군가를 너무 세게 찌르지 않았을 거라고 믿고 싶다. 또…… 우리는, 나와 너는 믿고 싶은 것 안에서 오래 각자를 지켜왔다고도 믿고 싶다. 더 많은 '믿고 싶은 것'이 필요하다. 우리 곁을 떠난 반려동물들이 훗날 하늘문 앞으로 우리를 마중 나온다거나,

입증할 수 없는 얼굴도 그들은 모두 알아볼 수 있다거나 하는.

사람은

사람에게

왜 그렇게까지 할까요?

판토스미아phantosmia. 환후 또는 상상후각이라고도 한다. 특정 원인에 의해 실제 나지 않는 냄새를 맡는 환각 현상으로 무언가 타는 냄새를 맡는 경우가 가장 흔하다.

거기까지 읽고 아그니는 숨을 크게 들이마셨다. 어제는 머리카락 타는 냄새였는데 오늘은 나무 타는 냄새로 바뀌었다. 부정을 태워 죽은 자를 수호하는 그에게 이 무한한 절망의 향은 너무도 낯설었다.

—V. 푸루샤, 『베다 신화 다시 읽기』

병원에 가기 싫어서, 카페에서 라테를 마시기로 했다. 일단 병원에 들른 다음에. 오전 내내 흐리고 혈압은 잠에서 깰 때부터 발목 정도만 오르내릴 정도여서 신발 신을 마음이 도무지 생기지 않았다. 그러다가 어제 꾼 꿈이 불현듯 스쳐서 옷을 갈아입었다. 최근 꿈에서 꽤 많은 장례를 치렀다. 가장 많이 등장한 망자는 나였는데 어젯밤에도 내 장례식에 사람이 하나도 없는 꿈을 꾸었다. 나는 관 속에서 어째서인지 바깥을 다 볼 수 있었다. 입구에서 한 여자가 들어오려는 사람들을 사력을 다해 막고 있는 게 보였다. 웅웅웅웅 벌떼소리 같은 울음소리를 내는 여자였다. 손에 흰 천을 뭉쳐 쥐고 한 번씩 눈가를 훔치는 여자. 엄마였다. 왜 저렇게 우는 것도 열심인가. 웅웅웅웅. 엄마가 우는 게 싫었다. 관 속에서 엄마를 불렀다. 화난 목소리로 들리지 않길 바라면서. 엄마 손에서 툭, 새하얀 천뭉치가 떨어졌다. 엄마는 화들짝 놀라 재빨리 뭉치를 주워들었다. 그건 하얗게 시든 내 심장이었다.

신발을 신으면서 내가 다니는 병원에 장례식장이 있는지 검색했다. 심장이 탈색되는 기분을 아는 사람이 거기 있었으면 좋겠다. 오늘 달은 어떨지 모르겠다. 정월대보름이 아버지 기일이다. 아버지가 죽고 한동안 아무 연고 없는 사람들의 장례식장을 어슬렁거렸다. 울고 있는 사람에게 말을 걸어오는 일은 잘 없어서 주로 대학병원 장례식장, 가장 사람 없는 호실에 앉아 조용히 울었다. 딱 한 번 누군가 곁에서 등을 쓸어줬다. 다른 한 번은 울면서 밥 먹으면 체한다고 소화제를 쥐여준 사람이 있었다. 내 또래의 여자였다. 나는 울면서도 잘 웃었다. 고맙습니다. 그렇게 말할 때는 더 잘 웃었다. "잘못했어요"를 웃으면서 말하지 않는 것처럼 "고맙습니다"를 울면서 말하면 안 된다. 그래서인지 그렇게 울고 집에 와도 덜 운 기분이었다. 혼자는 울지 않았다. 마찬가지로 혼자 술을 마시지 않기로도 했는데 그건 이제 지워도 되는 결심이 되었다. 지겹게 방영되는 설 특집 재방송처럼 반복해 시동이 걸리는 기억들이 정월대보름까지 이어질 것이다. 달이 부화할 것 같구나. 보름달을 보며 아버지는 말하곤 했다.

이맘때쯤엔 꿈과 현실이 거의 구분되지 않는다. 아버지 장례 이틀째 되던 날에 장례식장과 연결된 영안실로 타다 만 시체들이 한꺼번에 몰려들어왔다. 대구지하철화재참사 사망자 192명 중 일부였다. 나는 탄 몸의 냄새를 하루종일 맡았다. 그 냄새도 돌아온다. 자꾸 그렇다. 방화를 저지른 사람은 아버지와 같은 오십대 중반의 남자였고 뇌졸중 후유증으로 뇌병변장애와 심한 우울증을 갖고 있었다고 했다. 식장을 찾은 조문객들이 다소 흥분한 상태로 전해준 소식들이었다. 그런 말들보다 전하는 이들의 눈에 스치던 묘한 흥분감이 더 오래 남았다. 저런 흥분감과 신남이 뭐가 다른 거지…… 지금도 잘 모르겠다. 누군가의 불행은, 죽음은 원래 신나는 것일지도 모르지. 그때 이후 나는 내 불행도 그렇게 느낄 때가 있다. 어쨌든 나도 다른 식장의 지친 상주들도 사망자 가족들의 찌렁한 울음소리에 자세를 고쳤다. 새것이다, 저 울음은. 아버지의 의식 없는 모습을 보고 터진 내 첫 울음도 비슷했나. 내가 도착하길 기다리던 응급실 주변의 사람들이 내 주저앉음과 울음소리에 그래, 표정을 애써 정돈하는 걸 본 것도 같다.

웃음으로 가릴 수 있는 게 많다는 걸 아는 사람들이 제일 어쩔 줄 모르겠다 싶은 곳이 병원 응급실과 장례식장이다. 눈물로 가릴 수 있는 건 많지 않다. 그러니까 웃자. 병원에 다녀왔다. 장례식장에는 가지 않았다. 대신 카페에 가서 한 시간 정도 앉아 있었다. 라테를 가져다주는 서버에게 고맙습니다, 인사할 때는 마스크 안에서도 활짝 웃는 입이었다.

"글쓰기는 자신을 바라보는, 그리고 자신을 향하고, 자신에 만족해하는 남성중심주의 그 자체"라는 부분에 밑줄을 긋고 한참 바라보고 있다. "아버지를 포기하지 못하는, 문학하는 딸들"을 호명하면서 계속 읽는다. 쓰는 일이 데칼라쥬décalage 같다. Y선생님의 설명에 의하면, 프랑스어 데칼라쥬는 상처 입은 구조를 보충하고 지지하던 인공보완물을 제거할 때 드러나는 구성적 요소로서의 불완전성 혹은 어떤 불안정성 자체이다. 간극이나 빈틈으로 번역되는데, 나는 곧장 의수를 뺀 L의 팔꿈치를 떠올렸다.

그는 재빨리 소매를 내려 가리려고 했다. 봐도 돼? 내가 물었다. 무례하다고 욕해도 어쩔 수 없다는 마음이었다. 욕을 먹고 사과하고 용서받으며 배워야 하는 것도 있다. 서로가 짐작하는 관계의 불완전성 여부는 공격해보지 않고는 모른다. 소심한 인간이 나름의 각오를 한 게 무색하도록 L은 환하게 웃으며 팔꿈치를 내 쪽으로 내밀었다. 팔꿈치를 내밀었다는 표현이 가능한 건 그의 신체 중 비어 있는 부분 때문이었다. 그게 왼쪽 팔이었는지 오른쪽 팔이었는지 즉각 떠오르지 않는다. 그와 마주보는 상상을 해본다. 나의 오른쪽, 그의 왼팔. 그 반을 바라보는 내 시선이 어땠을지 이제야 조금 걱정이 된다.

"피부가 쓸려서 아프진 않아?"

"처음에는 그랬지."

그렇다고 군은살이 생긴 것도 아닌 듯한데 통증에 적응을 했다는 소리인지, 통감이 사라졌다는 말인지 모르겠다. 아마도 전자일 거라고 짐작했다.

"보여달라고 하면 어떻게 하나, 꿈까지 꿨거든. 걱정했던 것보다 훨씬 괜찮네."

"괜찮지 그럼. 내가 똥배 보여달라고 한 것도 아닌데."

"아, 그건 안 돼!"

그가 얼른 아랫배를 두 팔로 감싸는 시늉을 했다. 오른손은 아랫배에 닿는데, 다른 팔은 배 한참 위에서 사선으로 멈췄다. 데칼라쥬. 그의 짧은 팔을 보면서 그 단어를 떠올리는 순간 내 팔꿈치에 찌르르 죄책감이 번졌다. 글쓰기란 별수없이 그런 거였다.

Tuesday 3

뭉크의 〈절규〉 오른쪽 상단에 있는 유명한 글귀, "오직 미친 사람에 의해서만 그려질 수 있는"이 다름 아닌 뭉크의 친필인 것으로 확인되었다는 뉴스를 봤다. 부주의한 관리를 틈타 관람객이 써넣은 게 아닌가부터 의도적으로 작품을 훼손하려는 반달리즘 행위라는 추측 등이 있었지만 뭉크의 일기와 편지의 필체와 비교한 결과, 그의 것이 확실하다는 게 노르웨이 국립미술관측의 주장이었다. 뉴스를 H와 공유했다. 〈절규〉에 대해 어떤 의학도가 작가의 정신질환을 반영하고 있다고 한 주장을 듣고, 뭉크가 해당 문장을 1895년 전후에 추가했을 가능성이 있다는 내용까지 포함된 뉴스였다. H가 문자를 보냈다.

기시감이 들지 왜? 전에 우리 얘기한 적 있나?

지금으로부터 십여 년 전, 때는 바야흐로 제가 소설을 써보겠다고 혼자 사부작사부작하던 시절……

맞다! 그 소설. 와…… 나 지금 소름 돋았어.

소름을 불러낼 것까진 없었다. 뭉크와 〈절규〉에 적힌 저 문장은 시나 소설의 소재로 많이 쓰였다. 사실 모른다. 그렇지 않을까 짐작하고 있다. "오직 미친 사람에 의해서만 그려질 수 있는"이라는 글을, 누가, 어떤 이유로 그림에 남긴 걸까를 추적한 내용의 그 습작을 H가 기억하고 있다는 데 오히려 좀 놀랐다. 글은 뭉크가 연필을 들고 그림 앞으로 가는 장면에서 끝이 났다. 그의 표정이 불행하지 않도록, 미친 사람이 스스로 가슴에 훈장을 달며 드러내는 텅 빈 동공의 뿌듯함이 느껴지도록 쓰고 싶었던 기억이 있다. 그런 바람만 남았다. 당시 매일 출입하던 도서관에서 만난 한 사람의 동공이 모델이 되었다. 그를 만났다고 할 수 있을까. 문득, 그랬다고 하자. 상세 문장들은 하나도 떠오르지 않는다. 그즈음 썼던 글 대부분은 내게 남아 있지 않다. 근 십 년 단위로 파일을 삭제하고 있다. 주로 낡고 유행 지난 옷들을 정리할 때 깜빡 잊고 있었다는 듯 같이 버렸다. 미련은 없었다. 지금까지는.

그때 네 글 읽고, 나 뭉크 〈절규〉 복사본 샀었잖아.

그랬나? 기억이 잘 안 나.

도서관 그 언니 얘기도 기억 안 나?

잊기가 더 힘들지. 아직도 가끔 꿈에 나오는데.

도서관마다 그 도서관을 대표하는 이상한 자들이 있다. 활자가 사람을 어떤 상태로 모는 건지, 어떤 상태의 사람이 활자를 망령처럼 좇는 건지 선후는 알 수 없으나 당시 N 도서관의 감색 양복 젊은이와 M 평생학습관의 턱받이 언니는 그곳을 자주 찾는 친구들 사이에서 유명인사들이었다. 내가 더 자주 마주친 건 턱받이 언니였다. 열람실에서 책을 읽고 있는 사람의 맞은편 빈자리에 앉아 턱을 괴고 상대의 눈을 빤히 바라보는 게 그의 주된 일이어서 생긴 별명이었다. 다른 행동은 하지 않고 그냥 뚫어져라 보고만 있기 때문에 대개 무시하거나 신경쓰지 않았지만 드물게 화를 내거나 사서에게 컴플레인을 하는 사람도 있었다. 그날은 사서가 와서 그를 밖으로 내보내려 했고 그는 사서가 이끄는 대로 순순히 문을 나섰다. 문 가까운 곳에 있던 사람들의 눈이 커졌다. 그의 동공은 더 컸다. 그 동공을 한참 마주보고 있으면 검은 물이 바깥쪽으로 계속 번져가는 것 같았다. 동굴이 계속 안으로 열리는 패턴 아트가 그 눈 속에 있었다. 너무 어둡고 긴 이야기를 하는 눈이었다. 그가 내 앞에 앉아 절도 있게 두 손으로 턱을 괸 게 세 번, 그때마다 늘 내가 먼저 고개를 숙였다.

하루는 그가 학습관 마당 벤치에 앉아 있었다. 들고 나온 음료수 캔 하나를 그에게 건넸다. "나 주는 거야, 나 주는 거야?" 그는 연달아 빠르게 물었다. 내가 고개를 끄덕이자 그가 숨도 안 쉬고 순식간에 캔을 비웠다. 말없이 나란히 앉아 있으니 그는 이상할 게 전혀 없는 사람이었다. 점점 번져가는 동공도 보이지 않았고 위해를 가할 만한 기운도 느껴지지 않았다. 남자 셋이 우리가 앉아 있는 벤치 쪽으로 걸어오기 전까지는 하오의 빛이 조용하고 평화로웠다. "오지 마, 안 돼." 그가 갑자기 소리를 지르면서 황급히 내 앞을 가로막았다. 그러더니 무언가를 밀어내듯 팔로 허공을 마구 휘저었다.

"내가 지켜줄게. 괜찮아."

"아니, 뭘……"

그때까지도 나는 그냥 어리둥절했다. 그와 마주선 세 남자가 일제히 욕설을 해댔다. 그제야 상황파악이 됐다. 그가 막아선 게 무엇이었는지. 남자 셋, 여자 하나. 여자 뒤에 다른 여자 하나. 위협적으로 팔을 휘두르며 남자 셋이 "미친년!" 해도, 그는 팔을 휘젓고 발을 구르다가 또 나를 돌아보며 그랬다. "내가 지켜줄 거야. 무서워하지 마, 무서워하지 마." 그때 활짝 열리던 그의 동공. 오랜 기억의 입구 같은 그 동공이 슬펐던 건지 내 앞에 선 그가 입고 있는 올 풀린 스웨터 소매가 슬펐던 건지 팔을 흔들면서도 손에 꼭 쥐고 있던 음료수 캔이 슬펐던 건지 모르겠다. 주변의 모든 게 일제히 울먹거리는 것 같았다. 나는 여전히 앉아 있고, 나보다 작은 턱받이 언니는 서 있어서 생긴 눈높이 차이가 어떤 감정만큼 선명했다.

그런 앞뒤 모를 안간힘으로 무언가를 지키고 싶었던 사람들 중에 경계를 넘은 사람을 두엇 아니, 셋 정도 알고 있다. 그날 내 앞의 등이 지르던 비명이 완성한 삽화도 "오직 미친 사람에 의해서만 그려질 수 있는" 것이었다. 거기까지 떠올리자, 파일을 삭제한 게 아주 조금 후회가 되었다.

삶의 반 이상을 혼자 살아왔다. 쓰고 나니 떠오르는 의문, 혼자 산다는 게 정확히 어떤 의미일까. 그 의미가 자주 혼동되고 교차하고 잠식되기 때문인데, 한동안 내게 혼자 사는 일은 혼자 살아도 괜찮다는 걸 계속 증명하는 시험 같았다. "이십사 시간 집에서 혼자 도대체 뭐해요?"라는 질문을 하는 사람들에게 어떻게 사람이 이십사 시간 누군가와 같이 있을 수가 있냐고 되묻기까지 그런 증명의 시간들이 있었다. 잊어버릴 만하면 돌아오는, "사람 사는 거 다 거기서 거기"라는 불안함이 복제하는 단언들. 혼자 먹고 혼자 자고 혼자 하는 걸 상상하기 힘들어하는 사람들이 의외로 많다는 걸 알았다. 담담했던 뇌에 적잖은 충격이 이어졌다. 지금도 질문은 계속되지만 뇌는 적응하고 더는 충격받지 않는다. 아무리 생각해도 충격은 그들이 받는 게 적절하다.

혼자 사는 H와 L이 아까부터 '우리는 왜 아픈가'를 주제로 이야기를 나누고 있다. 혼자 산다는 게 무슨 의미일까. 혼자 사는 여자는 아픈 여자지. 왜? 요약은 내 몫이다.

H: 결혼한다. 아이를 낳는다. 아이를 키운다. 넋두리한다. 자책한다.

버틴다. 버틴다. 이혼한다. 자학한다. 버틴다. 고장난다. 버틴다. 수선
한다. 버틴다.

L: 결혼하지 않는다. 나를 낳는다. 나를 키운다. 으르렁거린다. 버
틴다. 버틴다. 횡설수설한다. 버틴다. 투신한다. 버틴다. 용서한다. 버
틴다.

얼마 전에 읽은 비혼 관련 인터뷰 기사 제목이 '혼자 살아도 외롭
지 않아요'였다. 혼자 살아도 외롭지 않다니, 참 외로운 말이다. H는
개뼁, 하고 코웃음쳤다. 외로움은 일반적인 생의 조건이고 결혼 유
무 정도로는 벗어날 수 없다. 양갈래 혹은 그 이상의 갈림길 앞에서
혼자의 외로움이 여럿의 괴로움보다 견디기 쉬워서 한 선택들이 지
금 나를 여기에 데려다놓은 것이다. 그동안 내가 익숙해졌다고 해
서 그게 외로움이 아닌 건 아니다. 늙어도 외롭지 않다거나 살수록
인생이 더 재미있고 즐겁다는 말의 진짜 의미와 효용에 닿기도 전
에 인간은 죽는다. 존재세(존재해서 내는 세금)적인 관점에서 보면
혼자도 외롭고 늙어도 외롭고 살수록 외롭다. 게다가 외로움이 우
리가 감당해야 할 최악의 조건은 아니다. H와 L과 내 머리가 같이
움직인다. *끄덕끄덕.* '혼자'라는 상황에 대한 천편일률적 오해가 쌓

아놓은 벽들이 더 곤란하다. 그래서 내가 수많은 너를 찾는다. 잡는다. 곁에서 꼬물거린다. 외롭지 않으려고가 아니라 계속 외로워야 해서. 외롭게 돌을 던져야 해서. 외롭지 않으려고 하는 모든 일 끝에 결국 외로움이 답이었다. 몇 번이고 그랬다. H가 L의 무릎을 베고 누웠다.

침대 위에서 투명해진 얼굴로, 찾고 잡고 꼬물거리는 마음으로 혼자 사는 여자들을 보고 있다. 외로워? 외롭지. 마음을 밀어내는 외로움이 아니라 굳이 탐욕스럽게 모으지 않아 텅 빈 외로움. 혼자 사는 여자는 마음 안에 마음을 둔, 아픈 여자지.

Tuesday 5

우리가 격렬하게 사랑하는 사람은 항상 우리를 살해한다는 모파상의 문장. 그 사람이 영원히 '나'라는 걸 알게 된 이후로 꾸준히 벽을 타고 전해지는 실명에 대한 경고를 들었다. 거의 보이지 않는 왼눈과 정상 시력에 가까운 오른눈. 두 눈의 시력차가 만드는 편두통을 문진처럼 둔 지 오래지만 두 눈이 각자의 다른 능력을 어떻게 합의하고 조율해 내게 세상을 보여주고 있는지는 지금도 알지 못한다. 초등학교 1학년 시력검사 이후 드문드문 알게 된 사실은 다음과 같다.

1) 어릴 때 매일 호소했던 두통은 엄살이 아니었다.
2) 갓 태어난 신생아가 육 개월까지 갖게 되는 시력이 0.05 정도인 데 내 왼눈은 거기에서 발달을 멈추었다.
3) 사시가 되거나 오른쪽 눈까지 시력을 잃게 될 가능성이 높다.
4) 지금까지는 운이 좋았다.

일찍 얻게 된 불편이어서 가까운 이들이 아니면 몰랐다. 겉으로 드러나는 증상이 없으니 알고 있는 이들도 곧잘 잊어버렸다. 심지어 나도 그랬다. 언제나 사람들의 왼편에 자연스럽게 서는 이유를 나중에야 알았다. 간혹 두려웠다. 3번과 4번이 나를 늘 따라다녔다. 실명의 가능성과 길지 않을 것 같은 운의 수명이. 무언가를 두려워한다고 해서 그 두려움을 발생시키는 상황이나 대상에 대비하는 즉각적이고 능동적인 행동을 반드시 취하는 건 아니다. 그보다는 망각이나 외면이 효과가 좋았다. 어떻게 저렇게 얼렁뚱땅 말도 안 되게 살 수 있지, 에서 '저렇게'에 해당되는 삶이었다. 이유랄 게 없었다. 이유가 없다는 건 여유가 없다는 말이기도 했다. 불편함은 참는 거지 바꿀 수 있는 게 아니었다. 가끔 편두통을, 눈의 시림을, 좁은 시야를 불편하게 느꼈을 뿐이다. 불안과 두려움도 그랬다. 모파상이 그랬듯 '본능적이고 깊은 무적의 사랑'으로 밤을, 어둠을 밀어내지 않으려고 애썼다. 두려움을 두려워하지 마.

　모파상은 오랜 시간 안질환을 앓았다. 오른쪽 눈이 먼저 멈췄고 왼눈 역시 더는 빛을 감당하지 못할 즈음 그는 「밤」을 썼다. 그의 긴 병력에서(신경증, 심장질환, 류머티즘, 매독, 장출혈, 만성두통 등) 겨우 한 줄을 차지할 뿐인 안질환이 작품을 읽는 데 꼭 맞는 열쇠가 되지는 않을 것이다. 글에서 감지한 그 급작스러운 불안과 공포는 눈의 가장 앞부분인 각막에서부터 시신경의 가장 마지막 후두엽까지의 경로 어딘가에서 길을 잃은 나로부터 기인하는 걸지도 모른다. 그 경로를 따라 걸었지만 어둡고, 사라지고, 더는 잡히지 않아서 끝내 그릴 수 없는 세상의 상狀.

　그건 죽음과 마찬가지이지 않을까. "우리가 격렬하게 사랑하는 사람은 항상 우리를 살해"하므로. 그러지 않을 수 있을까. 차라리 눈을 찌르는 꿈을 수도 없이 꾸면서. 우리가 한때 사랑한 밤에는 빛이 섞여 있었다. 서서히 빛이 사라지고 암흑으로, 거대한 어둠덩어리가 된 밤이 삼켜버린 사람들과 함께 그가 죽어간다. 그가 실명한다. 나는 5번을 추가한다.

5) 치료 후유증으로 시각에 문제가 발생, 삼십 분 이상 책을 읽을
수 없다.

삶은 도무지 알 수 없고, 나는 아직 4번이다.

Tuesday 6

한편, 오늘의 나는 잠깐 살아볼까 하다 말았는데 드물게 빛나는
일상의 의지를 꺾은 건 전화 한 통이었다. 아니다. 그전에 문자 한
통이 있었다. 바쁘세요? 책망이 묻은 네 글자에 답을 못하고 멍하니
있었다. 몇 초 지나지 않아 문자를 보낸 사람의 이름이 전화기에 떴
다. 문자를 아직 소화시키지 못하고 있다가 앗, 놀라서 통화 버튼을
눌렀고 "여보세요" 음성을 듣자마자 후회했다. 통화 전에 마음의 준
비가 필요한 상대였다. 그에 대해서는 그 정도의 묘사가 적절한 것
같다. 나는 그를 잘 모른다. 그와 나는 맞지 않는다. 이 두 문장이 양
립할 수 있을까. 그와 나는 맞지 않는다. (그래서) 나는 그를 잘 모른
다. 두 문장의 순서를 바꿔본다. 접속사를 넣었다가 빼보기도 한다.

나와 맞지 않는 사람이라는 직감으로 그냥 계속 모르는 사람이고 싶은 마음, 이라고 일단 적는다. 그 마음이 새어나가지 않도록 빨대 정도의 좁은 통로 안에 일단 가둬둔다.

그사이에 내가 어렵게 꺼낸 말들을 그가 하나씩 변명으로 만들고 있었다. 내 의식이 자꾸 푸시시 꺼졌다. "사람이 다 그렇죠." 그는 추임새처럼 그 말을 반복했다. 한 번씩 "원래 그런 거죠"라고 변주를 했는데 정말이지 대화의 의지뿐 아니라 오늘 하루 나를 살게 할 의지를 일순 꺼버리는, 모든 걸 무력화시키는 말이었다. 그참에 영영 사라져버려도 좋았을 것인데. 사샤가 나를 빤히 봤다. 그러니까 인간은 네가 생각하는 것보다 복잡해. 생각을 바로 실행하지 않아. 방금 명란계란말이를 떠올렸지만 부엌으로 가지 않잖아. 계란이 떨어졌거든. 오늘 주문을 해야 해. 마침 할인쿠폰을 받았고. 봐, 인간은 복잡해. 그게 자랑은 아니지만. 사샤가 머리를 돌려 화장실을 바라봤다.

그가 만나자고 했다. 만나서 이야기하자고. 만나서 사람이 다 그렇죠, 라는 말을 듣는다면 나도 사샤처럼 화장실만 쳐다보고 있을 것 같다. '만나다'는 점액질 동사다. 떠올리는 것만으로도 손끝이 끈적거려서 씻어야 할 것 같다. 사람이 다 그렇죠. 그렇게 하나마나한 말을 왜 하는 거죠? 원래 그런 거죠. 원래 그런 건 없어요. 원래 그런 건 없어요! 원래 그런 건 없어요!!! 대꾸하지 못한 말들을 세 번씩 적어두고 누웠다. 약속한 날이 한참 지나 깨는 꿈을 꾸길 바라면서.

Tuesday 7

조금만 천천히 걸을까요? 내 말에 S는 재빨리 느려진다.

외래 진료가 있는 날, S와 동행했다. 혈액검사 결과가 나오기 전까지 함께 기다린 시간이 유독 좋았고 이상했다. 내 간과 백혈구 상태가 그와 무슨 상관이 있다고 그의 시간이 이곳에서 같이 흐르나. S라면 왜 상관이 없냐고 되물을지 모른다. 눈을 동그랗게 뜨고. 그런 그와 진료 후에 오늘이 마지막 영업일이라는 G 레스토랑에 가보기로 했다. 나를 G 레스토랑에 처음 데리고 간 건 아버지였다. 두번째도 그였을 것이다. 기차역 내부에 위치한 그곳에서 만나기도 하고 헤어지기도 했다. 기차를 타는 쪽은 주로 아버지였다. 기차를 타러 가는 그의 모습이 점점 작아지다 보이지 않던 것처럼 세상에서 사라진 그의 기일마다 나 혼자 그곳에 갔다. 그가 좋아하던 프리지어 한 다발과 초콜릿을 테이블 맞은편에 두고 밥을 먹고 그의 묘지에 데려다줄 기차시간을 기다렸다. 때마침 졸업 시즌이어서 "축하합니다!"라는 인사도 가끔 들었다. 늦깎이 학생처럼 보인다니 재미있다, 하고 웃다가 기일과 축하합니다의 거리만큼 먼 생과 사의 거리에 새삼 아득해지곤 했다. 고맙습니다. 기일과 축하합니다 모두에 가까운 말이었다.

S도 고맙다고 했다. 그곳에 함께 가자고 해줘서, 그런 기억들을 나눠줘서. 각자의 이유로 우리는 서로에게 고맙고, 그게 미안한 것보다 나았다. 이른 점심시간에 도착해 마지막 영업일이라 간소해진 메뉴를 유심히 봤다. 올 때마다 주문하던 정식 메뉴가 없어 아쉬웠지만 매번 혼자 걸음이다가 둘이 걸음한 게 좋아서 불평하진 않았다. 창가 쪽 자리에 앉아 돌아보니 늘 앉던 테이블이 비어 있었다. 그곳이 가장 구석진 자리였다는 걸 마지막 날에야 알았다. 아무래도 치료 후 먹기 힘든 시기라서 예전 정식 맛을 그대로 간직하게 된 게 잘된 일인지도 몰랐다. 모든 음식이 내가 기억하는 그 맛이 아니었다. 미각세포가 모두 사라져버리는 건 아닐까. 그래도 한 장소의 마지막에 가능한 한 오래 머물기 위해 느릿느릿 식사를 이어갔다. 가랑비가 내리고 있었다. 통유리창으로 보이는 풍경이 썩 훌륭하진 않아도 버스, 택시, 사람들, 광고판 등이 제각각 쉴새없이 움직이고 있어서 지루하지 않았다. 가끔 시선을 멀리 둔 채 우리는 말이 없었다. 그렇게 하기로 미리 약속한 사람들처럼. 어느덧 레스토랑 내부

는 빈 테이블 없이 꽉 차서 와자지껄했다. S가 계산서를 들었다. 마지막 날 식사는 자기가 사게 해달라고 했다. 나는 내년 기일을 잠시 떠올렸다. 사라지지 좀 마. 제발 그대로 있어. 무작정 생떼라도 쓰고 싶은 심정으로 레스토랑을 둘러보면서. 곧 기억과 흥정을 하겠네, 헛헛해지려는데 그래도 다행이지 않냐고 S가 말했다. 아무것도 모르고 있다가 기일에 프리지어를 안고 문 닫은 레스토랑 앞에 망연히 서 있는 내 모습을 떠올리면 너무 가슴 아프다고. 그렇게 마지막인 줄도 모르고 영영 사라지는 줄도 모르고 한참 후에야 가버린 것들의 그림자를 더듬거리는 일을 또 할 뻔했다.

오래전 본가를 떠날 때 아버지가 그랬다.

"힘들 때는 너를 잘 먹이고, 입히고, 재우는 일을 최우선으로 둬라. 이제 네가 네 보호자다."

아버지의 편지에도 비슷한 글이 남아 있다. 잘 먹이고 입히고 재우고 있어요, 아버지. 내가 내 보호자라는 게 가끔 쓸쓸하지만, 뭘 잃는지도 모르면서 재차 잃어가고 있지만, 이제 잠결에 돌아누우며 웃기도 하니까요.

S는 아름다운 사람이고 이곳은 사라진다. 안녕.

　사람은 사람에게 왜 그렇게까지 할까요? '그렇게까지'의 품이 너무 넓어서 상상 속 모든 '그렇게'를 집어삼킬 것 같다. '그렇게까지' 주머니에 사람의 일을 다 넣고 흔든 다음 하나를 골라낸다. 그러니까요. 왜 그렇게까지?

　결코 회복되지 못한 채 삶을 이어가는 것이 인간의 진실이기도 해서 이 질문은 언제까지나 떨린다. 그렇게까지 한 사람이 새긴 우리의 증상은 꿈을 통과하며 시적으로 변환되는데 꿈의 주인은 늘 상처의 주인이다. 그렇게까지 할 수 없어서 포기한 자들의 꿈에는 도둑이 등장하고, 그렇게까지 해버린 이들의 꿈에는 현실로의 문이 반쯤 열려 있다. 사실은 알 수 없다. 그 문을 벌컥 열고 들어가 엉덩이를 걷어차고 싶어서 한 상상이다. 그렇게까지 하지 말자. 주디스 버틀러가 그랬다. '나는 누구인가' 말고 '함께하는 세상에서 우리는 누구인가'를 질문해야 한다고. 그러기 위해서 그는 '언어 사이에서 이동하는 법'을 제안한다. 언어 사이를 이동하면 이상한 냄새가 난다. 견딜 수 없이 졸린다. 불덩이를 끌어안은 것처럼 홧홧하다. 진흙을 씹은 것처럼 침을 모은다. 뱉는다.

　그래서 우리는 누구인가. 우리는 함께하는 세상에서 누군가에게

군이 그렇게까지 하는 존재들. 도무지 회복되지 못하고 그렇게까지.

새벽 세시 넘어 여덟 살, 여섯 살 남매를 데리고 집으로 왔다. 안전가옥은 대개 빈자리가 없고, 가정폭력 피해자들에게 임시거처를 제공하라는 권고를 받는 레지던스들은 연결이 쉽지 않다. 권고는 권고일 뿐이다. 피해자들이 하룻밤 폭력을 피할 공간이 쉽게 마련되지 않아 불안한 마음으로 기다릴 때 가해자들은 집에서 편히 발 뻗고 잠들어 있다. 그 상황부터 숨이 찬다. 가해자와 마주치면 무슨 짓을 할지 모르겠다 싶은 마음. 그런 마음을 녹이는 건 피해자들이다. 이번에도 영문을 모르는 얼굴로 앉아 있는 그들을 따뜻하게 재우고 맛있는 밥을 먹여야 한다는 다급함이 여타 감정들을 잠재웠다.

여덟 살 누나는 남동생 손을 계속 잡고 있었다. 낯선 사람 집이니 경계가 쉽게 풀리지 않을 것이다. 그러면서도 둘 다 눈에는 졸음이 그득했다. 새벽 네시가 가까워오는 시간이었으니 당연했다. 배가 고프기도 할 텐데 우선은 재우는 게 좋을 것 같았다. 사샤는 늘 그랬듯이 방문객이 있는 동안에는 모습을 드러내지 않을 모양이었다.

"함께 사는 고양이가 있어."

아이들은 고양이, 라는 말에 방안 이곳저곳으로 시선을 돌렸다. 굳은 얼굴이 부드러워졌다. 남동생이 이름을 물었다. 사샤라고 알려줬다.

"사샤래. 누나."

"사샤야?"

아이를 실망시키긴 싫었지만 사샤가 나올 리가 없……지 않았다. 코타츠 밑에서 사샤의 앞발이 뿅! 모습을 드러냈다. 아이가 부르는 소리에 반응을 한 것 같지는 않았다. 어쨌거나 사샤의 등장에 아이들의 표정과 음정이 달라졌다. 사샤야? 아이들이 조그마한 손을 나란히 사샤를 향해 내밀었다. 미안하지만 얘들아, 사샤가 그렇게 막 다가가지는 않……을 줄 알았는데 다가갔다. 아이들 손에 코를 대고 냄새를 맡고 빤히 바라보다가 꿈뻑 눈인사까지 해줬다.

"사샤가 너희들이 좋은가봐. 원래 잘 안 나오거든."

내 말에 남매가 서로 마주보고 웃었다. 저 웃음은 순전히 사샤의 공이다. 우주 최고 울트라 캡숑 고양이 같으니라고. 함께 지내면서 고마운 순간 베스트로 기억될 새벽이었다. 아이들은 나 대신 사샤에게 간식을 주고, 먹는 걸 보면서 웃고, 천천히 부드럽게 쓰다듬는 법을 배워 직접 해보기도 했다. 아프지 않게 살살. 둘은 사샤의 등

부분을 쓰다듬으며 내 말을 따라했다. 아프지 않게 살살. 아이들은 사샤가 싫어하면 금방 그만두겠다고 나와 약속했다. 사샤는 고맙게도 그 자리를 피하지 않았고 더 고맙게도 골골송까지 불러줬다. 아이들은 사샤 옆에서 조심조심 손을 움직이면서 몇 시간 전의 일에서 조금씩 멀어지고 있었다.

"아빠도 우리 아프지 않게 살살 이렇게 하면 좋겠다. 그지?"

남동생이 누나에게 그러고 누나는 내 눈치를 보고 나는 사샤에게 시선을 둔 채 못 들은 척했다. 늘 어렵다, 이런 순간은. 나는 때리지 않는 어른일 뿐이지 도움이 될 만한 어른은 아니었다. 그래도, 하면서 잠자리를 챙기고 마실 물을 가져오고 부산하게 움직이는 동안 남동생 녀석은 그새 잠이 들었다. 누나가 뭔가 걸리는 표정으로 날 봤다. 동생이 씻지 않고 자는 게 마음에 걸리는 모양이었다.

"동생은 그냥 자게 놔두고 혹시 씻고 싶으면 같이 세수할까?"

누나는 그러겠다고 했다. 새 칫솔을 꺼내 함께 양치질을 했다. 비누향을 맡게 해주고 번갈아 세수도 했다. 로션도 나눠 발랐다. 품이 넓은 내 티셔츠는 누나의 잠옷으로 맞춤이었다. 이제 자자. 나란히 누웠다. 아침에 빵을 주는 게 나을까 밥을 먹이는 게 나을까? 둘 다 하지 뭐. 늦잠 푹 자게 놔두고 일어나면. 그런저런 생각으로 뒤척이는 사이 아이들의 숨소리가 달라졌다. 다행히 둘 다 깊은 잠이 든 것 같았다. 사샤가 발치에 와서 자리를 잡았다. 잠시 후 셋의 안심한 숨소리가 번갈아 들려왔다. 나라도 미안하자, 하고 눈물 뚝뚝 흘리게 하는 숨소리들이었다.

Tuesday 10

라면을 끓였다. 면이 다 익기 전에 먼저 건져놓고 끓는 국물에 계란을 풀었다. 송송 썬 파를 넣는 것도 잊지 않았다. 얼마 전에 배운 방법이다. 살면서 라면을 최소 백 번은 끓였을 텐데, 라면 맛있게 끓이는 법 같은 건 진작 알았으면 좋았겠다. 친구가 많지 않으면 공유되는 정보도 한정된다. "나만 몰랐던 거야?" "나도 몰랐어." 그러면서 서로 안심한다. 친구란.

남자가 연필을 젓가락으로 쓰는 장면이 나오는 영화가 있었다. 연필 두 자루를 칼로 쓱쓱, 도색을 벗겨내고 나무결에 따라 몇 번 더 깎아내더니 라면 면발을 집어 후루룩, 하고. 그 장면에서 중요한 건 어떤 무심함이었다. 뭐, 젓가락이 없으면 이럴 수도 있지 하는. 면을 씹다가 입에서 연필밥을 빼내는 장면에서 무심함은 절정에 달하고, 나는 그 장면을 너무 여러 번 머릿속에서 재생해서 내가 아는 누군가가 실제로 그러고 있는 걸 본 것처럼 "바보냐?" 하는 대사까지 기억날 참이었다. 기억과 환상이 뒤섞인 대화에 어떤 바람을 더해 웃었다. 낮은 조도의 시간이 그렇게 지났다.

지속적으로 피로하고, 노력이 필요한 일에 무력감을 느끼고, 장애에 직면했을 때 혼란을 느끼며 현실과 현재에 동화할 수 없는 곤란함, 그러니까 전반적으로 '현실 기능'이라고 하는 것이 상실된 상태. 자넷이라는 연구자에 따르면 이는 노이로제의 특징이다. 노이로제라니. 나는 속으로 조금 발끈해서 이 상태를 자넷이라고 부르기로 했다. 자넷은 자주 슬퍼하고 불안해하며 발작적 근심에 휩싸여 다시 슬퍼진다. 걱정해야 할 일이 너무 많다. 걱정해야 할 일이 너무 많아 걱정이다. 걱정을 많이 하는 나를 걱정한다. 내가 지렁이 같다. 말 대신 꿈틀. 말없이 걱정하는 법을 배워야 한다. 침묵으로 쓰는 법, 숭고한 걱정을 쓰는 법을. 새벽이 조용히 뜨거워진다. 자글자글 끓는 소란도 없이 이상하게 묵음으로 불탄다.

나는 자넷을 걱정하며 컵과 밥그릇과 국자와 냄비, 수저 여러 벌이 쌓인 설거지통에서 젓가락 한 쌍만 빼내 씻었다.

"먹을 수 있으면 다 드세요. 라면도 들어가면 스프 반만 넣고 드세요."

간호사가 한 말을 H와 공유한다. 라면을 먹어도 된다고? 나만 몰랐던 거야? 나도 몰랐어.

숲은 꿈의 완벽한 거점. 그 한가운데 봉긋한 작은 돌무덤이 내가 매몰된 곳이다. Y와 S가 그 위에 서 있다. 그곳에서 비키라고 나는 그들 밑에서 소리친다. 그들은 꿈쩍하지 않는다. 웃는다. 발을 구른다. 무너져내린다. 먼지가 인다. 내가 원한 건 고요뿐이었는데 그건 이 세상에서 가장 드문 사건이다. 그들의 발을 땅 아래로 당겨 잘라버리고 나는 결국 피에 젖는다. "착하게 굴지 않으면 혀를 자를 테다." 어릴 때 늑대가 말했다. 나는 착하게 구는 법을 알지 못했다. 나를 붙잡은 늑대는 내 혀를 놔두는 대신 내게 땅을 파도록 했다. 깊게. 더 깊게. 늑대가 내 정수리 부분을 세게 누르면서 말했다. 나무들의 뿌리가 다치지 않도록 요령껏 땅을 파느라 나는 늑대 발톱에 찍혀 정수리에서 피가 나는 것도 몰랐다. 어느덧 해가 지고 있다고 생각했는데 내가 땅 밑으로 내려온 거였다. 캄캄해졌고 피가 계속 났다. 늑대가 말했다. "둘 중 하나를 선택해. 혀야, 하늘이야?" 삽을 꼿꼿하게 세우고 나는 혀를 날름 내밀었다. 잠시 후 하늘이 덮였다. 후드득 흙비 쏟아지는 소리가 한참 들렸다가 둔해졌다. 이어서 늑대 우는 소리와 나무뿌리들이 엉키는 소리가 났다가 멍멍해졌다. 혀가 흙맛에 익숙해졌다. 정수리에서 흐르는 피와 참나무 뿌리와 정체불명의 벌레 맛도 보았지만 한참 후 찾아온 고요의 맛이 무엇보다 최고였다. 좀체 일어나지 않는, 땅 위에서는 도무지 경험할 수 없었던 그 고요를 Y와 S가 부쉈다. 혀냐, 다리냐. 그들도 혀를 선택했다. 적의와 동질감이 동시에 느껴졌다. 땅속에서는 무의미한 감정이었다. 무릎쯤을 잘랐다. 무릎부터 땅에 심어진 것처럼 그들은 서 있었다. 피는 아래로 한동안 흘렀다. 피의 맛을 본 뿌리들이 일제히 꿈틀거렸다. 처음 내가 땅으로 내려왔을 때처럼 그들도 인간의 혀를 노리고 있었다. 그것만이 그들을 자유롭게 해줄 수 있다는 듯이. 자유라니. 너무도 인간다운 생각이다. 사실은 고요. 내가 원하는 것처럼 그들이 정말 원하는 것도 혀 없는 고요. 모든 인간이 자기 혀를 포기할 수 있게 될 때에나 겨우 가능해질 영원한 그것. 그전까지 우리는 서로의 선택과 피를 바쳐야 할 것이다. Y와 S가 지나가는 A를 불러 세우는 소리가 들렸다. 혀야, 팔이야?

당신의 노후를 떠올릴 때 가장 선명하게 떠오르는 이미지는 무엇인가요?

나이듦에 관한 연속 강의 첫번째 시간에 참석자들이 나눈 첫 대화주제였다. 열다섯 남짓한 사람들이 동그랗게 둘러앉아 각자 상상하는 노후의 이미지를 나눴다. 그들은 자기 부모를 의식적이든 무의식적이든 노후 모델로 삼고 있다는 사실에 놀랐다. 닮고 싶은 모습도 피하고 싶은 모습도 모두 거기 담겨서 매일 우리를 억압해왔구나 하고. 누군가 아버지가 오십대에 돌아가셔서 자신은 그 이상의 나이대에 살아 있는 자신을 상상하기 어려워졌다고 했을 때, 고개를 숙이고 낯가림중인 내 이마에 번뜩 불이 들어왔다. 크게 동요하지 않으려고 애쓰면서 고개를 들어 그 말을 한 사람을 일별하고 다시 고개를 숙였다. 나 역시 오십대 중반 이후의 삶을 상상할 수 없다. 이렇게 쓰면 좀 낫지만, 아버지처럼 긴 시간 노력한 것들을 이루기 직전에 갑작스러운 죽음을 맞이할까봐 두렵다, 라고 쓰면 불안을 담지하고 있는 모든 장기와 세포들이 요동친다.

친구 중 누구는 엄마 없는 딸이었고, 누구는 아버지 없는 딸이었다. 결국 누구나 고아가 된다는 걸 잘 알고 있는 이들이었다. 비슷한 책임감이 짙은 얼굴들과는 '애비 없는 딸들 모임'이냐고 웃을 수 있었다. 생이 주는 공통의 유실물 센터 같달까. 우리는 자신이 잃은 게 대체 무엇인지 매번 새롭게 깨달았다. 살아가는 순간순간 부재는 놀랍도록 새로웠다. 사별은 계속계속 잃어가는 일이었다. 살아 있다면 육십대일 아버지를, 칠십대의 아버지를 지속적으로 잃게 되는 것. 계속 잃고 있어서 나의 오십대 이후의 노년은 상상하기 힘들다. 이미 엄마가 그 나이를 넘었고 매년 많은 7080 여성노인들을 만나면서도 나는 그들에게 내 노년을 즉각 비추지는 못한다. 이상한 일이지만 거기에는 나이듦이 그저 나이를 먹는 일이 아니라 삶의 태도가 조형하는 어떤 결과로서 현현하므로 무척 상세하고 본질적인 접촉과 애착관계가 주는 영향이 클 수밖에 없다는 변론을 댈 수 있다. 나의 기질과 성격, 외모 곳곳에 아버지의 흔적이 진하게 남아 있기 때문에 동일화는 자연스럽다.

아버지는 주어진 삶에 성실히 임했고 어떤 면에서는 그럴 수밖에 없었다. 나는 열심히 살지 않으려 하고, 그럴 수밖에 없다. 내 나이의 아버지는 주말에도 연구실에 나가 일을 했다. 그게 어린 나에게는 너무도 확신에 찬 일과로 보였다. 그가 얼마나 불안이 많은 사람이었는지, 그 불안이 그를 어떻게 지배했는지 이제는 안다. 내 불안이 어디에서 연유했는지도. 병의 가족력에 대해 질문받을 때마다 그를 떠올린다. 불안이 병의 손을 잡고 온다. 불안하지 않으려고 제거할 수 있는 불안요소를 하나하나 떠올리다가 불안이 증폭되는 순환의 반복, 그 지침을 가장 잘 이해할 한 사람은 지금 세상에 없다. 마흔셋에 명을 달리한 아버지를 둔 친구는 얼마 전 만 사십 세를 맞아 우리에게 오랜 불안을 고백하고 와르르 울었다. 사십대를 살아낼 자신이 없다고 했다. 누구도 그런 건 없다는 걸 알면서도 살아낼 자신이 필요한 만큼 불안하다는 의미였을 텐데 그 불안을 해소할 수 있는 방법을 우리 중에는 아는 이가 없었기에 이야기를 들으며 가만가만 그의 등을 쓸었다. 살 자신 같은 건 누구도 없을지 몰라.

Tuesday 13

진실이 담긴 몸을 따로 떼어놓고 사는 사람의 이야기를 계속 부풀리고 있다. 꼭 사람일 필요가 있을까, 잠깐 생각한다. 없다. 이렇게 시작해도 된다. 고양이의 몸은 둘인데, 구석지고 어두운 곳을 좋아하는 몸과 나른한 햇살을 좇는 몸이 분리와 합체를 반복한다. 진실을 담는 몸은 어두운 곳을 좋아하는 쪽이 아니라 나른한 햇살을 좇는 쪽이다. 진실은 언제나 환히 드러난 채로 있다. 보지 못하는 건 그로 인해 불리해질 이들이다. 진실이 담긴 몸은 숨은 적이 없고, 언제나 환한 곳을 향하며, 가끔 낮게 운다. 냐앙. 내가 보지 못하고 듣지 못한 몸이 있지 않을까, 한낮의 골목에서 사라진 꼬리들을 애써 떠올리면서 창을 열고 밖을 응시하고 있던 참이었다.

헤이, 이거 필요해? 맞은편 건물의 할랄 푸드점 주인이 무언가 손에 들고 흔들었다. 신이 허용한 음식이라는 할랄 푸드점 주인과 진중함의 관계에 대한 내 편견과는 달리 주인은 딱 봐도 한때 좀 놀았다 싶게 생겨서 말이 폴폴 날린다. 시선이 마주치면 가볍게 목례를 하는 정도였다가 간단한 인사를 나누는 사이가 되고부터는 내게 자꾸 뭘 주려고 하는 것에도 재밌는 구석이 있었다. 주로 유통기한이 얼마 남지 않은 제품들, 브랜드나 성분을 알 수 없는 과자 같은 거였다. 그게 뭔데요? 이번에는 잼이었다. 빵, 빵. 내가 못 알아들었다고 생각했는지 빵에 발라먹는 거라고 계속 빵빵거렸다. 그게 한국말로는 경적 소리이자 총소리이기도 하다는 걸 아는지 모르는지 빵빵. 나도 잼잼거려줬다. 아니, 쩜쩜. 빵빵 쩜쩜. 그렇게 몇 번을 주고받다가 지나는 사람들이 나와 그를 더 이상하게 보기 전에 내려가서 받아오기로 했다.

"유통기한이 얼마 남지 않았어. 빨리 먹어야 해."

"고마워. 이건 제주에서 아는 사람이 사온 감귤초콜릿이야. 줄게."

"안 돼, 그럼 선물이 아니라 교환이 되잖아."

그러고는 나더러 삼십 분 후에 다시 내려오라고 했다. 그의 설명에 따르면, 신의 뜻대로 낯선 이에게 무언가를 선물처럼 건네는 매일의 종교적 실천을 내가 방해하는 게 됐다. 유통기한 얼마 안 남은 잼과 신의 뜻의 앙상블은 뭐 그렇다 치고 교환과 선물의 경계를 삼십 분이라는 시간으로 긋는 신박함에 웃음이 터져버렸다.

"그런데 왜 하필 삼십 분이야?"

"한 시간의 반이니까."

내가 어깨를 으쓱하자, 그는 그 정도도 이해를 못 하냐는 표정으로 덧붙였다.

"반은 다 왔다는 뜻이니까. 교환에서 선물이 되는 길을 다 왔다는 뜻."

여전히 알 듯 모를 듯한 말이었다. 나에게 삼십 분은 코끼리가 태어나 첫걸음마를 하기까지의 시간으로 더 의미가 있었다. 그가 말한 삼십 분이 그보다는 좀더 종교적인 의미가 있을 줄 알았다. 코끼리가 태어나 첫걸음마까지 걸리는 삼십 분. 그 시간 동안 너무 많은 게 결정된다. 무겁고 끈적한 시간. 한 존재가 세계를 찢으며 생의 의지를 세우는 시간. 삼십 분마다 아기코끼리가 걷는 시계를 만들면 어떨까도 생각해본 적이 있다. 삼십 분 단위로 세상을 사는 것도 좋을 것 같았다.

감귤초콜렛을 그대로 들고 집으로 오는데 그가 한 말들이 코끼리와 삼십 분에 찰싹 달라붙었다. 삼십 분, 한 시간의 반, 다 왔다는 뜻, 네 다리로 우뚝 서 첫걸음을 걷는 코끼리, 그래, 다 왔어. 엄마에게 출산을, 아이에게 세상을 맞교환한 순간에서부터 그 생명이 세상을 꽉 채우기 위해 일어서기까지 삼십 분. 그러네, 말이 되네. 나만 말이 되나? 신이 허락한 음식으로 둘러싸인 상점 주인의 말이니 의미가 있겠지. 그도 몸이 둘이어서 진실을 담는 몸과 진실을 피하는 몸으로 나누어 사는지도 모른다. 그 무게가 너무 달라 한쪽이 깃털처럼 가벼워졌을 뿐일지도. 삼십 분이 지났다. 교환에서 선물이 되는 길을 나선다. 아기코끼리처럼 우선 일어나.

Tuesday 14

새벽 세시 반, 고통이 언어가 된다. 나는 고통으로 덩어리진 몸이다. 그 시간의 파수꾼, 사샤의 배가 곁에서 하얗게 오르락내리락 할 때 그 몸은 스르르 안심한다. 어딜 가나 건강과 성실함 이야기다. 무능한 몸으로 시작해 건강으로, 불능의 마음이 성실함으로 연결되는 식이다. 너무하다. 정말이지 너무 재미가 없다. 고통만이 축제의 일원이야. 하품을 참고 눈끝이 파르르 떨리는 걸 감추며 누워 있다가 녹음기를 켠다. 언젠가의 인터뷰 녹취 파일.

바쁘세요?

집에 고양이가 혼자 있어서요.

고양이는 혼자 잘 있지 않아요?

어떤 고양이는 그럴지도요.

어쨌든 지금 내가 고양이에게 밀린 거죠?

여전히 내가 일찍 자리를 뜨는 게 이해되지 않는다는 얼굴로 마주 앉아 그는 재차 물었다. 기분이 상했다고 덧붙이면서. 자기는 사람에게 실패하고 동물에게 대리만족하는 부류를 이해하지 못하겠다고 했다. 십여 년 전 실제로 들었던 말들이, 다른 사람의 입으로 반복되는 꿈을 꾸는 건가. 그는 영국에서 내 돈을 훔친 남자의 얼굴을 하고 자신이 사실은 유학생이 아니라 여행자라고 말했다. 어느 쪽이든 상관없었다. 인터뷰는 이미 망쳤다. 중요한 건 감히 고양이와 인간이 경쟁이 된다고 여기고 밀렸다 운운했다는 건데.

사람은 사람과 살아야죠.

지겨울 정도로 그러고 있다고 말하는 대신 나는 왼쪽 손목을 긁었던가. 사람이기가 지독하다. 지긋지긋하다. 사람은 사람과 살아야죠. 이 새벽의 고통을 언어화하면 그랬다. 사샤야, 물어. 내 잠꼬대는 이랬고.

Tuesday 15

"욕심 많은 사람이 어떻게 좋은 사람일 수가 있어?"

H가 무슨 터무니없는 소리를 하냐는 듯 눈을 크게 떴다. 새삼 욕심이 무슨 뜻이더라, 백지가 되어 사전을 검색하다가 "욕심은 부엉이 같다"라는 속담을 봤다. 거의 모든 동물 비유가 불편하지만 이런 걸 보면 정말 인간이란, 싶다. 부엉이 사상 가장 무시무시한 욕심대마왕 부엉이가 붙어도 일반 인간 하나 못 이길 텐데 무슨. 부엉이의 불명예를 씻어주고자 속담의 의미를 찾아보니 부엉이가 둥지에 식량을 많이 모아두는 데서 연유한 거였다. 그 외에도 부엉이와 관련한 속담이 몇 개 더 있었는데 아, 나는 이걸 오늘의 운세로 삼기로 했다.

부엉이 소리도 제가 듣기에는 좋다고 한다.

다른 이들이 싫어하든 말든 자신의 단점까지 사랑하는 당당하고 훌륭한 부엉이를 비유한 줄 알았다. 오늘 나도 그렇게 살아야지 했다. 아니었다. 남들이 단점으로 지적하는 걸 수용하지 못하고 자신을 너무 좋아하는 이를 비유한, 말하자면…… 나도 모르게 H를 돌아봤다. H가 내 등짝을 때렸다. 정신이 번쩍 들어 욕심으로 돌아왔다. 나에게 욕심은 팔이 세 개, 발이 네 개, 눈은 열 개쯤이면 좋겠다고 바라는 거다. 욕심은 어디에 쓰나 그런 데다 쓰지. 바라는 데에 기도하는 데에 지우고 다시 적어가는 일기에 써야지, 욕심. H가 눈을 계속 크게 뜨고 있다. 정말 인색한 그런 사람 있잖아 너무 싫어. 너무 싫은 것까지는 모르겠다. 욕심도 자기 마음, 어디에 쓰든 자기 마음이지 했었다. 그 마음이 다른 마음들을 밀치고 외면하고 부수는 걸 너무 많이 봤다. 그렇게 되지 않는 세상이면 좋았을 것이다. 내 욕심이 내 욕심으로만 끝나는. 그런 일은 일어나지 않으므로 욕심은 어디 보이지 않는 곳에 잘 숨겨두자 하고 저 흑연 속에 꽁꽁. 오늘은 조금만 쓸게요, 내 욕심. 연필을 깎으면서 누구에겐가 허락을 구한다. 욕심은 부리는 게 아니라 쓰는 걸지도 모르겠어. H의 눈이 원래대로 작아졌다.

선배 간호사를 불러온 막내 간호사가 울상이 되어 나를 바라봤다. 좀전까지는 주사바늘과 내 팔을 원망스럽게 바라보더니. 그런 그에게 한참 선배로 보이는 간호사가 한심하다는 표정을 여과 없이 드러냈다. 내가 다 민망할 지경이었다.

"이상하게 잘 안 돼요."

"선생님, 저한테 그런 말을 할 게 아니라 우선 환자분에게 사과드려야죠."

"죄송합니다."

"아니, 나한테 말고."

나는 하필 함께 있는 사람의 감정 상태에 과도하게 영향 받는 부류였고 당장 막내 간호사로 빙의해 눈물을 펑펑 쏟기 직전이었다. 결국 개입하고 말았다.

"저 지금 너무 마음이 불편해서요. 선생님들, 얼른 주사부터 놔주시고 필요한 교육은 나가서 해주시면 안 될까요?"

평소보다 무미건조하고 힘이 없는 말투였지만 일순 세 사람 사이를 오가던 공기가 냉랭해졌다. 선배 간호사가 대꾸 없이 할 일을 했다. 주사 바늘이 들어오고 주사액이 혈관을 돌기 시작했다. 불편하지 않냐 묻는 그에게 고맙다고 말하고, 눈으로 "그만 나가주세요!"를 외쳤다. 막내 간호사는 울상을 한 채로, 선배 간호사는 끝까지 "이것도 챙겨야죠" 하면서 방을 나갔다. 십 분 남짓 그들과 함께 있으면서 만성염증의 원인을 절로 알게 된 기분이었다. 한 것도 없이 지쳤다. 이럴 때는 짧은 잠이 약이다. 이어폰을 꽂고 저장해둔 좋아하는 순간들을 떠올렸다. 탁 트인 호수 풍경에 달짝지근한 바람이 스치던 순간, 책장이 휘리릭 넘어가고 상관없다는 듯 눈을 감았던 순간, 붙잡고 싶은 중요한 게 하나도 없어서 겁이 나면서도 가벼웠던 순간, 정말 좋은 순간은 현실원칙이 전혀 상관없는 순간일지도 모르겠다는 생각 입구에서 잠이 들었던 것 같다.

잠결에 식판이 담긴 은색 카트가 바닥에 끌리는 소리를 들었다. 저녁시간이구나. 이불을 더 깊이 뒤집어썼다. 소리는 한 발자국 멀어졌는데 냄새는 세 발자국 다가왔다. 일어나 복도 끝 창문을 열어놓고 바짝 섰다. 바람이 좋았다. 뒤섞인 음식 냄새가 바람에 실려나갔다. 밖에는 아직 볕 기운이 남아 있었다. 해가 지고 바람이 조금 더 쌀쌀해지면 그 기운에 기대 '너는 왜 내가 생각하는 네 모습이 아닌가'를 두고 화를 내고 있는 한 사람에게 답장을 써야겠다고 생각했다. 내가, 네가 생각하는 나여야 할 이유가 있을까 하고. 설령 관계는 그 판타지, '너는 내가 생각하는 너일 것이다'가 깨지지 않는 한에서 유지되는 거라는 걸 모르지 않더라도. 만성염증의 원인을 또 하나 찾은 기분이었다. 병원은 병의 원인을 찾는 곳이기도 했다.

Tuesday 17

고관절 수술 때문에 입원했다는 옆 병상 노인이 조심스럽게 물었다.

"그게 전이가 잘된다면서요?"

아직 투약이 시작되기 전이었고 컨디션이 괜찮았다. 그렇다고 들었다 정도로 대답을 했다. 공교롭게도 소설쓰기를 어원적으로 일종의 '메타포 하기'라고 설명한 샹탈의 글을 곱씹는 중이었다. 노인은 더 묻지 않고 한숨을 낮게 쉬었다. 칠십대 노인의 입에서 듣게 된 '전이'는 좀 이상한 느낌이긴 했다. 메타포라Metaphora는 전이, 옮겨감, 이사, 이전 등을 포함하고 있었다. 소설쓰기가 '메타포 하기'라면 한 세계가 다른 세계로 옮겨지는 것이 소설이라고 거칠게 말할 수 있었다. 이 삶을 저 삶으로, 이 사람을 저 사람으로, 이 노래를 저 노래로, 이것은 우연히 내 몸안에서 일어나는 일들과 크게 다르지 않았다. 거대한 세계의 이사는 몸안에서도 진행중이었다.

"뭐 좋은 거라고 그런 걸 묻고 그래요, 눈치 없이."

맞은편 병상의 무릎 관절 수술 환자가 노인에게 퉁을 줬다. 이곳에서도 사람들은 나름의 생태적 지위를 유지하려고 애쓴다. 숨이 곧 존재인 이들끼리 날카로울 이유는 없었다. 나는 괜찮다고 말했다. 노인이 미안해요, 했다. 뭔가 꾹꾹 눌러둔 감정이 느껴지는 말투였다. 커튼 너머로 감정이 옮겨지는 건 별로였다. 메타포라 메타포라. 나를 다른 곳으로 이동시킬 주문을 외우듯 속으로 계속 중얼거렸다. 구름 사이로 해가 났다. 블라인드를 올리고 창을 조금 열었다. 고통을 이해받길 바라면서도 동시에 일반화는 거부하는, 무지에도 한숨이 나지만 아는 척에도 짜증이 나는 틈의 시간. 곁에 있는 타인의 짧은 한숨이 거대한 지뢰가 되는 이 복잡하고 기만적인 시간에 "전이가 잘된다면서요"를 소설의 세계로 옮겨놓고 일단. 지나가본다. 메타포라 메타포라.

Tuesday 18

매일 몸의 시작과 끝이 달라진다. 입구와 출구가 움직인다. 통증이 도착하는 데까지가 몸인가. 나는 늘 네가 아팠는데, 그럼 너까지가 내 몸이었나. 슬픔을 묻고 슬픔을 묶는 관계가 물이 되는 이 장소의 시간이 뒤죽박죽이다. 몸이 만드는 축축한 언어를 더는 해독할 수가 없다. 버티는 언어가 아닌 계속 흐르는 언어여서 통역도 번역도 일회용이다.

몸: ---_____---___ _-_-=====_____-------

번역: 지금 당신의 기분이 당신 삶의 상태는 아닙니다.

아픈 몸이 아프지 않은 몸을 이해하고 있다. 통증 외에는 고요하다. 슬픔을 보이지 않는 일이 슬픔을 보지 않는 일과 만나 혼자가 된다. 자기 고통조차 혼자 두는, 고통의 진짜 이름을 모르는 우리의 안녕은 이제 누구에게 물어야 할까. 안녕하세요. 답하지 못한다. 오후에 수술실에 들어갈 옆 병상 여자의 목소리가 갈라진다.

일기가 병실에서 끝나는 건 싫어요.

수
요
일
들

가장

무구한 존재는

지워진 여자야

예쁜 다홍색 아드리아마이신을 삼십 분간 맞는 걸로 시작한다.

(예쁘다니, 참 긍정적이시네요.)

식염수로 혈관을 씻어내면 몸이 약간 뜨거워진다.

(자연스러운 현상이에요.)

두번째 무색의 엔독산주는 한 시간 동안 주사하고, 항스타민제
인 페닐라멘을 추가로 주입해 부작용을 예방한다.

(이제 저보다 더 잘 아시는 것 같아요.)

세번째 주사는 탁소텔로, 구십 분 동안 천천히 맞는다.

(졸리지 않으세요?)

마지막으로 혈관을 씻어내는 수액을 가장 많은 양 넣는다.

(고생하셨어요. 이제 몇 번 남았죠?)

몸이 발끝에서 머리 쪽으로 출렁인다.

마음은 수용성, 녹지 않는 것만 살아남는다.

— 트탄 피레프아, 「혈관 속 메모」

버지니아 울프가 썼다. 여성이 글을 막 쓰려는 순간 가장 먼저 깨 닫게 되는 사실은 여성이 사용할 수 있도록 마련된 어떤 공동의 문 장도 없다는 것이라고. 아픈 여성의 몸에 대해서도 그 점은 변하지 않는다. 그래서 얼마 후 에이드리언 리치가 "이것은 압제자의 언어 다. 그러나 당신과 대화하기 위해서는 이것이 필요하다"라고 했을 것이다. 나도 이것이 필요하다. 관습, 관성, 관종의 규범을 거부하는 다른 언어를 제안하기 위해. 병과 몸을 이분법으로 나눠 대결시킬 수 없으니 '투병'은 맞지 않았다. 앓아 누운 이미지의 '와병' 역시 아 침저녁으로 달라지는 일상의 상태를 설명하기에는 적절치 못했다. 투병도 와병도 아픈 몸의 시간을 같이 살지 못하는 표현이었다. 지 난 몇 개월 고통을 언어화하는 시도 가운데 적절한 언어를 찾을 수 있을까 기대했지만 소외감만 커졌다. 그러다 우연히 옛 편지 한 장 을 발견했다. 잠시 머물렀던 절의 주지스님이 속세로 돌아간 중생 에게 쓴, 짧고 굵직한 전언으로 채워진 그 편지에서 '볼 관' 자가 오롯 이 떠올랐다.

불교에서 '관觀'은 지혜로 경계를 비추어 본다는 의미이다. 관심觀

心은 마음을 그리 보며 바르게 살핀다는 의미가 되겠지. 앞으로 세상을 잘 관觀하여 길 잃지 말고, 인연이 닿거든 또 보자.

아, 그렇다면 관병觀病일 수 있겠다 했다. 부족한 지혜로 병의 경계를 바르게 살펴보는 게 맞지 옳지 지금 그러고 있지. 헤아리고 살피며 관계하는 대상이니 관병이기도 하지. 인연이 닿으면 또 보자만 빼고 나는 스님의 편지를 다시 읽고 웃고 읽고 웃었다. 그때 그는 지금의 나보다 어린 나이였다. 그의 어머니가 공양간에서 함께 나물을 다듬으며 그가 어릴 때부터 얼마나 총명한 딸이었는지 반복해서 얘기하던 게 떠올랐다. 그처럼 민머리가 되어서야 알 듯 모를 듯하다가 아는 척하고 지난 많은 것을 주섬주섬 다시 살고 있다. 당부와 달리 길을 한참 잃었구나 하면서. 그렇게 관병중이다.

Wednesday 2

대필작가로 일한 적이 있다. 운이 나쁘면 겪어야 할 모욕적인 과정을 다소 투명하게 만드는 유령작가라는 표현도 있긴 하지만 바로 그런 이유로 선호하지 않았다. 나는 대필 일을 좋아했다. 내 기질에는 잘 맞는 정체성이라고도 생각했다. 지금도 어느 정도는 그렇게 생각하는 면이 있다. 오래 지속할 수 없었던 건 세 번 연속으로 원고료를 받지 못했기 때문이다. 무보수 대필의 역사라면 친구의 반성문과 낯선 이의 연애편지, 노인들의 문자메시지 등을 대신한 것으로 충분했다.

최근 한 작가의 청탁 거절 이메일을 대신 쓸 일이 생겼다. 일종의 노동 교환이었다. 그와 나 둘 다 제안 받은 일을 거절하는 메일을 써야 했다. 나는 사적인 관계에서 상대 제안을 거절해야 하는 입장이었고 작가 B는 모 기업의 원고 청탁을 고사해야 했다. 자매애의 유행에 편승한, 실은 자매애가 어떤 노력으로 가능해지는지 관심도 없는 이들의 기획회의 결과로 나온 주제라고 그가 한숨을 쉬었다. 문득 상대가 써야 할 메일이 어쩐지 더 쉽게 느껴진 건 나만이 아니었다. 더 잘 쓸 수 있을 것도 같았다. 우리는 일단 바꿔 써보고 영 아니다 싶으면 각자의 숙제는 스스로 하기로 했다.

안녕하세요.

특별한 지면에 초대해주셔서 고맙습니다. 제 고마움이 아마 잘 안 보이실 텐데요. 세계사 속 여성의 삶처럼 말이에요. 가려지고 잊힌 그들에 대해서 써달라고 하셨지요? 특히 그들 사이의 특별한 자매애에

대해서요. 그들은 선하면서 악하기도 했고 욕망덩어리이자 이타주의
자이기도 했는데요. 제 고마움과 이후 제가 드리는 거절의 변도 비슷
합니다. 저는 순수하지 않으며 잊히고 사라지는 선택보다 선한 일을
알지 못합니다. 다치지 않으려고 무심하고 위협당하지 않으려고 출발
선에 서지 않습니다. 아무 일도 일어나지 않길 바라는 하루의 욕망이
고요하게 지독합니다.

　　좋아하는 셔츠가 있습니다. 형광빛이 도는 흰색에 아랫단이 언밸런
스한 디자인으로, 태어나 처음 오페라를 보러 갔을 때 입은 것입니다.
파리 첫 여행에서 행운으로 얻은 별과 달이 패치된 베레모도 십삼 년
간 아끼는 물건인데요. 셔츠와 함께 누군가 원한다면 저는 이것들을
망설임 없이 내어줄 수 있습니다. 왜 이런 이야기를 하느냐 하면 아,
그전에 잠시 다른 시간에 다녀올게요. 어렸을 때 반에서 우유 급식을
했거든요. 매달 돈을 내고 반 아이들 중 이십 퍼센트 정도만 우유를 받
았어요. 4학년 때인가 짝꿍은 우유를 먹지 않았는데 저는 제 우유를
짝꿍이 먹어줬으면 했어요. 계속 줬죠. 흰 우유가 너무 먹기 싫었거든
요. 혼나지 않는 방법을 고안해 사실상 버린 셈이었어요. 안 먹고 가
져가면 엄마한테 혼날 것 같으니까요. 그랬을 뿐인데 그 우유 때문에
저는 선행상을 받게 됩니다. 그 일은 꽤 충격으로 남았어요. 우유 떠넘
기기로 받게 된 선행상의 빛은 지금껏 내 뒷목을 움켜쥐고 있어요. 어

떤 자매애는 그와 비슷합니다. 빚인 거예요. 누군가 내가 아끼는 무언가를 원하면 스스럼없이 내어주지만 그건 빚을 갚는 것이지 베풀거나 나눈다고 보긴 어렵습니다.

제안해주신 지면에 글을 싣겠다고 결정하는 건 이제 그런 소극적 빚갚음에 한정되지 않고 나 이외의 것을 걱정하는 사람의 마음으로 노력해야 한다는 뜻이겠지요. 고개를 숙이고 중얼거리는 대신 정면을 보고 눈물로 사라진 것들을 똑똑하게 말할 수 있을 만큼 용기가 있어야 하는 것이겠고요. 지워진 존재들의 목소리는 중얼거림과 흐느낌, 더듬거림, 침묵일 뿐인데도요. 그런데 제가 써야 한다고 느끼는 건 이런 것입니다. 그들은 더할 나위 없이 가까운 동지였다가도 서로를 미워하면서 서로의 죽음을 바랐어요. 자매애는 약자들 속의 약자를 알아보는 깊숙한 시선입니다. 알아볼 수 있기 때문에 혐오하고 증오하고 사랑할 수 있었어요. 여성들 사이에서 실제로 일어나는 관계를 자매애로 한정하는 일은 또 한번 여성의 감정과 욕구를 억압하는 일이 될 수 있습니다. 자매애 안에서도 모진 말들과 악의가 무럭무럭 자랍니다. 그것에 대해서도 자매애만큼 말할 수 있어야 합니다. 그래서 저는 악의의 얼굴들에 대해서 쓰고 싶습니다. 괜찮을까요?

거기까지 쓰고 연필을 세번째 깎았다. 글을 쓰는 동안 간간이 창이 흔들렸다. 보지 않아도 소리로 알았다. 수화기 저편의 울음을 알아채는 방식으로 창이 흔들리고 있음을 감지했다. 눈을 감고 글을 쓸 때가 있다. 내 목소리를 더 잘 듣고 싶었다. 대필은 어느덧 B작가와는 상관없는 방향으로 흐르고 있었다. 지워, 쓰지 마, 그냥 잊어, 가장 무구한 존재는 지워진 여자야. 악의를 가질 새도 없이 잊힌 여자들을 잊은 채로 사랑해. 눈을 감고 나는 B작가에게 부탁한 내 답장을 스스로 쓰기로 마음먹었다. 세 줄이면 족할 것이다.

미안해.

너와 더이상 같이 갈 수가 없어.

나는 네가 나에 대해 한 말들을 다 알고 있어.

Wednesday 3

"길들이실 건가요, 죽이실 건가요?"

사냥감이 사냥꾼에게 물었다. 죽인다. 또 한번 물었다. 길들이실 건가요, 죽이실 건가요? 죽일 거라고. 다시 한번 물었다. 길들이실 건가요, 죽이실 건가요? 내가 너를 길들여 무슨 소용이 있다는 거냐. 사냥감이 말했다. 제가 다른 사냥감을 유인해올 수 있습니다. 사냥감의 대답에 사냥꾼이 잠깐 흔들리는 듯했다.

"정말이냐?"

"그렇습니다. 더 많은 사냥감이 필요하지 않으신가요?"

"널 어떻게 길들일 수 있지?"

"매일 저를 살려주세요. 살림으로 구원하는 것, 구원이 제가 바라는 전부입니다."

"신도 인간을 그렇게 길들이셨지."

"바로 그겁니다."

"머리가 좋구나."

사냥꾼은 사냥감의 머리를 쓰다듬다가 총으로 쐈다. 사냥감이 사냥꾼 발 앞에 부러진 십자가 모양으로 쓰러졌다. 그것을 번쩍 들어 어깨에 메고 사냥꾼은 집을 향해 걸었다. 사냥감이 살아 있는 것처럼 다정하게 말을 걸면서 어깨 위에서 흘러내리는 사냥감을 한 번씩 고쳐 들었다.

"나는 신이 아니야. 매일 하나씩만 죽이고 지옥에 갈 거다. 더 많은 사냥감은 필요하지 않아. 내가 살아 매일 다른 존재를 죽일 수 있도록 한 것. 그게 신이 나를 길들인 방식이지."

신은 이 모든 걸 보고 있다가 기도문들의 몇몇 후렴 문구를 수정했다.

매일 살리시고 구원하시는 주님, 나를 길들이시는 주님, 영광 받으소서!

Wednesday 4

그는 내 쪽을 보고 있지 않다. 그 편이 내가 그를 관찰하기에 좋다. 한쪽 입매가 슬쩍 올라가 있는 게 평소 냉소적인 태도를 유지하는 사람이 아닐까 추측했다. 어디까지나 추측이다. 반면 눈꼬리는 각 없이 흘러내리고 있다. 그는 지쳐 있고 체온을 뺀 호흡으로 겨우 버티고 있는 건지도 모른다. 여전히 추측이다. 타인에 대해 그 이상 뭘 할 수 있나. 수납 순서를 기다리면서 그렇게 추측만 일삼았다. 기다림도 감정이다. 얼마 전 읽은 책에서 그랬다. 나는 오랜만에 완벽한 타인에게 공교롭게 이해받는 기분이었다. 그 기분을 오래 간직하고 싶어서 기다림도 감정, 내게는 너무도 확연한 감정, 가장 오래된 감정이라고 노트에 여러 번 반복해서 적었다. 기다림이란 감정은 언제나 정말 내 것 같았다. 도무지 나를 알 수 없을 것 같던 시절에도 그랬다. 방사선 화상을 입은 피부가 다 벗겨지길 기다린다. 유럽 대륙 모양에서 점차 달라지고 있는 화상의 지도가 결국엔 사라지길 기다린다. 감정이다 이건.

수납 창구 앞에서도 기다림을 느꼈다. 몇 시간 후 나는 뭘 하고 있을까. 사샤와 한동안 닿아 있겠지. 몇 가지 서류를 정리해야 할 것이다. 그리고 슬프겠지. 병원에 다녀오면 하루 정도는 그렇다. 내 몸 때문이 아니고 과거 한 사람의 몸과 영혼 때문에. 병원에 있는 동안 사로잡히지 않으려고 애써야 하는 그 몸과 영혼에 대해 이야기 나눌 사람이 없어서 가끔 글을 쓴다. 화상 연고를 바르느라 거울 앞에 서서 죽은 피부가 벗겨지며 유럽 대륙이 아프리카 대륙이 된 걸 보았다, 라는 문장도 나눌 사람이 있었다면 쓰지 않았을 순간. 말로 할 수 있는 걸 굳이 글로 쓸 필요는 없다. 아는데, 말로 할 수는 없으나 글이 되지도 못하는 화상이 너무 많다.

Wednesday 5

나이는 네가 매해 겪는 가장 나쁜 사건이다. 더 곤란한 건 무슨 일이 벌어지고 있는지 도무지 알 수 없다는 점이다. 사건이 하고자 하는 말, 그것이 지시하는 방향, 불행의 농도와 감정의 고저 모두. 사람들이 하는 "아, 그렇게 되었군요……" 같은 말에 뭔가 알고 있다는 듯 고개를 주억거리면서 지나가는 게 전부인 사건. 그러나 이게 가족의 사건, 특히 혼자 남은 늙은 엄마의 사건이 되면 너는 설명해내야 한다. 엄마에게 매해 무슨 일이 벌어지고 있는 건가. 왜 자신도 알고 있다고 화를 내면서 실은 전혀 모르는 사람처럼 행동하는 걸까. 엄마는 어떤 사람이었지? 아무 일도 없던 시간에는 이 삶이 잠시 괜찮다고 믿을 수도 있었는데. 엄마가 달라졌다. 달라진다. 달라질 것이다.

아니 에르노의 『한 여자』를 다시 읽다가 공포감에 휩싸여 운다. 엄마의 죽음에 대한 잠재된 공포라는 걸 한참 후에 안다. 달리 말하면 고아가 되는 공포. 모든 부모는 죽고 우리는 결국 고아가 된다. 세상의 유일한 탯줄인 엄마가 살아 있어서 내가 이렇게 혼자일 수 있는 것 같다고 한 사람에게 말하면서 처음 알게 된다. 그랬던 모양이다. 비교적 건강했던 엄마가 근래 자주 병원에 갈 일이 생기면서 부쩍 불안해진 것 같다고 한 사람과 주억거린다. 사실 나를 건드린 건 한 문장이다.

그 여자는 아직 살아 있는데 내 어머니는 죽었다는 것이 나는 이

해되지 않았다.

무겁고 중요한 걸 잃고 처음 거리에 선 날, 살아 있는 무수한 사람들이 오고가는 걸 보다가 멀미가 났다. 한 사람이 하나의 세계라며…… 그런데 이렇게 아무렇지도 않다고? 그래. 세계는 조금도 타격받지 않았다. 뿐만 아니라 나도 그래야 한다고 말하고 있었다. 그렇게 아무렇지 않아야 한다고 강요되는 것들, 아무것도 아니라고 말해지는 것들, 늘 뒷전으로 밀려나는 감정들에 나는 집요하게 달라붙었다.

한 문장이 그 시절로 나를 데려다놓고 물었다. 한번 더 남았다는 걸 알고 있는지? 삶이 영안실로 가는 길 어딘가 놓인 작은 벤치 같다. 그 벤치 옆 나무는 라일락이면 좋겠다.

Wednesday 6

이렇게 하루를 끝내기로 하자. 누구도 아닌 채로. 무엇도 하지 않고.

니콜라클로드 티에리오Nicolas-Claude Thieriot는 볼테르의 절친한 친구였다. 연극과 문학을 무척 좋아했다던 그의 생은 한 무심한 책에서 "너무나 게을러 생전 글 한 줄 쓰지 않았다"로 요약된다. 그의 이름이 후세에 전해진 건 순전히 볼테르 때문이라고 생각하기 쉽지만 나는 그가 아무것도 쓰지 않아서 내게까지 올 수 있었다고 믿는다. 티에리오는 나의 성인이다. 그가 한 일보다 하지 않은 일로 추앙받아 마땅한. 나는 이유를 가지고 있고 내가 하지 않기로 한 결정들로 누군가에게 닿고 싶다. 신들이 여기 없으니 힘들 것이다. 모두 무언가를 너무 열심히 한다. 신들이 보지 않는데도. 방향 없는 열심과 성실로 세상을 위협한다. 물 들어올 때 노만 젓느라 어디로 가는지도 모른다. 너무 열심히 노를 저어서 물고기들이 물 밖으로 튕겨 날아간다. 신의 방향으로 서면, 하지 말아야 할 일이 많아진다. 내 가장 오랜 소유물, 죽음을 꺼내 윤이 나게 닦는다. 매일 제대로 잘, 하지 않기 위해서 무언가를 한다. 이 세계에서 필요한 능력은 어떤 일도 하지 않으면서 전혀 자책하지 않는 것이다. 아무것도 하지 않으면서 가장 중요한 일을 하고 있는, 어느 날은 존재가 최선이다.

티에리오 나의 성인이여. 성실과 열심이 망쳐놓은 이 세상 위에 게으름을 내리소서. 그들이 그들의 불안과 두려움을 견딜 힘을 주소서.

한 여자가 서 있다. 두 손을 어떻게 해야 할지 몰라서 겉옷 호주머니에 조심히 넣어두고 두 손이 원래 있어야 했던 자리를 상상한다. 아니, 그런 것 같다. 여자가 만날 사람은 언제든 폰에서 전화번호를 지우며 기억을 같이 지울 수 있는 정도의 관계다. 같이 있는 동안의 즐거움에 기대어 오늘로 세번째 만난다. 일이 있어서 이만 일어나 볼게요. 여자는 이응이 많은 대사를 미리 연습해둔다. 그 사람 앞에서 진짜로 말할 때는 죄책감을 덜 느끼게 되도록. 이응이 많은 말들은 죄책감을 줄여준다. 응응, 도 그중 하나다. 만남을 청해온 건 늘 그 사람이라서 거절은 여자의 몫이고 자리에서 일어나기 위해 하는 말들도 여자가 준비해야 한다. 어렵다.

약속 시간 십 분 전. 집에 가고 싶다. 여자는 문자 창을 열고 내가 몸이 좋지 않아서, 까지 치다가 지운다. 막상 만나면 잘 놀 거잖아. 여자는 자신을 나무란다. 그에게 어디쯤이냐고 문자를 보낸다. 다 왔다는 대답. 천천히 오세요, 라고 문자를 입력하면서 안 오시면 더 좋구요, 라는 문장을 떠올린다. 그에게 조금 더 미안해진다. 그 이유로 그를 만나면 노력할 것이다. 오 분 전이다. 조금씩 포기하는 마음 옆에 조금씩 말하는 마음, 말을 준비하는 마음. 여자는 그런 마음들에 불을 켠다. 기다린 적 없지만 기다린 것이 된 시간의 불은 끈다. 기다린 적 없어요, 라고 말실수를 하면 안 되니까.

저기, 그 사람이 손을 흔들며 눈에 힘을 주고 웃는다. 여자도 점점 마스크 안에서 굳이 그럴 필요 없는 표정을 지으며 마주 손을 흔든다. 많이 기다렸어요? 약속한 두시 정각이다.

Wednesday 8

한 여자아이가 서 있다. 예민했고 자주 아팠고 아버지의 부드러운 억압하에 모범생인 척 자란 아이. 칭찬을 들을수록 삐죽 솟는 뿔을 어쩌지 못하다가 아이는 비밀리에 치르는 자기만의 의식을 갖기 시작했다. 처음에는 의미 없이 땅을 팠다. 구멍이 생기고 나니 무언가를 묻어야 할 것 같았다. 마땅한 게 없자 자기 왼손을 묻고 흙을 둥글게 쌓아올렸다가 쑤욱 한 번에 손을 빼내기를 반복했다. 손을 넣기 전에 가볍게 주먹을 쥐고 그 안에 누군가를 향한 욕과 악의와 저주를 불어넣었다. 흙을 덮고 흙 속에서 손가락을 힘들게 하나씩 펴서 불어넣은 것들을 땅 아래에 놓아준 다음 빈손을 쑥 빼냈다. 일련의 과정에 나름 절도가 있었다. 아무도 모르는 자기 놀이의 규칙을 만든 최초의 시간이었을 것이다. 그게 좀 지겨워지자 쪽지에 못된 말을 잔뜩 써서 묻었다. 누군가가 발견해도 내용을 알아볼 수 없도록 쪽지 위에 물을 붓는 것도 잊지 않았다. 그러던 어느 날, 다른 아이 하나가 땅을 파는 아이 옆에 죽은 개구리를 두고 갔다. 그다음에는 죽은 병아리를 휴지에 말아 내밀었다.

나는 무덤을 파고 있는 게 아니야.

하지만 묻어주면 좋잖아.

둘은 나란히 앉아 같이 땅을 파기 시작했다. 개구리는 아이 손을 넣을 때와 비슷한 깊이로 파서 묻어줬는데, 손과 손이 더해지면서 병아리의 경우는 한결 더 깊은 구멍에 들어가게 되었다. 두 아이는 살살 흙을 덮다가 병아리를 감싼 화장지가 보이지 않자 거칠게 움직였다. 발로 꾹꾹 밟기도 했다. 묻어주면 좋잖아, 했던 아이가 나뭇가지 두 개와 고무줄로 십자가를 만들어 봉긋한 부분에 꽂았다. 아이는 교회에 다녔고 손을 묻는 아이는 성당에 다녔다. 십자가는 서로에게 같으면서 다른 의미였다. 엄마가 손 묻는 아이 이름을 부르는 소리가 들렸다. 그 소리에 옆의 아이가 더 놀라는 얼굴이었다. 빨리 가봐. 왜? 너네 엄마가 여기로 오면 어떡해? 오면 왜? 어른들은 이런 거 싫어해. 엄마는 안 그럴 것 같았지만 그 아이가 굉장히 확신에 차서 이야기했으므로 손 묻는 아이는 엄마 목소리가 들리는 곳을 향해 뛰었다. 아이와 한 일을 비밀로 하기로 약속하는 것을 잊지 않고. 다음 날 아이가 그곳을 다시 찾았을 때 십자가는 보이지 않았다. 누군가 땅을 파헤친 흔적만이 남아 있었다. 묻어주면 좋잖아. 병아리를 가져온 아이의 말이 떠올랐다. 자신이 혼자 이것을 보고 있다는 사실에 어쩐지 화가 났지만 흐트러진 화장지만 보이는 구덩이를 차마 건드리지 못했다. 아이는 아이를 기다렸다.

한참 후에야 밤에 돌아다니는 작은 짐승들 짓이라는 걸 알았다. 낮의 어린 짐승들과 밤의 네발짐승들은 서로의 것을 지키거나 무너뜨리는 방식으로만 만났다. 이후로도 비슷한 순간이 몇 번 있었다. 확실치는 않다. 손 묻는 아이는 땅파기 선수가 되었고, 친구가 된 다른 아이는 묻어주면 좋을 무언가를 잘도 찾아 가져오고, 봉분과 십자가가 완성될 쯤에는 엄마 목소리가 들리는. 그리고 다음 날이면 어김없이 파헤쳐진 무덤. 실제로 여러 번 있었던 일인지 강렬한 기억이 환상으로 되풀이되는 것인지 확인할 길은 없다.

이제 나는 손을 묻지 않는다. 손만 묻지 않는 것 같다.

어쩌다 낮아지고 어쩌다 높아지기도 했던 며칠이 지나고 나는 간신히 해야 할 일을 하나씩, 그러다가 한 뭉텅이로 떠올렸다. 누군가 말을 걸어와서 대화창을 열어 그러고 있다고 했더니 요즘 내가 뭔가 '간신히' 느낌이라는 답변이 돌아왔다. 간신히. 간신히. 그러다가 간신희. 안녕하세요 간신희입니다. 필명으로 쓰고 싶다. 비유가 쓸모없는 계절에 나를 그렇게 소개하는 상상. 간신히 사람이라는 말인가요? 그가 물었고, 간신히 짐승이고 그래서 힘들다는 말이에요. 헛소리를 하고 싶고, 사샤의 말을 배우고 싶다. 이 행성의 일원이길 포기하고 싶고, 삼십 분 단위로 세상이 리셋되는 어느 별에서 겨우 걸음을 뗀 코끼리로 끝나고 싶다. 끝. 끝에서 내가 볼 게 무엇일지 궁금하다. 간신희님! 누가 나를 부르고 어깨를 도닥여주면서 끝의 끝으로 안내해주면 좋겠다.

태어남과 죽음, 단지 이 두 사건만이 자명하고 언제고 뒤바뀌는 너와 나 이 두 자리만이 의미 있다고 여긴 적이 있었다. 지금은 모르겠다. 의미 있는 것들이 하루아침에 아무것도 아닌 게 되었다. 간신희님, 손에 쥔 것들을 이제 그만 놓아주세요. 끝의 끝에 오면 그런 말을 듣게 될 것이다. 내가 쥔 것. 새가, 보일이 공기펌프 안의 진공 상태를 증명하기 위해 유리관 안에 집어넣었던 그 새들이 한 마리 두 마리 세 마리 끝없이 내 손에서 날아오를 것이다. 새가 살면 보일의 실험은 실패한 것이고 새가 죽으면 성공이었다. 더는 증명을 위해 희생당하지 마. 새들이 한 마리씩 날아오를 때마다 그런 말을 할 거다. 실험의 손님들, 참관인으로 드물게 초대된 여성들의 항의는 여자들이 감정적이고 과학실험에 필요한 객관성을 갖지 못했음을 증명하는 것으로 받아들여졌다. 새는 계속 죽었고 과학자는 객관성을 얻었다. 인간은 스스로를 증명할 수 없다는데, 혼자서는 자신을 증명할 수 없는 미약한 존재라던데, 그 존재들이 새를 죽였다. 새 말고도 죽였다. 나도 죽일 것이다.

새가 다 날아갔군요. 간신희님, 이제 당신 차례입니다.

혼자 살지만 고립되지 않기가 몇 년째 비혼 친구들의 화두이다. 너무 고립되어 자아상이 틀어졌거나 더는 연결하기 힘든 세계로 간 이들과의 절연 경험이 고민으로 이어져온 셈이다. 우리는 다를 수 있을까? 혼자 살면 어떤 면에서 보수성이 강화되는 지점이 있다는 얘기를 나누다가 그런 걱정 묻은 자문을 한다. 글쎄. 거의 낙관하지 않는 것도 이십 년 비혼 삶들의 특징 중 하나일까. 우리는 조금씩 우리가 이상해지고 있다는 걸 알고 있다. 실은 그걸 아는 사람들과만 친구로 지내고 있다.

비혼이라도 삶의 양상이 다 다르다. 친구들도 그렇다. 십 년, 이십 년 살다보면 삶의 우선순위가 바뀌기도 하고. 차이를 만드는 중요한 요소인 계급은 드러내 말하진 않지만 언제나 우리가 '너와 나는 다르지' 하고 등을 돌릴 수 있는 이유로 관계 틈에 도사리고 있다. 비혼 여자 둘이 '아파트'에 사는 것과 비혼 여자 혼자 '반지하'에 사는 일의 공통점을 찾으려고 하면 한쪽이 많이 지워진다. 이상하게 그런 부분은 잘 얘기되지 않는다. 자기 소유의 집에서 주식 동향을 살피며 살 수 있길 바라며 그 욕망에 혹시 흠이라도 생길까봐 어떤 존재들의 입을 막는 식이다.

인생의 반을 혼자 살면서 거의 변하지 않은 것이라면 좋은 동행들과 서로 오고갈 길을 만드는 일의 중요성이다. 덕분에 무섭다가 무섭지 않고 막막하다가 또 늘 그렇지도 않다. 하지만 제도적으로는 잠시라도 대리/대타가 불가능하다는 것, 그래서 아파도 운신할 수 있을 만큼 아파야 한다는 현실의 제약은 여전히 누군가에게 혼자 살아, 라고 권하기 망설여지는 이유가 된다. 비혼은 결혼하지 않음의 상태 외에도 어떤 세계로부터 배제되어 친구 없이, 가족 없이 혼자가 될 가능성이 높은 선택이다. 내 선택이 나에게 가장 큰 위협이 되는 삶. 위협과 함께 오는 고통을 지금껏 겪고 살아남았다는 게 또 힘이 될 거라고, 아파서 결근했다는 친구의 집 앞에 죽을 걸어두며 편지도 함께 남겼다.

아플 때, 힘들 때 여자들은 곧잘 자기 저울 위에 다른 여자들을 올린다. 혹독하고 사나운 마음이 된다. 친구는 죽을 다 비우고 너그러워졌다고 했다.

Wednesday 11

모자를 써봐도 될까요?

화장 안 하셨죠? 원래는 안 되는데 써보세요.

아, 원래 안 되는 거면 저도 안 쓸게요.

괜찮아요. 써보세요.

민머리 위에 가발을 쓰는 건 보온의 이유가 컸고, 가발 위에 모자를 쓰는 건 불안의 이유가 컸다. 외출이 잦지도 길지도 않은 시기이지만 바람은 내가 어쩌지 못하는 운명이니까 가발이 벗겨지지 않도

록 모자를 꾹. 쓰기 좋게 내미는 손을 물끄러미 바라보다가 쓰고 있
던 모자를 벗었다. 그러다 가발까지 함께 벗겨지고 말았다. 거뭇거
뭇 이제 막 싹이 돋듯 나기 시작한 머리가 처음 머리가 빠졌을 때와
마찬가지로 낯설고 간지러웠다.

모자와 가발을 같이 들고 주인의 반응을 기다렸다. 낭패다, 라는
느낌은 들지 않았다. 뭔가를 설명해야 하는 상황이 벌어지지 않기
만을 바랐다. 주인이 각 티슈 두 장을 톡톡 뽑았다. 설마, 울…… 어?

땀이 났을 수도 있으니까 한번 닦고 쓰세요.

주인이 내미는 티슈를 받았다. 잠깐 멍해졌다가 정신을 차림과 동
시에 웃음이 터지고 말았다. 내 머리나, 이 머리의 이유 같은 건 그
에게는 하나 중요하지 않은 거다. 당연했다. 내가 웃고만 있자 그는
인상을 쓰며 내 손에 있는 자기 모자만 신경쓰인다는 듯 바라봤다.

나는 이미 너무 많은 모자를 써봤어요.

주인에게 모자를 돌려주고 나왔다. 벗겨진 가발과 모자를 그대로
손에 든 채로 운명 같은 바람 앞에 섰다. 자동문이 닫히기 전 주인의
나지막한 목소리가 들렸다.

재수없어.

지금부터 세상에서 가장 중요한 비밀을 알려줄게요, 하는 표정으로 친구 딸 우주가 뜸을 들인다. 나에게 꼭 하고 싶은 말이 있다고, 알록달록 무늬가 있는 마스크를 선물로 들고 찾아온 열 살 아이가 귀에 대고 속삭인다.

"다른 사람을 조심해야 해요."

모든 곳과 통하는 세계의 문 앞에서 수호 정령이 파르르 날개를 떨며 할 법한 말이라서 나는 그 말을 곱씹는다. 다른 사람을 조심해야 해요. 그래요. 다른 사람이니까요. 내 말에 아이가 살짝 놀란다. 맞아요. 다른 사람. 아이에게 박수를 받는다. 그렇게 대화가 끝났으면 좋았을 거다.

"너도 다른 사람이지. 너도 나를 조심해야 해."

괜히 말한 것 같다. 받은 박수 몇 배를 돌려줘도 만회가 안 될 표정이다 저건. 이모는 다른 사람 아니야! 울기 직전이다. 역시 조심해야 한다. 다른 사람은.

비슷한 말을 들은 적이 있다. 옛 직장 선배의 충고였다. 다른 사람을 조심해요. 나이에 비해 약지 못한 것 같다는 말끝에 붙은 바늘이어서 나는 오히려 이런 생각을 했던 것 같다. 당신도 나를 조심해야

죠. 기괴한 방식으로 우리는 누군가의 거울이 된다. 거울을 조심하자. 아이에게 '다른 사람'은 사실 좋은 뜻이라고 말해준다. 우리가 다른 사람이어서 내가 너를 사랑하는 거라고. 세상 모든 시계가 멈출 때까지 우리는 서로를 조심하자. 아이와 새끼손가락을 건다. 마음에 새긴다는 의미의 또다른 조심彫心이 있다는 건 다음에 말해줘야지. 마음도 조심해야 해, 우주야.

Wednesday 13

가방이 특이하네요. 그런 가방은 어디에서 사요?

그리하여 태어나 처음으로 가방 이야기를 하게 되었다. 그가 콕 집어 특이하다고 하는 바람에 그 자리의 모든 이목이 집중되는 부담을 누린 가방은 미술관 전시 현수막을 재활용한 에코백이었다. 기획과 프로그램에 참여했던 N미술관 전시가 끝나고 일주일 후 우편으로 도착한 가방이었다. 박스 안에는 도나 해러웨이의 '실뜨기' 실이 가방과 함께 세트로 들어 있었다. 에코백에 난 아홉 개의 구멍들에 실을 무작위로 통과시키면 자기만의 디자인을 연출할 수 있다는 설명서도 함께였다.

알록달록 염색된 실뜨기용 실은 자기 꼬리를 삼키는 뱀, 우로보로스ｏｕｐｏβόρος처럼 둥글게 연결되어 있었다. 가방에 난 구멍으로 통과시키려면 실을 잘라 시작점을 만들어야 했다. 시작이 곧 끝이라는 의미에서 윤회와 영원성의 상징으로 인식되어온 우로보로스를 잘라 시작과 끝을 다시 설정하는 것까지가 전시인 걸까. 관계를 정리하는 데까지가 관계인 것처럼? 실뜨기용 실이었기 때문이었다. 관계를 떠올린 건. 해러웨이가 말한 실뜨기는 수동과 능동이 교차하고 연결과 멈춤이 이어지고 주체와 객체의 자리가 유동하는, 타자와의 관계에 대한 은유이기도 할 텐데 그 줄을 잘라야 한다는 거니까. 부쩍 그런 생각이 들기도 하던 참이었으니까. 남 탓 없이 무책임한 내 탓이오도 없이 조용히 실을 끊는 게 가능할지에 대해서. 잊으면 그만이라던 사람도 자기는 냉정하다고 말하던 사람도 단박에 실을 끊기는 쉽지 않아 보였지만 어쩌면 이제 나는 할 수도 있겠다 싶어서. 재단용 가위를 찾아 싹둑, 실을 잘랐다. 뱀의 머리가 머리로 꼬리가 꼬리로 돌아갔다. 구멍이 열림이라면 아홉 구멍은 아홉 번의 열림. 가방 안에서 밖으로 밖에서 안으로의 열림. 유동하는 시작과 끝이 아홉 번쯤 새 열림을 만나고 나니 가방 위로 무늬가 생겼다. 실을 잘랐다 끊었다 혼자가 됐다. 홀로 통과한 길들이 무늬가 되는 거였지. 시작과 끝, 처음과 마지막의 영속성을 끊어낸 시간이 무늬로 남는 거였지. 그 무늬까지가 전시, 그 무늬까지가 관계였다.

난생처음 해본 가방 이야기는 대략 이렇게 마무리되었다.

그 가방 저한테 파시면 안 돼요?

Wednesday 14

보낸메일함의 첫번째 메일, 꿈.

안녕하세요, 아직 새 언어는 지어지지 않았고 얼어붙은 실언의 상태 속 짐승을 요즘은 매일매일 떠올리고 안타까워하는 중입니다. 세상에, 언어의 자리가 텅 비어버리다니 뭘 할 수 있을까요? 울까요? 짖을까요? 으르렁거릴까요? 셋은 같은 거네요. 그렇네요. 가끔 오래된 드라마를 보면요, 낡은 신발 뒤축 같은 결말이 주는 안도감이 있어요. 그 느낌이 최근 내 주변을 자주 떠돌고 있어서일지도요. 결말을 알면서 계속 만나고 살아가는 일들요, 그 일들이 너무 서러운 거예요. 문득 그리고 자주. 인생중단권을 주장하고 싶은 순간이자 존재소멸권을 되찾고 싶은 순간입니다. 그냥 좀 사라지면 안 될까요? 어느 날 홀연히 집을 나가 뒷산 등산로 입구 옆길에서 반쯤 부패된 채 발견된 어릴 적 백구처럼요. 꼬마 짐승 같던 두 친구와 나는 백구의 사체 위에 흙과

하얀 모래와 나뭇잎을 열심히 옮겨놓았어요. 두 친구 중 나뭇잎을 많이 안고 온 친구의 엄마는 집을 나갔고 작은 돌멩이로 나뭇잎을 괴던 다른 친구는 할머니와만 살았어요. 둘은 친구가 없었고 전학 온 지 한 달이 안 된 나도 그건 마찬가지여서 우리는 자주 같은 곳을 어슬렁거렸어요. 적극적으로 만나서 놀거나 한 건 아니고 그냥 동네 공터에서 그들이 보이면 과자를 쓱 내밀고는 먼저 걸었어요. 그럼 애들도 딱히 따라갈 의도는 없지만 네가 우리 앞에 있으니까, 하는 식으로 거리를 두고 따라왔어요. 멀리서 보면 같이 노는 동네 꼬마들이었을 텐데 우리는 나름의 긴장을 유지하면서 친하다거나 친하지 않다거나 하는 말들의 토막질을 거부하고 있었던 셈이고요.

"전학 오기 전에 친구 많았어?"

"아니. 셋?"

"네가 없어져서 그 세 명은 슬프겠다."

아마도 저애는 자기 엄마가 없어져서 슬픈 모양이다, 라고 나는 짐작했어요. 그 짐작을 입 밖에 내지 않을 정도로는 머리가 말짱했던 때였고요.

"나는 엄마 아빠 없어져도 안 슬펐는데?"

엄마가 없어진 아이도 친구가 없어진 나도 할머니와 사는 아이의 그 말이 진심이 아니라는 건 알았어요. 둘 다 아무 말도 하지 않고 과자 봉지를 그 아이에게 내밀었을 거예요. 엄마가 없어진 아이가 약간 분하다는 듯이 말했어요.

"나도 어른이 되면 없어져야지."

"나도."

"나도."

그들은 어느 틈에 홀연히 내 인생에서 사라졌습니다. 그들 인생에서 나도 그랬겠죠. 그럼 우린 적어도 서로에게 약속을 지킨 거라고 할 수 있을까요? 없어졌어요, 서로. 사라졌어요, 돌연. 앞으로 제가 하려는 일도 그런 겁니다. 사라지는 일요. 미안합니다. 언어의 자리가 텅 비어버린 지금, 매일 생각합니다. 울까, 짖을까, 으르렁거릴까. 같은 건데, 또 다르네요.

저는 없어집니다.

건강하세요. 아니, 가끔은 건강하지 마세요.

김짐승 드림

이름을 잊었다. 잃은 건지도 모른다. 잊음과 잃음의 순서를 바로 잡거나 둘을 구별하는 데 정신이 팔려 그만 오늘까지 살아버린 것 같다. 성함이? 물은 사람은 내 이름이 인쇄된 서류를 가지고 있었 다. 처음에는 나와 시선을 맞추던 그가 내가 눈만 깜빡이고 대답이 없자 코, 그다음 입으로 시선을 낮췄다. 나도 따라 그의 입을 바라봤 다. '김'을 소리 없이 발음하면 전형적인 뻐끔뻐끔 입 모양이 된다는 걸 알았다. 힌트를 주고 싶었던 모양이다. 그가 뻐끔거리는 걸 오 초 정도 더 보고 이름을 말했다. 뭘 저렇게까지, 싶게 안도하는 표정이 었다. 입 모양에 신경쓰느라 내 이름이 인쇄된 서류가 나를 향하게 된 줄도 모르고. 내가 내 이름을 훔쳐보고, 전신마취 후 일시적인 후 유증일 뿐 별일 아닌 것처럼 이름을 말한 순간과 그가 병실을 나가 고 난 후 황급히 수첩에 이름을 적어둔 병실의 기억. 때로 나이를 잊 고 주소의 번지수를 잊고 벽지 무늬를 잊고 책장 칸수를 잊고 너를 잊고도 사는데 이름이 뭐라고 그렇게나 허겁지겁.

아픈 몸의 여자에게 세상이 바라는 건 단 하나다. 안 보이기. 그리 고 그건 너무 쉽다.

누군가 나를 잊겠다고 한다. 누군가에서 또다른 누군가로, 그들은 복제되고 증식하면서 거듭 나를 잊겠다고 한다. 그들에게 활력이 느껴진다. 나는 6층 병동에서 그들에게 잊힌다. 삭제되고 생략된다. 격리되고 증발되며 은폐된다. 고갈되고 포획되고 감금되고 망각된다.

딸꾹질이 멈추지 않아요.

간호사들이 돌아가며 나를 놀래켜준다. 나는 놀라면서 전혀 놀라지 않는다.

깜짝이야. 딸꾹!

간호사들이 웃다가 안타까워하며 커튼을 쳐준다. 그러다 다시 커튼을 젖히며 왁! 한다. 지친 얼굴들과 탄식들, 멈출 줄 모르는 딸꾹질. 나를 잊겠다는 누군가들의 심장들 사이에서 나는 계속 딸꾹 딸꾹.

안 보이기.

구스타프 말러가 1904년에 완성한 〈죽은 아이를 그리는 노래 Kindertotenlieder〉를 처음 이야기한 건 런던에서 만난 M이었다. 흐린 날이었다. 18세기 독일 시인이자 철학자인 뤼케르트가 며칠 사이에 두 자녀를 잃고 육 개월 동안 동명의 제목으로 쓴 428편의 시에서 노래가 시작되었다고 그는 말했다. 1833년의 일이었다. 그로부터 칠십 년이 지난 1904년에 말러는 뤼케르트의 시 5편에 자신이 줄곧 시달리던 죽음 공포와 극단적 정서를 보태 작품을 완성했다. 제1곡의 "불행은 나에게만 일어났구나"라는 라인이 좋았다. 한국으로 돌아와 그 곡을 다시 찾아들으면서 M이 내게 말해주지 않은 부분이 있다는 걸 알았다. 말러의 곡이 완성된 이후 말러에게 일어난 일. 말러는 어린 장녀를 잃고 만다. 마치 이 곡이 딸의 죽음을 불러온 것처럼, 음악이 어떤 예언이 된 것처럼 그는 깊게 자책했다. 제4곡의 라인을 다시 들으면서 나는 M에게 메일을 썼다.

M,

제4곡의 그 부분 말이야. "이 세상은 아름답다. 아무것도 걱정하지 마라. 아이들은 좀 오래 밖에 있을 뿐이다. 그냥 외출했을 뿐이야. 곧 돌아올 거야. 두려워할 것 없어. 세상은 아름답다"라는. 나는 이 라인이 제일 공감이 가지 않았거든. 죽음을 부정하기 위해 세상을 아름답다고 말하는 게 너무 이상했어. 사랑하는 이의 죽음 이후 세상은 너무 참혹해. 아름다웠던 부분까지 끔찍해져. 반쯤은 실제로 그렇고 반은 그렇게 느껴야 할 것 같아서야. 어째서 세상이 아름답다는 거야, 아이들이 죽었는데, 이 아버지들아! 그건 그렇고 말러의 딸 이야기는 알고 있었던 거지?

J,

세상이 아름답다고 표현할 수 있었던 뤼케르트에게는 자식이 열 명이나 있었고, 그중 둘을 잃은 것뿐이니까, 라고 하면 내가 너무 차가운 거겠지? 하지만 이해는 가. 세상이 아름답다고 말할 때는 보통 자신을 안심시키고 싶어할 때니까. 죽음 앞에서는 누구나 신의 자식이 되잖아. 맞아. 말러가 딸을 잃은 이야기는 일부러 하지 않았어. 너도 그런 자책을 하는 중인 것 같았거든. 내가 오늘 부모의 죽음에 대해 썼다고 해서 내일 부모의 우연한 죽음에 책임이 있는 건 아니라고 말해봤자 정말 부모를 잃은 사람에게는 통하지 않을 것 같았고. 그래서 의도적으로 생략했지.

내가 자책을 했던가? 기억은 없지만 그랬을 것 같다. 남은 사람이 하는 많은 일들 중 하나로, 애도의 과정으로 그러고 말았으면 좋았을 텐데 나는 그를 떠올리는 일과 자책하기를 동시에 했다. 그로부터 나는 또 얼마나 멀어졌나. 가끔은 아득하고 가끔은 아뜩해진다. 이제 자책은 그만두었지? 그가 추신으로 쓴 질문이 새끼손가락에 걸려서 대롱거렸다.

M,

그때처럼은 하지 않지 물론. 하지만 알잖아. 자책은 모습을 바꾸는 괴물이야. 자학이 되었다가 자조가 되었다가 요즘은 자애 쪽으로 방향을 트는 중이야. 아주 훌륭한 변태metamorphosis지.

제 몸을 스스로 아낌의 그 자애. 방향을 틀고 있다는 건 거짓말이다. 바람을 담은 거짓말이니까 이 일기가 예언의 글이 되어서 내일의 자애를 불러오면 좋겠다. 메일 '보내기'를 클릭하면서 M이 보고 싶어졌다. 그는 내가 아는 가장 위대한 자학 전문가. 그의 자학을 걱정하느라 내 자학을 잊게 하는.

희망은 과거에 속해 있어. 절망이 언제나 현재에 속한 것처럼.

우리에게 희망이 있냐고 그가 물었다. 어쩌다 이렇게 되었지, 다음에 몇 초간 틈을 두고. 그건 나도 알 수 없었다. 서로 안부를 묻고, 의도를 이해할 수 있는 삶의 맥락들을 서사화하는 일이 즐거웠다. 서로를 가까이에서 아낄 수 있다는 게 기뻐서 가끔 벅차기도 했던 그와 나는 어느 때부터 서로의 안부를 SNS로 대신하고 잘 지내나보네, 라는 누구를 위한 건지 알 수 없는 단정으로 더는 질문하지 않는다. 질문할 정도로 궁금하지 않다는 것. 나는 그게 제일 쓰렸다.

우리의 종족들에 대해 나눈 이야기들, 우리 괴물들과 우리 화석들, 뼈들과 떨어져나간 살점들이 묻힌 사막은 이제 누구도 돌보지 않는 폐허가 될 것이다. 필멸과 불멸 속 고통의 물질인 우리가 이제 사랑 없이 고통 속으로 돌아간다. 마음이 소용의 전부였던 시간이 마음도 소용없는 시간으로. 그렇게 이별이다. 그러므로 하나만 바라자. 무언가를 시도해보기도 전에 평가와 질타의 매서움부터 감당해야 했던 우리의 여성성이 각자 혼자가 되더라도 더는 연약해지지 않기를. 우리는 서로에게 환대의 역사이기도 하다.

어떻게 사랑해야 할까요, 라는 누군가의 질문이 어떻게 살아야 할까요로 들렸다. 답을 할 수 있는 날이 올까? 막막하고 먹먹해서 아무 생각이 나지 않았다. 무방비로 뺨을 맞은 것처럼 얼얼하고. 그렇게 이별이다.

Wednesday 18

시각적 오류에 익숙해져야 한다고 쓴다. 괜찮아질 거라고도 쓴다. 겁내지 말라고도 쓰고, 그다음은 겁이 난다고 쓴다.

어느 오후 비비안 고닉 선집 리스트를 카톡으로 받았다.

두번째 책 제목 좋네요. 『책 없는 여자와 도서관』.

와, 원래 제목보다 잘못 읽은 게 더 좋다니.

네?

『짝 없는 여자와 도시』예요.

세상에.

(중요도에 있어 '책 없는〉짝 없는' 세계의 오류라는 분석이 차후 붙게 된다)

이런 오류도 있다. 삶의 재창조 욕구, 다시 살기의 욕구가 글쓰기를 추동하네 마네 톡으로 이야기 나누다가 친구가 문득 그랬다.

결국 사람이 사람을 밀어내는 일이기도 한 것 같고.

규정할 수 없는 감정의 힘에 더 가깝지 않아?

내 말이 그 말이잖아.

사람이 사람을 밀어내는 것하고는 좀 다른……

사랑. 사랑이라고, 사람 말고. 좀!

(사람과 사랑에 관한 오류의 역사는 길고 흔해서 추후 분석이 붙지 않았다)

나를 드러내는 일 곳곳에서 더 자주 오류가 발생한다. 낯선 시간과 장소에 배치되어 적응과 익숙함을 강요당하는 내내. 그게 삶이 시작되고 작동하는 방식이라는 걸 모르지 않는다. 잘못된 시간과 장소에 뚝 떨어뜨려놓고 어디 살아남아봐, 하는 거. 겨우 안전한 모방을 시도할 뿐이다. 재활은 고통의 의식. 불안한 입이 자꾸 노래진다. 며칠째지, 사람을 만나지 못한 게? 나는 나를 알아보지 못한다. 얼굴 없는 자화상의 오류.

파란색이 잘 어울리네요.

안 그래도 힘든데 파란이 잘 어울릴 것까진 없잖아요.

큭큭. 파란 말고 파란색…… 근데 파란도 어울려서 난감하네요.

오해는 정당해지고 오류는 다양해진다. 파란곡절하게.

눈을 뜨면

당신이

거기 있어라

바닷가 굿판을 반원형으로 둘러싼 나무에 사람 형상의 기메가 걸렸다. 백지를 접어 가위로 오려낸 기메는 장식의 기능뿐 아니라 의례 진행에 필요한 도구로도 쓰인다. 사람 모양의 하얀 기메는 신이 들어오는 입구였다가 인간이 나가는 출구였으며 그둘 사이의 매개이기도 했다. 보통은 그렇지만, 하고 굿을 마친 할망이 기메 한 장을 툭 떼어 내게 건넸다. 이건 너지, 아픈 너지.

—실비아 킴, 「상실의 부족」

첫 문장이 툭 떨어지지 않으면 다른 작가의 책들을 뒤진다. 내가 보는 건 그들의 마지막 문장이다. 그게 좀더 양심적일 것 같아서인데 어째서 그게 양심적인가 묻는다면 설명할 순 없다. 오늘 훔치고 싶었던 마지막 문장은 "그리고 이름을 알 수 없는 무수한 얼굴들과 다시 마주친다"였다. 그리고 이름을 알 수 없는 무수한 얼굴들과 다시 마주친다.

오 일 만에 집밖에 나왔다. 지금 당장 내가 이름과 함께 떠올릴 수 있는 얼굴은 열 손가락으로 꼽을 정도다. 타인의 이름을 잘 잊고 얼굴은 더욱더 잘 잊는다. 아니다. 처음부터 기억에 담아지지 않은 걸 잊었다고 말할 순 없다. 타인의 이름은 복잡하게 조합된 암호 같고 타인의 얼굴은 그 암호에 조합된 특수문자 같다. 이름과 얼굴이 인식되어야 열리는 문이 타인일 텐데, 라고 생각하며 강의실 문을 열었다.

"안녕하세요."

강의실에 먼저 와 있던 한 얼굴의 이름 역시 떠오르지 않았다. 잠시 숨을 멈추고 얼굴에 집중하니 그가 최근에 쓴 글이 떠올랐다.

"괜찮으세요?"

글과 연결해서 적절한 질문을 골랐다. 그는 안녕하지 못하고, 글과 얼굴에 전투의 흔적이 남아 있었다. 내 가방 속 약봉지에 든 것과 같은 알약이 그의 글 속에도 있는 것 같았는데 그의 이름은 도무지 기억나지 않았다. 그러다가 곧 얼굴도 흐려졌다. 고양이 한 마리가 그와 나 사이를 지나갔다. 죄책감이 없어서 자기 연민도 없는 존재 하나가. 오늘도 구원은 고양이뿐이다.

이름을 알 수 없는 무수한 얼굴들이 말을 하고 웃고 찡그렸다. 이름을 알 수 없는 무수한 얼굴들이 서로를 읽어나갈 때 나는 그 얼굴들에서 내 얼굴이 겹치는 부분을 계속 지우고 있었다. 모두의 얼굴에 내 얼굴이 있다. 지긋지긋한데 봉긋봉긋해서 두 손톱을 세워 짜 버리고 싶다, 늘. 진심에 가까울 뿐 진심은 아닌 얼굴들, 그건 다 내 얼굴이다. 죄책감이라는 너와 나의 악몽. 꿈을 깨는 데 망치가 좋을까, 돌이 좋을까. 자신이 도망쳐온 그곳으로 한 번은 돌아가야 하는 일이 곧 글쓰기이기도 해서 그 얼굴들은 한 번씩 지독하다. 다시 도망치고 또 돌아가면서 어떤 때는 딱 한 문장, 그 한 문장으로부터 도망치기 위해 지구 반 바퀴를 날아가기도 했는데. 아직 나는 그 한 문장을 쓰지 못한다.

참, 저 무수한 얼굴들.

새가 말한다. 네가 날아가 부리로 쪼고 알을 떨어뜨려 박살내고 싶은 둥지는 누구의 것이야? 내가 널 위해 그 정도는 해줄 수 있다. 내가 말한다. 나는 날아가고 싶지 않다. 부리는 먹는 일에나 쓸 것이고 남의 자식은 건드리지 않을 거다. 그보다는 나를 죽은 이들 곁으로 데려가줄 수 없을까? 새가 말한다. 죽은 이들은 땅속 깊이 잠들어 있지. 왜 그들을 허공에서 찾는가. 내가 말한다. 그들이 정말 거기 없어? 네가 날아다니는 길에도 없어? 새가 말한다. 잠들고 깨어남으로 매일 작은 신화를 만들어내는 인간아, 복수하고 싶은 둥지의 주인을 말해. 내가 해줄 수 있는 건 그런 거다. 내가 말한다. 나를 그냥 내 침대 위로 데려가줘.

물고기가 말한다. 말할 수 없음을. 말할 수 없다고 뻐끔뻐끔. 언어는 너희의 신인가 뻐끔, 신은 유일한 여럿인가 뻐끔, 이 녹색의 바다가 나의 신이므로 뻐끔, 우리는 다른 신의 품속에서 자라난 자매들 뻐끔, 너의 신은 가르쳐주지 않나보구나 뻐끔, 다른 신의 품속에 있는 것들을 죽여선 안 돼 뻐-끔.

꽃이 말한다. 착란의 계절은 겨울이야. 피어남의 단계마다 꽃잎이 열리는 순간마다 살짝살짝 징그러운 그거 말고 온통 쨍한 착란. 깨진 동그라미. 오죽하면, 할 때 어수선해지는 그 마음 눈보라 같은 착란. 바다로 떠난 이의 눈에만 보이는 육지 같은 꽃이 다시 말한다. 나를 꽃이라고 처음 불렀던 보라색 머리 여자는 노래도 잘 불렀어. 내 잎을 하나씩 뜯어내면서 같은 노래를 불렀는데. 에델바이스 에델바이스 에브리 모닝 유 그릿 미…… 아, 아침은 잔인한 시간이니까.

잠들기 전, 연필 세 자루를 깎았다. 각각 새, 물고기, 꽃이 각인되어 있었다는 우연. 꿈을 꿨다. 연필을 쥐고 있던 내 손등 위에 새의 문신이 새겨지고 잠시 후 물고기가 그 옆에, 마지막으로 꽃이 팔목 위에 심어졌다. 안녕하세요. 인사를 하자 그들에게 목소리가 생겼다. 나는 그들이 떠났다가 돌아온 성城의 신참 문지기처럼 굴었다. 이건 그랬던 게 미안해서 하는 기록이다. 꿈에서도 안정과 안전을 소망하는 나는 꿈에서 나를 해하지 않은 것들을 기억하고, 기록한다. 그들은 곧 다시 등장할 것이다. 새, 물고기, 꽃. 현실에서의 이름은 멧새, 매크로핀나 미크로스토마, 흰 모란. 그들을 기억하자. 기억해야 안전하다.

교토에서 처음 가부키를 봤다. 가장 인기 있는 네 개 극의 주요 부문만을 상연하는 연말 스페셜 공연이었다. 마츠리祭り의 풍경과 춤, 음악으로 구성된 세번째 극을 제외하고 나머지 세 개 극에서 공통적으로 무대 위에 있던 강렬한 존재가 내 관심을 끌었다. 첫 가부키 관람이 그에 대한 열망과 내적 환호성으로 가득 채워질 정도로 나는 곧장 그에게 매혹되었다. 엄밀히는 캐릭터라고 할 수 없는, 쿠로코黑子 또는 쿠로고黑衣라 불리는 그들. 내가 흥분해서 떠들자 공연표를 선물한 친구가 어이없다는 듯 웃었다.

"나는 가부키를 네번째인가 봤을 때나 그들이 보이던데, 하여간……"

휴식시간마쿠아이幕間에 도시락마쿠노우치벤또幕の内弁当을 먹는 문화가 생길 정도로 공연시간이 길 뿐더러 딱딱한 나무 좌석, 익숙지 않은 언어와 창법 때문에 처음의 흥분은 금세 사그라들었다. 쿠로코가 아니었다면 나는 두번째 극부터 단잠을 잤을지도 몰랐다. 그들은 '없음', 無를 의미했다. 무대 위에서 그들이 어떤 일을 하는지, 어떻게 모습을 감췄다가 필요할 때 나타나는지 관객들은 모두 보고 있으면서도 그 자체가 '없음'이므로 아무런 반응도 하지 않는다. 무대 위

에서 암묵적으로 합의된 무존재의 존재. 그는 검은 천으로 온몸을 감싼 채 무대 위 배우들의 옷을 벗기거나 입히고 소품을 전달하거나 이동시킨다. 대사도 극적 역할도 없다. 극의 사건에 직접적인 영향을 주지 않으면서 극이 흐르도록 물길을 터준다.

나에게는 어쩌면 너에게도 친숙하고 가까운 존재. 내 대사를 주고 싶어지는 그 검은 없음이 내게는 가장 알고 싶은 존재가 된다.

"계속 쿠로코 얘기만 하다니, 이런 식으로 종種을 증명하나?"

친구도 그가 우리 종족일 거라는 데는 선뜻 동의했다. 생략되고 격리되고 증발되며 말살되고 은폐되는 종족의 일원으로 그를 발견할 수 있어 기뻤다. 존재의 형식이 곧 운명이 된 그가 없음으로 무대 위에 있어줘서 고마웠다. 그가 등장하는 장면마다 더는 나도 모퉁이에만 앉는 사람이 아니게 되었다.

두번째 극이었나. 스토리상 한 여자가 자결한다. 여자의 죽은 몸은 여전히 무대 위에 있고, 나머지 배우들이 극을 진행하는 가운데 쿠로코가 홀연히 나타난다. 그는 자신이 두른 것과 꼭 같은 검은 천을 여자의 죽은 몸 앞에 드리워 관객들의 시야를 가린 다음, 여자와 함께 천천히 무대 밖으로 움직인다. 한 여자가 쿠로코, 바로 그처럼 '없음'의 세계로 옮겨지는 것을 나는 조금 전율하면서 지켜보았다. 아무것도 보지 못한 척 위장하면서.

그 없이 무대는 불완전하다. 세상도 그럴 것이다. 그가 대사 하나 없이 검은 모습으로 둥글리는 침묵이야말로 우리가 평생 가닿기를 소망하는 단 하나의 말에 가장 가까운 건지도 모른다. 無에서 출발한 아득한 선율이 다시 無로 돌아가는 걸 목격한 것처럼, 그날 이후 나는 빛덩어리 하나를 가슴에 품고 무존재의 존재 형식을 여럿 상상하고 있다. 혹시 지금 내가 보이나요?

Thursday 4

주제가 선명하지 않은 산만한 이야기는 읽고 싶지 않아요.

나는 그걸 탓할 수 없다.

상담 받은 이야기, 가난에 대한 이야기…… 나 같으면 부끄러워서 쓸 수 없을 것 같아요.

이게 다른 사람이 쓴 글에 관한 이야기였다면 나는 강의에서 그러듯 이 편협한 관점을 그리 힘들이지 않고 논리적으로 반박했을 것이다. 하지만 이건 내 책에 대한 것이고 나는 우선 감정적으로 동요한다. 밝거나 어두움, 가볍거나 무거움, 웃기거나 진지함, 쉽거나 어려움 중에 하나를 고르는 게 감상의 전부인 이들을 떠올린다. 마침 연필을 쥐고 있어서 나도 모르게 찌를까, 잠깐 생각했던 건 비밀이다.

굳이 어렵게 쓸 필요가 있나요?

어렵고 쉽고의 기준은 차치하고, 어렵다는 게 대충 무슨 말인지도 안다 치고 말하자면 그렇게 쓸 수밖에 없는 삶이 있다. 말끔하게 정제된 이야기는 어떤 주요한 규칙으로 세상에 있는 무언가를 삭제하고 편집한 결과다. 그 규칙은 누가 만드는가, 라고 시작하기에는 이 얼굴도 모르는 이를 향한 애정이 아예 없었으므로 나는 되도록 짧게 혼잣말한다. 정제된 이야기라고 썼지만 이것 역시 간명하게 설명되지 않는다. 그냥 번번이 정육점의 포장육이 떠오르더라는 것. 살아서 고통받는 소의 이미지를 불편하게 그리지 않고 깔끔하게 포장된 부위를 원하는 만큼 사갈 수 있으면 아무 문제가 없는 이들의 이야기. 죄책감을 떠올리지 않으려고 우리가 외면하고 망각하는 게 놀랍도록 많다는 사실만 헤아려도 이야기가 그렇게 딱 떨어지게 설계될 수 없다는 걸 이해할 수 있을 텐데. 여기까지 계속 혼잣말이다.

논리적이지 않은. 연습이다. 내가 언제고 할 수도 있을 말들을. 설명이 길어지면 슬퍼진다. 말하기는 분열하기이고 실패하기이다. 말하면서 그 말에 먼저 다치고 마는 것도 나다. 실상 나누고 싶었던 건 비거니즘이 어떻게 페미니즘, 그리고 여성적 글쓰기와 만나는가였다. 결국은 권력에 대한 이야기. 책 같은 건 쓰지 말걸 그랬다. 나를 말로 설명하기 너무 어려워서 글을 쓰기 시작했는데 글로는 실패조차 실패한다. 다만 세상 어딘가에 자신을 겨우 감당하고 사는 나 같은 이가 시시때때로 더럭 겁을 내면서도 전진하고 있을지 모른다는 기대를 놓지 못해서다. 그들이 외롭지 않았으면 해서, 나를 알아봐줬으면 해서, 가끔 민망하긴 해도 잘못하고 사는 건 아니니까 부끄럽지 않았으면 해서 일단은 쓴다. 하루를 보고 다시 보고 자꾸 봐서 기어코 원하는 모양새의 기억으로 바꿔놓으며. 고요하게 소란스럽다.

Thursday 5

몸은 늦을 것이다. 왜 자꾸 다 지난 얘기를 꺼내니? 엄마가 그렇게 화를 내더라고 친구가 말했다. 그러자 자기도 화가 나더라면서, "엄마한테는 그게 다 지난 얘기야? 좋겠네. 마음 편해서!"라고 받아쳤으니 전쟁은 불가피했다고. 잘했네. 뭐가? 안 참은 거. 그리고 "그래봤자 달라지는 게 없다"라고 말할 게 뻔한 친구에게 우리는 우리가 얼마나 변하고 있는지 잘 모르는 것 같다고 선수를 쳤다. 변화는 오로지 과거형으로만 인식할 수 있다. 그러니까 '변했다'로만. 변한다거나 변하고 있다거나 하는 건 기원이자 주술이지 사실 우리는 전혀 모르는 것 같다고. 겨우 방향만 감지할 뿐인 것 같다고. 내가 원하는 방향으로 가고 있다는 표식으로서의 돌탑이든 냄새든 기운이든 겨우 그런 것들에 의지해 맞게 가고 있나보다 안심할 수 있을 뿐이지 않나, 하고. 친구는 내가 자기 마음에 드는 말을 하면 꼭 메모를 한다. 내가 어색해하든 말든.

"잠시만. 한 번만 다시 말해봐."

"싫어. 다 지난 얘기를 왜 다시 하래?"

"야! 네가 우리 엄마야?"

내가 영영 될 수 없는 것 중 '엄마'도 있어서 가끔 상상을 해본다. 나도 비슷한 태도를 취하지 않았을까. 내 잘못된 과거를 그 지독한 관성의 결과를 내내 부끄러운 기억을 나조차 접근 금지 푯말을 세워두고 멀리하는 중인데 왜 내 딸이라는 이유만으로 무단침입해서 당당히 파헤치는 것이냐고. 누가 네게 그럴 권리를 줬냐고. 내가 네게 잘못했으면 네가 내게 그럴 권리가 생기는 거냐고. 만약 엄마가 이렇게 말하면 어떨 것 같아? 내가 묻자 친구는 못 말리겠다는 표정으로 소리를 질렀다.

"너는 진짜 망할 그 균형 강박 좀 버려!"

친구의 분석으로는 내가 준비하고 있는 모녀서사 강의가 전적으로 딸들의 입장을 중심으로 진행될 것을 우려해 벌써부터 균형을 잡기 위한 가정과 상상을 하고 있다는 거였다. 그럴듯했다. 그러니까 내 무의식이란 놈은 미래에 있을 수업의 균형 감각을 미리 억압처럼 갖고 있다는 말이야? 이쯤에서 무의식이 시간 밖에 있다던 프로이트의 말에 "반면, 그것은 기질 안에 있다"라고 각주를 달아야 할 것 같다. 겁 많고 소심한 기질의 무의식은 준비와 방어와 안심을 위해 늘상 미리 작동하는 게 아닌가.

대신 몸은 늦을 것이다. 몸은 시간 안에 있으니까. 내가 아까 너한테 뭐라고 했지? 친구의 메모장을 뺏어서 내 균형 강박의 결과물인 엄마의 말들을 기록했다. 딸이 가정하고 상상한 엄마의 말. 그들이 우리에게 상처를 줬다는 이유만으로 그들 삶의 어디까지를 가해의 땅으로 못 박을 수 있을까? 그 가해의 땅에서 일말의 애정을, 혹은 반복된 무책임을 골라내는 일이 엄두가 안 나서 우리는 번번이 포기한다. 엄마를 사랑하는 일 한 번, 엄마를 미워하는 일 한 번.

하루종일 혹등고래 생각을 했다. 울산 반구대 암각화에 그려진 52마리의 고래가 평화롭게 바다로 돌아가는 꿈을 꿨다. 자신을 몸길이 15미터, 무게는 30톤에 육박하는 INFP라고 소개한 혹등고래는 멋지게 입수해 바다 깊이 사라졌다. 7,000년 전 암각화에서 튀어나온 고래는 나이보다 어려 보였다. 이름을 못 물어봤네. 꿈에서 깨고 그게 제일 아쉬웠다. 그토록 거대하고 아름다운 포유류가 해변으로 밀려와 긴 시간에 걸쳐 죽음을 맞이하기도 한다는 이야기를 해준 건 L이었다. 암각화를 알려준 것도 그였다. L은 인류보다 동물에 대해서 아는 게 더 많았다.

"고래의 중추신경계가 다른 포유류와 달라서 안락사가 불가능하대."

L은 항상 동물의 특별한 죽음에 먼저 주목했다. 그것이 그들의 생존의 역사를 펼쳐 보인다고 했다. 혹등고래의 죽음은 어쩐지 신화 속 불길한 징후와 관계하는 사건 같다. 그 드넓은 몸이 머리부터 꼬리까지 죽음에 완전히 뒤덮이려면 수백 년이 걸리지 않을까. L은 내 생각이 완전히 틀린 건 아니라고 말했다.

"심장에서부터 시작된 죽음이 몸 전체로 퍼지기까지 사나흘이 걸리기도 해."

상상하고 싶지 않다. 하지만 100만 개쯤 되는 방의 불이 하나씩 고통스럽게 다 꺼질 때까지 기다리는 죽음을 이미 상상해버렸다. 고래의 육체만큼 거대한 기억을 가진 인간이라면 고래의 죽음을 이해할 수 있을까. 우리는 우리의 고통도 잘 설명하지 못하지만 우리가 누군가에게 주는 고통 역시 정확히 알지 못한다. 그 점이 늘 두렵다. 이해할 수 없는 그 고통을 어떻게 해야 할지 모르겠는 고통.

"그들이 감각하는 죽음은 우리의 그것과 다르겠지. 그럼 고통도 그럴 거야."

L이 말했을 때 어쩐지 다행이라는 생각이 들었다. 최소한의 다행이었다.

어떤 나는 바다에 속해 있다. 혹등고래가 안긴 바다에. 어떤 L도 그럴 것이다. 그래서 고래의 죽음에 대해 우리는 슬픔을 어근으로 둔 언어로 쓸 수밖에 없다. 우리의 고통은 연결될 수 있을까. 질문은 축축하고 비리다.

Thursday 7

프랑시스 퐁주는 육 개월간 틈만 나면 물컵을 응시했다고 한다.

육 년 동안 테이블에 대해 썼고, 팔 년 동안은 무화과에 대해 썼다. 십 년 정도는 풀밭에 몰두했다고 알려졌는데, 어쩐지 그를 사물의 시인이라고 호명하는 걸로는 충분하지 않다는 생각이 든다. 인간은 사물들을 우회로 삼아 세계와 자신을 잇기도 한다. 장난감가게나 선물가게 앞에서 아이의 눈빛이 달라지는 건 일찌감치 자신을 세계와 연결할 매개로서의 사물을 알아봐서인지도 모른다. 게다가 그곳의 사물들은 너무나 자극적이니까. 갖고 싶지 않아요, 라고 거짓말하면서 목소리가 떨리고 마는 그런 것들. 그러니 우회로의 시인도 추가.

퐁주가 쓴 『사물의 편』이나 『비누』는 한국어로 번역되기 전 영문본으로 몇 편 본 게 전부였지만 그 관찰 과정과 흔적에 적잖게 흥분할 만한 요소가 담겨 있었다. 1942년 한 장의 메모로 시작된 퐁주의 글을 읽고 나면 비누를 손에 쥐는 일이 아주 특별한 경험이 될 수 있다. 가령, 이런 도입부 문장은 소진의 가치와 손을 씻는 행위의 대화성을 향해 열려 있다.

비누에 대해서는 할말이 많다. 바로 그가 기진맥진할 때까지, 완전히 사라질 때까지 자신에 대해 말한 모든 것.

비누는 "자연에 존재하지 않았던 돌"이고, 자연에 새롭게 출현한 돌이다. 내가 더 좋아하는 부분은 1943년에 쓴 글에 있다. 그는 비누를 무기력한 조약돌에 비유하다가 물고기로 전치시킨다. 물고기처럼 요리조리 빠져나가려는, 얼마 남지 않은 아이보리 비누가 떠올라 당장 손에 비누를 쥐어보고 싶어진다. 그가 비누라는 사물과 맺은 관계는 집안 사물 사이에서 비누가 차지해온 위치에도 영향을 받았다. 여성이 가진 비누의 경험이 얼마나 다를 수 있을지 상상하게 되는 지점이다. 씻는 것과 씻기는 것의 차이도. 이런 부분이 신경을 잡아끈다. 예민해지지 않으면 감각할 수 없는 연결선들. 살지 않으면 보이지 않는 절단면들. 예민해지지도 살지도 못하고 있어서 우선 비누 거품만 내보고.

관계하고 이어졌다가 사라져버리는, 세상의 슬픈 선들에 비누는 헌신한다. 우선은 이렇게만 써둔다.

Thursday 8

쓸 수 없다. 그렇게 시작되는 글을 본 적이 있다. 좋아하는 소설의 첫 문장이었을 것이다. 쓸 수 없다를 맨 앞에 놓은 소설의 작가는 어느 날 수영을 하고 돌아와 죽을 것 같다고 했다. 쓸 수 없다와 죽을 것 같다 사이에 물이 있어서 좋았다. 물을 차고 나가는 힘이 있어서. 나는 쓸 게 없다. 죽을 것 같진 않다. 나는 수영도 못한다. 어제부터 어깨가 아팠다. 내 양어깨를 움켜쥐고 세차게 흔들면서 고함치던 한 사람이 불시에 돌아온 것처럼. 여긴 지옥인가.

이게 다 너 때문이야. 술에 취하면 예외 없이 그렇게 말하던 사람. 나 때문이라고 하길래, 나 때문이구나 하고 지냈다. 나 때문이라고 믿는 건 쉬운 일이었다. 지금도 그렇다. 너 때문이라고 말하기가 어려운 일이지. 내겐 그렇게나 어려운 걸 매일, 하루도 쉬지 않고 해내는 그 사람이 신기했다. 너 때문이야. 그래. 그런 것 같았다. 세상은 너무 거대하고 나쁜 일은 빠르게 증식한다. 거기에 내 탓이 조금은 있을 거다. 그러니까 어제처럼 친구와 잠시 안으며 얼굴을 맞댈 때 얘가 코로나에 걸린다면 그건 내 탓이겠다, 그런 생각을 하면 열 명의 여자가 드레스를 입고 내 머리 꼭대기에서 춤을 췄다. 내 탓임을 축하하는 왈츠다. 빰 빰빰 빰 빰빰.

그가 아직 살아 있다. 그것도 내 탓이다. 왜 죽이지 못했을까. 툭 하면 술에 취해 잠이 들었던 그 사람 곁에서 나는 말짱했고 잠을 이루지 못했고 식칼이 어디 있는지 잘 알고 있었다. 가끔은 그게 정말 그 자리에 있는지 확인하려고 부엌까지 네 다리로 기었는데. 칼이

든 서랍을 열면 냉기가 올라왔다. 끈질기게 응시하다보면 다시 온기로 바뀌었다. 육류용 식칼과 채소용 식칼이 나란히 뿜어내던 그 냉기와 온기가 지금도 기억난다. 그게 그 자리에 변함없이 있는 것도 내 탓.

잠든 그 사람은 갓난아이 같았다. 그 사람의 엄마를 불러 자궁 안으로 다시 구겨 넣어주고 싶을 만큼. 식칼도 함께 넣어주고 싶을 만큼 징그럽게 아이 같았다. 그런 생각을 하다가 침대 모서리에서 웅크리고 잠이 들곤 했다. 아이 낳는 꿈을 자주 꿨다. 꿈에서도 나는 나만 다치게 했다. 그게 내가 쥔 칼이었다. 내 탓이었다.

옛날 그 집 앞까지 걸었다. 쓸 게 없다. 희미해진다. 모두 끝났다. 사라지는 기억들의 내장을 핥고 또 핥아도.

Thursday 9

겨울바다를 보러 가자고 했다. 그러자고, 넷이서 바다를 향했다. 넷 중 최소 둘은 그러니까 나와 다른 한 사람은 이 돌연한 걸음이 마냥 비현실적으로 느껴졌을 것이다(나중에 실제로 그렇게 말했다). 어쩌다 조합된 우리 네 사람은 근래 잘 만나지 못했고 스페이스나

클럽하우스에서 장시간 다중통화방식으로 주제 없이 떠들거나 안부를 묻는 데 익숙했다. J가 운전하는 차에 타서 한동안 서로의 얼굴이 앞에 옆에 뒤에 있다는 사실이 이상했다. 목소리 이전의 얼굴. 그걸 잊었던 탓이다. 출발은 비현실감, 이상함, 얼굴이 함께였다.

휴게소도 들를 건가요?

당연하죠. 휴게소 좋아요.

Y는 첫번째 휴게소의 여주 특산품 매장에서 우리에게 찻잔과 머그를 선물했다. 자신을 위해서는 술잔을 골랐다. 찻잔은 운전하는 J의 것이었다. 나와 S는 같은 머그를 골랐다. 무언가를 담아내는 도구를 나눠 가졌다는 게 좋았다. 점심으로 초당 순두부를 먹으면서도 커피를 마시면서도 연신 좋다, 좋다 했다. 감탄사 같은 짧고 간명한 표현이 연결하는 감정이 있다. 넷은 나름 읽고 쓰는 사람인데 그뿐이었다. 좋다, 좋다. Y가 두 번인가 문어체 문장을 만들긴 했지만 모두 감탄하며 웃다가 정작 그 내용은 잊고 말았다. 어떤 다른 말들도 그랬다. 웃고 나면 끊어진 연처럼 날아가고 마는 말들 그리고 기억들. 내게는 무언가가 새롭게 기입되기보다 지저분하게 박힌 기억의 파편들을 날리거나 녹일 웃음이 간절했다. 네가 싫어! 말하지 못해서 박힌 조각들. 그건 네가 잘못한 거야. 솔직해지지 못해 가라앉은 찌꺼기들. 그들과 웃는 동안 파편과 조각과 찌꺼기들이 먼지보

다 작아지더니 겨울바다 앞에 서자 다 흩어졌다.

　모두 웃긴 사람들이었다. S는 조용하지만 문득 용감해서 타인을 웃길 줄 알았다. Y는 솔직할 필요 없는 순간에 솔직함으로써 웃겼고 J는 겁이 많아 과장과 과잉 속에 숨어 웃겼다. 그들에 비하면 나는 재미없는 사람이었다. 웃긴 사람 셋과 재미없는 사람 하나는 곧 겨울바다 앞에 섰고 사진을 찍었고 날씨가 춥지 않아 너무 좋다는 말을 열 번쯤 했다. 바다 가까운 시장에서 식혜와 어묵고로케를 사 먹었다. 팔십대 정도로 보이는 노인의 호떡집에 반해서 손은 공손히 모으고 발은 동동이었던 순간도 있었다. 가끔 누가 누군가에게 귀엽다고 하거나 멋있다고 하거나 이상하다고 말하며 웃었다. 서로 무언가를 자꾸 사주고 싶어했다. 마지막으로 들른 박물관의 옥상 테라스에서 한 줄로 쪼르르 앉아 도시에 어둠이 내리는 걸 볼 때까지 그런 마음들이 앞에 옆에 뒤에 있었다. 해가 지고 마른 풀을 태우는 냄새와 개 짖는 소리가 우리를 그리움 쪽으로 몰았다. 무엇으로든 울 수 있을 것 같은 저녁이 있다. 오래된 기억 한 장이면 충분하다. 어둠이 완전히 내렸을 때 이산離散과 대전역 가락국수와 기차 창에 달라붙은 불안이 한 줄에 꿰어졌다. 아무도 울지 않았지만 그 자리의 모두가 이야기 속 오래전 어린 여자아이의 불안을 이해했다.

　누군가를 웃게 할 수 있다는 건 그 사람의 불안을 이해하고 있다는 의미일지도 모른다. 이산의 불안은 깊이 새겨져 나는 지금도 내 배꼽 옆의 점이 흐려지지 않을까 걱정한다. 헤어지면 그걸로 널 찾을 거야. 한 번도 헤어진 적 없이 우리는 서로를 찾을 안타까움을 미리 간직했다. 관계는 안타까운 거다. 앞과 옆과 뒤에서 서로를 웃기고 먹이고 예쁜 걸 쥐여주고 이해하면서도 불안한 그것은.

날이 따뜻해서 다행이에요. 돌아가는 차 안에서 누군가 열두번째로 말했다.

Thursday 10

죽은 사람이 살아 돌아오는 이야기는 고약하다. 그런 환상이 흔드는 시간이 길면 길수록 명백한 부재가 비현실에 가까워진다. 내가 아직도 그가 세상에 없다는 걸 믿지 못하고 믿으려 하지 않는 것처럼. 사랑의 기억과 기억의 사랑이 뒤섞인다. 그가 실은 살아 있을지도 몰라, 하는 상상을 몇 번이나 했을까. 외국에서는 그 상상이 한결 수월했다. 나가 내가 아니기도 쉬웠다. 그때부터 줄곧 기착지에만 머물고 있다. 무언가 잘못되었다고 느낀 순간 나는 이미 결과로 거기 존재했다. 간혹 어떻게 살았냐고 묻는 이가 있었다.

얼마나 많은 사람들이 기착지에서 발이 묶인 채 번호표를 쥐고 있는지 들으면 놀랄 거예요.

그들과 번호표를 바꿔가면서 살았다. 오래 기다리는 이들에게 앞번호인 내 것을 줬다. 그리고 다시 번호표를 뽑아두고. 목적지로 올곧게 날아가는 이들도 드물게 있었다. 대부분은 사라진 목적지에 망연해하다가 기착지를 출발지 삼아 가방을 다시 쌌다. 이별이 어찌나 일상적인지 이빨을 닦다가도 안녕을 하고 재채기를 하다가도 손을 흔들었다. 한 번은 똥을 싸다가 작별인사를 했는데 화장실 문 안쪽에서 난 끙, 소리에 인사를 건넨 이는 내가 슬퍼한다고 착각한 채 떠났다. 배변중 슬픔이 가능한 존재를 검색했다.

눈 감을 때마다 간청해. 눈을 뜨면 당신이 거기 있어라. 살아 있어라. 제발. 그래라.

가려진 얼굴로 와서 조각난 몸으로 존재했다가 삭제된 목소리로 남는 이들의 기착지에서 가장 흔한 기도는 그런 것이었다. 기도하고 싶을 때는 검색을 해. 당신의 이름을 검색창에 넣으려다 말고. 이제 당신이 누구인지조차 모르겠다. 누구든. 누군가 살아 돌아오는 이야기가 모두 사라졌으면 좋겠다. 돌아오는 모든 것들이 상실의 징표다. 당신이 거기 있어도 안녕.

Thursday 11

붓다가 태어난 보드가야로 향하면서 나는 그가 깨달음을 얻은 보리수 아래에서 잊지 않고 고작 보리수잎 한 장을 주워오겠다고 마음먹은 게 다였다. 고작은 고작인데 그게 엄마의 소원이어서 좀 중요한 고작이 됐다. 두 달간 혼자였던 인도에서 남은 건 이제 흐릿한 열기의 기억뿐이지만 여러 고작들과 좀 중요한 고작들을 매일 겪으면서 정말 삶이 고작, 참 고작해야, 고작이구나 새겼던 것 같다. 아니, 실은 죽음이. 그래서 보리수잎이 내 손에 들어온 순간은 삶의 고작과 죽음의 고작 사이에 슬그머니 내려앉았다.

마하보디 사원 입구부터 인도 전역과 세계 각지에서 붓다의 깨달음을 좇아온 승려들이 자리를 잡고 묵상과 절을 하는 풍경이 펼쳐졌다. 풍경에 울림을 주는 목탁 소리도 간헐적으로 들려왔다. 따지고 보면 나는 모태 천주교 신자인데 언제나 절이 더 편했다. 대부분의 절이 산을 끼고 있거나 시야가 탁 트인 풍광을 덤으로 갖고 있기 때문일 거다. 원래 없었던 자리에 미안하고 송구한 있음으로 존재하겠다는, 자연을 향한 양해랄까. 내가 잠시라도 머물고 걸었던 절에는 그런 허리 숙임이 있었다. 그와는 달리 마하보디 사원은 거대한 성채였다. 이천오백여 년 전 싯다르타 붓다가 이곳에 머물렀을 때의 모습과는 많이 달라졌을 것이다. 붓다와 관련된 유적지 건물들은 대부분 파괴되었고 기단부나 터만 남은 곳이 많아 마하보디 사원에 남은 대탑은 불교 유적 중에서도 손에 꼽힌다. 그 아래에서 오체투지중인 예비 붓다들을 지나 나는 보리수와 금강좌를 향해 걸었다.

예상대로 보리수와 가까워질수록 예비 붓다 밀집도가 높았다. 명상을 방해하지 않으려고 발소리를 죽이며 걸었다. 발소리를 죽이면 자연스럽게 시선이 바닥을 향하게 되는데, 그제야 나는 바닥에 보리수잎 한 장은 고사하고 반의반 장도 없는 현실과 마주하고, 이 깨달음의 땅에서 엄마를 위해 발칙하게 도둑 데뷔하게 되나 싶었다. 일단 두 손을 공손히 모으고 보리수를 천천히 한 바퀴 돌면서 생각해보기로 했다. 한 바퀴를 돌아도 뾰족한 수가 안 나서, 두 바퀴, 세 바퀴를 돌다보니 어지럽고 금방이라도 팔을 뻗어 보리수에서 나뭇잎을 툭 뜯어내고픈 충동이 들어 나무에서 얼른 떨어져 아, 모르겠다 풀썩 주저앉았다. 어쩌다 가부좌를 틀고 있던 티벳 승려 옆에. 승려와 눈이 마주쳤다. 단단하면서 부드러운 시선이었다. 내가 웃자 그도 웃었다. 웃음이 웃음으로 돌아오는 순간이 무척 종교적으로 느껴졌다. 경전 사이에서 마술사의 제스처로 무언가를 꺼내는 승려의 손도 그랬다.

"이걸 찾나요?"

보리수잎이었다. 나처럼 입을 삐죽 내밀고 보리수 주변을 도는 중생이 한둘이 아닌 모양이었다. 나무에서 떨어지는 잎들은 그곳에서 명상과 기도와 오체투지중인 예비 붓다들이 가장 쉽게 얻을 수 있었다. 그들과 비교할 수 없을 만큼 대량 수거가 가능한 건 사원 관리원들이라고 했다. 맨발로 빗자루를 들고 다니던 사람들을 본 것도 같았다.

"그렇게 대량으로 가져가서 잎을 파는 건가요?"

"저쪽에서 그냥 태웁니다."

참 허무하고 순리적이네. 어느덧 내 손에는 그가 건넨 보리수잎이 쥐어져 있었다. 잎이 내 손바닥만했다. 잎을 손바닥 위에 올려봤다. 허공에서 떨어지는 걸 꼭 내가 그렇게 받은 것 같은 기분이 들었다. 그 기분 때문이었을까.

"아빠가 죽었어요."

갑자기 생각지도 못한 말이 툭 튀어나왔다. 그가 천천히 눈을 감았다. 말없이, 망설임 없이. 그가 아마도 기도를 하는 사이 나는 나를 이해해보려고 했다. 왜 그런 말을 한 거야 대체. 나는 모르겠고, 혼란스러웠다. '태웁니다' 때문이었나? 그 말을 듣지 않았다면 고뇌와 번민 없이 가이드북 사이에 잎을 끼워넣고, 승려의 성불을 빌며 합장을 공손히 한 후 그 자리를 가벼운 발걸음으로 떠났을지 모른다. 붓다가 깨달음을 얻은 바로 그곳, 돌연 이천오백여 년을 이어온 기운이 막 발을 당기는 것 같아서 나는 무릎을 굽혔다 폈다 하며 서 있었다. 그가 기도를 마치고 예의 단단하고 부드러운 시선으로 내게 무언가를 내밀었다. 짧은 기도문이 적힌 엽서 크기의 얇은 종이였다.

"잎은 가져가시고 그리워 고통스러운 마음은 태우고 가세요."

나는 할 수 있는 한 정성을 담아 그의 성불을 빌며 합장했다. 고개를 들며 마주친 그의 시선 때문에 단단한 부드러움 때문에 숙소로 돌아오는 길 내내 울었다. 그날 밤, 기도문을 번역해 엄마에게 보낼 편지에 옮겼다.

엄마, 이곳에는 사는 일보다 죽고 난 이후의 일을 정성껏 준비하는 사람들이 많아요. 어제도 그런 이야기를 했어요. 죽으면 몇 개의 문을 거치는지, 다시 세상에 오지 않고 오래오래 죽음을 수행하려면 어떻게 해야 하는지. 엄마, 그게 너무 위안이 되는 거예요. 그곳에서는 사는 일만이 언어를 가지잖아요. 그럼 나는 아빠를 어떻게 말해야 해요?

엄마, 그 동글동글하고 예쁜 스님이 보리수잎과 기도문을 줬어요. 나는 매일 기도해요, 나와 같은 사랑을 잃은 엄마를 위해서. 엄마도 날 위해 기도해줘요.

비록, 내 전생이 고되고, 현생이 슬프더라도 다음 세상에는 이곳에 내리지 않도록 하옵시고 내가 두른 이 헛껍질처럼 하얗게 투명한 빛이 되어 살게 하소서.

나중에 엄마는 내가 그곳에서 돌아오지 않을지도 모른다고 생각했다고 했다. 원래 예정보다 늦긴 했지만 내가 결국 무사히 돌아온 건 기도문 덕분이었다. 기도문을 외울 때마다 엄마가 떠올라서였다. 오늘 좀 심란한 하루였다는 말에 엄마가 그때 그 편지를 꺼내, 내가 괜찮다고 하는데도 기어코 그 기도문을 읽어줬다.

다음 세상에는 이곳에 내리지 않도록 하옵시고……

물리치료사는 팔의 부종을 걱정했다. 눈썹을 꿈틀이로 만들면서 "걱정이네요!" 했다. 나도 무척 걱정이 된다는 걸 전해야 할 것 같아서 눈썹을 모아봤지만 나는 눈썹마저도 유연할 수 없다는 신체 정보만 추가되었다. 그가 가르쳐준 부종을 완화하는 팔운동을 집에 와 흉내낼 때마다 그 눈썹이 떠올랐다. 세상이 내게 무언가를 가르쳐주는 방식은 대개 난폭했다. 가능한 한 나를 보호할 목적으로 잔뜩 짓눌린 몸을 더욱 작게 만들어 가르침을 받아들였던 것 같은데 물리치료사는 자, 따라하세요, 하고 쪼그라든 몸을 펴고 이완시키는 움직임을 매번 가르쳐준다. 천천히 따라하면 춤 같고 움직임을 작게 하면 아이들 율동 같고 갑자기 멍해지면서 팔다리가 정지하면 그냥 아픈 사람 같다. 그는 괜찮아요, 하고 다시 시범을 보인다.

손바닥을 다리미 열판처럼 생각하세요.

왼쪽 손바닥으로 오른쪽 손목부터 팔꿈치 방향으로 다린다. 늘어나라, 늘어나라. 그가 자기 손으로 시범을 보이며 주문처럼 중얼거린다. 깨끗한나라, 중고나라, 김밥나라, 대박나라는 많이 들어봤는데 늘어나라는 신선하다. 거기에 "쭉쭉!"까지 붙으니까 떠오르는 사람이 있다. 매일 아침 나를 깨우러 와서 기지개를 시키고 자기 손으로 내 팔을 주무르면서 "키 커라, 쭉쭉! 늘어나라, 쭉쭉!" 하던 사람. 고통은 어쩔 수 없지만 고통의 경로는 네가 바꿀 수 있다고 가르쳐 준 사람. 그가 매일 아침 팔을 주무른 보람도 없이 나는 평균도 안 되는 신장에서 성장을 멈췄고 그참에 툭 하면 쪼그라들어 목소리 없이 사는 편을 택했다는 걸 그가 알 수 없어서 다행이다.

늘어나라, 쭉쭉. 다시 찾아온 주문처럼 새삼스럽고 반가워서 손바닥 움직임보다 목소리가 더 크다. 물리치료사가 소리 내 웃었다. 기억을 거기에서 끊어놓는다. 웃음으로 끝나는 기억은 안심할 수 있다. 아픈 몸을 가장 오래 생각하므로 요즘은 안심할 수 있는 기억이 잘 없다. 웃다가 아프고 맛있는 거 먹다가 두렵고 친구와 실없이 농담을 주고받다가 슬프다. 기억이 거기에서 끊어지는 게 싫어서 무언가를 더 한다. 몇 번은 꽃을 샀다. 사샤를 오래 끌어안거나 사랑하는 사람을 웃길 수 있는 농담을 계발하기도 했다. 앞으로는 주문을 외워볼까나. 늘어나라, 쭉쭉!

Thursday 13

나는 내가 이미 떠난 줄도 모르고 자꾸 떠난다. 떠났는데 다시 떠나서 하염없이 제자리다. 무덤덤에서 덤 하나만 빼면 무덤이니까 사는 동안 나는 덤이고, 계속 덤이다. 덤으로 길을 허락해준 가을밤을 지나 도둑을 잡으러 간다. 타인의 주소지에 매복했다가 배달되는 빛과 음악과 언어를 훔쳐 달아나는 자들. 달아나며 자기 것이라고 외치는 자들. 먼저 외치고 먼저 파는 자들. 팔아서 다른 약자의 주소지를 사는 자들. 우리가 아는 바로 그자들, 감수성 도둑.

"캄캄한 밤에 종이배를 타고 강을 건너야 했어. 너무 무서워서 더듬더듬 손에 잡히는 등불을 켰는데 아차, 종이배잖아. 그 상황에서도 불을 껐어. 불이든 물이든 종이배 위에서 대체 뭘 할 수 있다고."

꿈. 꿈이 문제지 늘. 그러니까 죽이자, 하고 꿈을 살해해서 뼈를 추려 항아리에 넣어두고 주소를 적는다. 안고 걷는다. 주소가 움직인다. 이미 떠난 줄도 모르고 자꾸 떠나는 행렬을 따라간다. 맨 앞에 선 여자는 테레사를 닮았다. 다섯 보 걸은 뒤 운동화 끈을 매만지고 또 다섯 보 걷더니 그렇게 한다. 나는 여자 뒤에서 다섯 보 걷고 주소를 내려놓고 다시 다섯 보 걷고 그렇게 한다. 여자가 움직이고 내 주소도 움직인다.

"아파. 아파."

여자가 낮게 웅얼거린다. 운동화 끈을 매만지며.

"아파요. 아파요."

주소를 다시 들어올릴 때마다 나도 따라 웅얼거린다.

억울함이 국경을 여러 번 넘으면 비문들의 세계와 가장 가까운 아픔이 된다고, 테레사를 닮은 여자는 말한다.

"감수성 도둑을 잡으러 가요. 억울해서 아프면 언어도 아파요."

이미 떠난 줄도 모르고 자꾸 떠나서 우리는 제자리걸음으로 헤어진다.

Thursday 14

이름에 'ㅇ'이 네 개나 들어가는 박사님이 두 주먹을 불끈 쥐며 "공격성을 기르세요!" 하자, 그 말이 돌이나 나무처럼 무게감과 형체를 갖고 모니터 밖으로 날아왔다. 친구들의 자조적인 농담처럼 나 역시 어릴 적 금은동 중 '동쪽이' 정도 되지 않았을까. 동쪽이는 박사님이 공격성에 대해 재차 설명하는 걸 듣고 있다.

"공격성이라는 게요, 다른 게 아니에요. 바로 나한테 주어진 옛것을 허물고 나만의 새로운 삶을 창조하는 에너지 동력원인 거예요. 이해하시겠죠?"

이해를 해보고 싶었다. '나만의' '새로운 삶' '창조' '에너지 동력원'

등이 나를 둘러싸고 옥죄었다. 언어를 바꿔보자. 내가 태어나기 이전에 갖춰진 어떤 조건들, 그로 인해 최초로 얻게 되는 기억들을 허물라는 말이었다(아마도). 자꾸 과거로 돌아가 같은 자리에 앉는 나를 가만두지 말란 말이었다(아마도). 핵심은 최초의 기억, 최초의 조건들을 무너뜨리라는 그 주문에 있었다. 그 자체만으로는 매혹적이었다. 나와는 상관없이 주어진 것, 내가 어쩔 수 없이 수용할 수밖에 없는 그 최초의 서사를 바꾸는 일. 그건 결국 이야기와 관련된 비유가 아닌가.

신기하다. 최초로부터 이만큼, 한참 왔는데도 그 상처의 자리로 어떤 이질감 없이 이동한다는 것이. 그 자리와 비슷한 상황, 사람들의 친숙한 악의, 돌연한 두근거림이 갖춰지는 순간 주먹을 쥐는 것만도 힘에 부치는 그 시절의 아이가 된다. 번번이 그렇다. 이대로 끝나도 괜찮아. 잠이 들 때에야 솔직할 수 있었던 자리로. 이해하시겠죠? 하지만 동쪽이는 그 자리를 허물고 싶지 않다. 나의 불완전한 낙원은 그 자리를 뼈대로 지어졌다. 좀 거추장스럽고 불편하지만 그게 내 이야기이다. 이야기 안에 자신을 기입하려는 자가 무너뜨려야 하는 건 과거가 아니라 과거를 교정하려는 지금, 주변의 억압이다. 이해해?

"그러니까 네 말은 결국 자기 언어로 하는 이야기만이 진실이라는 거지?"

그래, 그 말을 하려던 거긴 한데…… 어떻게 내 말이 그 말이 된 건지 도통 모르겠지만 이해를 받은 것 같다. 일단 동쪽이2인 친구를 한번 안고, 생략된 무수한 말들의 이해를 시작해봐야겠다.

Thursday 15

내가 하는 말은 제일 먼저 내게 들렸다. 말이 되기도 전에 들렸다. 대답도 내게 먼저였다. 시끄러. 웃기지 마. 거짓말. 너나 잘해. 많은 사람 앞에서 발언할 때 나는 나 자신도 거기 사람들 사이 어딘가에 앉혀놓고 말한다. 다양한 자기모순 안에 똬리 튼 사람들 틈에 앉아, 가장 잘 아는 한 사람의 모순을 직시하는 내가, 언제나 부끄럽다. 그럴 때 시도하는 농담은 결과가 늘 좋지 않다. 더 부끄러워진다. 말의 뼈들이 다 부러진다. 말이 눕지도 서지도 앉지도 못하면서 그 모든 것을 하려고 애쓴다. 나를 마주보고 앉은 이들은 모를 그런 순간, 나만 감각하는 순간. 외로워서 못하겠어. 몇 년 전 어떤 강의를 그만둔 후 L에게 말했다. L은 외로운 건 싫지만 사람은 더 싫다고 대꾸했다.

"따라해봐. 머릿속으로 사람, 사람, 사람, 사람, 사람, 사람, 사람……"

"뭐야 그게?"

한 단어를 머릿속에서 얼마간 반복해 떠올리면 철퍽 녹아내리거나 스르르 휘발된다. 주로 삶과 밀착된 단어들은 녹아내리고 삶에서 뛰쳐나가는 것들은 휘발된다. 그중 사람, 사람, 사람, 사람, 사람……은 좀 이상하다. '사'는 녹아내리는데 '람'은 휘발된다. '생각을 하고 언어를 사용하며 도구를 만들어 쓰고 사회를 이루어 사는 동물'이 사람이라서 생각과 사회와 도구는 녹아내리고 언어와 동물은 휘발되는 건가. 누군가는 녹아내리는 쪽과 휘발되는 쪽 단어를 다르게 꼽을지 모른다. 가령 내게 마음은 휘발되는 것이지만 누군가에게는 녹아내리는 쪽일지도 모른다. 삶에서 뛰쳐나가는, 휘발되는 것들이 비슷하다면 서로 사랑하기로 하자. 존재보다 쓸모에 첨예해지지 않도록. L은 그동안 최선을 다했으니 힘들면 그만두라고 했다.

내가 아는 최선은 아티스트였다. 형의 이름이 '최고'랬던가. 이름대로 살고 있다고 아버지를 원망하더니 그는 갑자기 자세를 고쳐 앉으며 내 최선은 바로 진심입니다, 라고 했다. 그가 손가락 하트를 그리며 한 말이었으므로 나는 최선을 다해 웃음을 참았다. 그 밖의 최선은 잘 모르겠지만 진심에 관해서라면 조금 안다. 밤 열시, 장례식장 앞에서 친구 문상을 하고 나온 노인들의 떨리는 손. 진심은 그런 손을 잡는다. 초저녁잠 많은 노인들이 졸음 가득한 눈으로 서로를 보다 말다 하며 서 있었다. 그들 곁에 서서 어떻게 인사를 하고 집에 가야 하나 고민하고 있던 내 손도 떨렸다. 우리는 모두 모임의 리더 격인 노인을 기다리고 있었다. 이윽고 화장실에서 나온 노인이 한 손에 손수건을 꼭 쥐고 해산 명령을 내리듯 말했다.

"그만 가요. 가서, 우리는 살던 거 마저 삽시다."

첫번째 부고였다. 갑작스러운 부고를 세번째 받은 후 나는 노인 대상 글쓰기 수업을 그만두었다. 지금보다 한참 어렸고 지금처럼 겁이 많았다. 육개장이 무서웠다. 진심으로. 살던 거 마저 사는 게 쉽지 않았다. 자꾸 발밑이 의식됐다. 이 세계의 반 이상이 내 발밑에 묻혀 있다고 치면 중력은 종교였다.

중력, 중력, 중력, 중력, 중력…… 뜻밖에도 휘발된다. 너무 많은 말을 한 날이다. 내가 참 시시하다. 시시하지만 살던 거는 마저 살기로 한다.

Thursday 16

순간의 기억을 이야기로 축조하려 할 때 범하게 되는 자기기만이 있다. 지금의 나는 과거의 나를 언제나 기만한다. 아니, 오히려 반대로 말할 수도 있다. 과거의 나는 지금의 나에게는 언제나 기만적이다. 과거에 얽매인 이는 전자를, 현재가 중요한 사람은 후자를 믿고 살아간다. 나는 전자다. 글을 쓰는 나는 인터페이스. 과거로부터 이야기를 받아 시제를 바꿔 미래에 전달한다. 그런 생각을 하고 있는데 순애씨에게 문자가 왔다. 순애씨는 받침 쓰기를 귀찮아한다. 그걸 알고 있으면 맞춤법이 붕괴된 그의 문자를 읽는 데 문제가 전혀 없다.

서새니 자 지내요 보고시어

사랑스러운 순애씨. 처음 만난 게 이 년 전 지역 노인문화원 취재 때였으니까 순애 씨도 팔십대가 되었겠다. 내가 이 년 뒤면 팔십이야. 그때 순애씨가 그랬다. 그러고는 풍성한 흰머리를 앞으로 쑥 내밀며 신기하다는 듯 덧붙였다. 아직 이렇게 머리숱이 많은데! 아닌게 아니라 순애씨의 정수리 부분이 뭉게구름처럼 방실했다.

문화원에서 준비해준 작은 방에는 춘오씨와 순애씨 그리고 명희 씨 셋이 나란히 앉아 있었다. 훈육실에서 선생님 기다리는 학생들처럼 세 노인이 앞으로 손을 모으고 있어서 나는 들어서자마자 너스

레부터 떨었다.

"아니, 인터뷰 하실 분들 어디 계세요? 여긴 너무 젊으신데?"

세 사람이 드문드문 빠진 이 자리를 드러내며 웃었다. 노인들의 웃음이 얼마나 고운지 새삼스럽게 놀랐다. 접힌 부채가 펼쳐지면서 숨겨둔 그림을 드러내는 것 같은, 웃음이 지어지는 순간보다 풀어지는 순간이 더 환했다. 그런 웃음으로 시작한 대화가 지난 밤 세상을 떠난 그들의 문화원 반 친구 이야기로, 그러다가 죽음으로 화제가 펄럭펄럭 치맛자락 날리듯 하다가 춘오씨가 그랬다.

"이만큼 살면 죽는 건 안 무섭지."

그러자 순애씨가 무슨 소리 하냐고, 손으로 춘오씨 어깨를 쓱 밀며 대꾸했다.

"무섭지, 왜 안 무서워요. 오천 살을 살아봐요, 죽는 건 무섭지."

명희씨도 후다닥 대화에 끼어들었다.

"밤에는 어둡다고 코 앞 가게 심부름도 안 나가는 양반이. 죽으면 내도록 혼자 걷는 건데 어? 안 무섭기는!"

순애씨와 명희씨가 말하는 사이사이 반박의 기회를 노리며 어, 아, 그게, 하고 끼어들던 춘오씨는 결국 한마디도 못했다. 녹취를 풀다가 이 부분에서 얼마나 웃었는지. 현장에서도 세 분이 판소리를 하시네, 하며 웃었던 기억이 났다. 그날의 대화는 나이불문 죽음은 누구에게나 항상 무서운 것, 하지만 죽음보다 산 사람이 훨씬 무서우니까 괜찮다는 아름다운 결론을 남겼다. 선생님도 차라리 착한 귀신하고 놀아요. 산 사람이 귀신보다 더 무서워. 그랬던 순애씨는 가끔 나에게 문자를 보내고, 답문자 느리기로 악명이 높은 나도 순애씨 문자에는 즉시 답한다.

저도 보고 싶어요. 건강히 또 한 해 잘 보내셔야 해요.
서새니도 새해 보 마이 바아요. 아프지 마고.

오타에도 원칙과 규칙이 있는 순애씨. 소리 내 읽다보면 어쩐지 울고 싶어지는 문자의 주인, 순애씨와의 일을 쓰면서 그때의 나는 지금의 나에게 좀 덜 기만적일 수 있을까. 겨우 그러려고 쓰는 글이 아니긴 해도 과장 혹은 생략하는 바람에 거짓말이 될 수도 있는 부분을 다시 고치면서 그러길 바라고 있다. 한 문장의 무게가 팔십 년 인생의 무게 같다.

안녕하세요.

써놓고 한참 가만히 있는다. 실비아씨가 보낸 편지를 다시 꺼내 본다. 맨 윗줄에 '안녕을 위해 노력하는 사람에게'라고 써 있다. 나는 안녕하세요를 지우고 '나의 안녕을 바라는 당신에게'라고 고쳐 쓴다. 작년 가을 초입쯤 프리힐리아나의 실비아씨에게 메일로 간단히 근황을 전했다. 마음이 아파서 잠을 이루지 못했다는 그의 답장을 여러 번 읽었다. 이제 그도 칠십대가 되던가. 더 자주 안부를 묻고 전하고 되돌려줘야 했는데 그러지 못했다고 우리는 서로를 향한 메일에 참회하듯 썼다. 우리는 모두 안녕하지 못했으므로. 여행자의 발길이 끊긴 작은 섬에 실비아씨가 아주 어릴 때 봤던 작은 새들이 돌아왔다는 소식을 들은 건 작년 이맘때, 그사이 오랜 친구 둘이 세상을 떠났다고 했다. 그들을 위한 촛불을 밝히는 장소 옆에 내 이름을 적은 초도 두었다고 쓴 뒤, 그는 혹시 이런 일이 너의 문화권에서는 부정한 일이 될까 물었다. 그렇다면 꼭 알려달라고.

나의 안녕을 바라는 당신에게

꽃을 사서 돌아오는 길입니다. 어제까지는 집밖에 나오지 못했거든요. 붉고 노란 튤립을 세 송이 샀어요. 꽃잎 끝으로 갈수록 노랗게 번지는 색이 예쁘더라고요. 시들 즈음에 꽃잎을 따서 책 사이에 넣어두었다가 실비아씨가 보낸 편지봉투 안에 함께 담아두려고 해요. 고립된 몸으로 걸으면 어디든 섬이 돼요. 프리힐리아나만큼 아름답지도, 파랗게 눈부시지도 않은 섬에서 줄곧 배를 기다리고 있는데 아무래도 구조선이 올 것 같진 않아요.

내가 행복한가 혹은 불행한가. 살아 있나 실은 죽은 건가. 그런 불확실하고 애매모호한 상태를 불안하게 지나온 것에 비하면 지금은 너무 뚜렷하고 분명한 사실에 짓눌려 있어요. 너는 불행하게 살아 있어. 그 사실이 매일 나에게 당부해요. 그러니까 돌아보지 마. 대체 그것 말고 약에 취해 할 수 있는 일이 뭐가 또 있다고. 앞으로 걷지 못하면 뒤로라도 걸어야 해요. 기억이 고갈될 때까지 멈추면 안 돼요. 노인이 되면 밤새 기억을 뒤로 걷는다고 실비아씨가 그랬죠. 그래서 아침이면 무릎이 아픈 모양이라고. 그 이야기가 너무 좋아서 따로 적어뒀어요. 노인이 될 수 있다면 꼭 누군가에게 전할 거예요.

여섯 살 어린 도둑도 잘 있나요? 친구의 상점을 대신 봐주다가 초콜릿을 숨겨 달아나려는 아이의 팔목을 잡고 실비아씨가 한 말이 "그거 가지고 되겠어?"였다는 게 정말이지. 그 부분을 읽는데 갑자기 떠올랐어요. 친구 H가 육 개월째 월급을 주지 않는 출판사를 그만두면서 한 일요. 그날도 월급 이야기를 꺼냈다가 사장에게 모욕적인 말을 듣고 사장이 자리를 비운 사이에 책 열 권을 훔쳐 나왔다는 거예요. 집에 와 곧장 잠이 들었는데 깨고 보니 "이 도둑년아!"라는 문자가 와 있더라고요. 못 받은 월급이 몇십 배는 될 텐데요. 훔쳐 나온 책 중에는 『딕테』도 있었어요. H는 가져온 책들을 하나씩 책장에 꽂은 다음 답장을 했대요. "나한테 욕하지 마세요. 이 사기꾼 새끼야!"

H가 훔친 『딕테』는 지금 내 침대 머리맡에 있어요. 실비아씨가 여섯 살짜리 도둑과 공범이 된 것처럼 나도 그걸 돌려주라고 말하지 않았어요. 더 큰 도둑이 누구인지 아니까요. 그런 식으로 친구들이 악질 도둑들에게서 훔쳐온 것들을 나는 대신 보관하고 있어요. 값이 나가는 건 별로 없지만 재미있고 웃긴 게 많아서 나는 기꺼이 공범이고 싶어요. '좋은 사람은(좋은 글은)'으로 시작되는 말은 전혀 신뢰하지 않아도 '누군가에게는 좋은 사람(글)이고 싶다'로 끝나는 말은 믿고 싶어지는 것과 같아요. 실비아씨, 우리는 바람으로만, 간절한 방향으로만 진심일 수 있는 것 같아요. 나도 당신에게는 좋은 사람이고 싶어요. 언젠가 공범이 되어도 괜찮겠어요. 내가 아는, 이 세계에서 가장 따뜻하게 슬픔의 의지를 지켜온 사람. 그래서……

해가 진다. 이제 겨우. 몸이 탈선한 기차처럼 구겨진다. 통증은 아직 시작되지도 않았다. 병상과 혈액이 부족하다는 말을 오늘도 듣는다. 세상의 무언가가 부족해지면 누군가의 삶은 잔인해진다. 사랑하는 사람들마저도 서로에게 잔혹해지는 시간이 흐르고 있다. 더는 너의 시선이 나에게 닿지 않는다. 서로를 보지 않은 채 분노하거나 잔인해진다. 손을 잡고 팔짱을 끼고 어깨에 기대고 등을 맞대던 감각이 희미하다. 그래도 아이들은 자라요. 실비아씨는 썼다.

작은 새들이 돌아왔고 아이들은 포옹과 키스 없이도 자라요. 그들에게 희망을 빌려봐요.

아픈 하루 끝에도 내일의 기대가 매달린다. 답장을 마저 써야겠다. 희망을 좀 빌려와서.

Thursday 18

너무 자주 떠올리는 바람에 이제는 내가 직접 겪은 일인지, 남의 경험을 듣고 구성한 장면인지, 처음부터 끝까지 상상의 산물인지 확신할 수 없는 기억이 하나 있다. 하루에도 몇 번씩, 몇 달 동안 외우고 읊었을 "이 물건으로 말씀드릴 것 같으면"으로 시작되는 지하철 잡상인의 멘트는 그날도 이어졌는데 엄청난 대본량에도 불구하고 단 한 번의 망설임이나 실수 없이 제품 설명을 이어가던 그가 갑자기 툭, 물건을 든 팔을 떨구고 고개를 숙이고 입을 닫았다. 그를 따라 시간이, 지하철이 갑자기 멈춘 것 같았다. 불과 몇 초 동안 나는 몇 분의 정적에 휩싸인 것처럼 초조해졌다. 말하자면 생방송 사고였다. 생존 사고이기도 했다. 실려가고 실려오던 사람들이 하나둘 고개를 들어 그를 봤다.

"아, 못하겠다……"

나지막한 한마디. 그와 가까이 앉아 있던 사람들에게만 들렸을 그 말을 끝으로 그는 물건을 정리해 애초에 그럴 계획이었던 것처럼 다음 역에서 내렸다. 장사를 포기한 잡상인으로서가 아니라 훼손당하지 않으려고 결심한 자의 뒷모습으로. 나는 그가 내린 역으로부터 세 개 역을 더 가야 했고, 역들을 지나는 내내 얼떨떨하다가 약속이 있던 역에 내린 다음에야 울음이 터졌다. 그 갑작스러운 파열을 지금도 설명할 수 없다. 그 순간을 떠올리면 똑같이 울고 싶어진다. '아, 못하겠다……' 다음을 채우는 것들. 멈춤이고 하차이고 쉼이고 영영 그러지 못해서 치닫는 슬픔이다. 궤도 밖에도 삶이 있으므로 우리는 계속 고통받겠지만 "아, 못하겠다……" 하고 일단은 밖으로 탈주하는 상상. 트랙에서 병실에서 이 행성과 몸에서.

그 장면에서 놓여날 수 없는 날에는 온갖 매뉴얼을 신중하게 읽는다. 커피 드립백에 적힌 안내문까지. 제목도 있다. '더 맛있는 커피를 위한 안내문'. 잔을 데워주세요. 물 온도는 90에서 92도가 적당합니다. 사용설명서는 설명해주고 안내문은 안내해준다. 처음부터 끝까지, 끝에서 다시 처음까지 읽으면서 이 정도는 할 수 있으니까, 한다.

안내문을 따라 잔을 데웠다. 온기의 믿음이 유지되었다. 아직 나는 내리지 않았다.

짐승은 운다. 배고파서 운다. 위협하고 경고하려고 운다. 기뻐서 울고 공포심에 울고 구애하느라 운다. 제 목소리를 들어보려고 운다. 나 여기 있다고 너는 어디에 있냐고 운다. 우는 법을 잊은 짐승이 인간이 된다. 인간이 되고 만다.

너의 울음이 내 울음을 구했던
그 미래의 기억이 다시 시작될 참이다.
같은 운명을 마련한 짐승'들'의 기억
할퀴고 물고 밀고 굴리기도 하는 사랑

그게 전부다.

2022년 여름 – 가을

김지승

짐승일기

ⓒ 김지승 2022

초판 1쇄 발행 2022년 9월 6일
초판 3쇄 발행 2023년 9월 18일

지은이 김지승
펴낸이 김민정
책임편집 유성원
편집 김동휘 권현승
디자인 한혜진
저작권 박지영 형소진 최은진 서연주 오서영
마케팅 정민호 박치우 한민아 이민경 박진희 정경주 정유선 김수인
브랜딩 함유지 함근아 박민재 김희숙 고보미 정승민 배진성
제작 강신은 김동욱 이순호
제작처 더블비(인쇄) 신안문화사(제본)

펴낸곳 (주)난다
출판등록 2016년 8월 25일 제406-2016-000108호
주소 10881 경기도 파주시 회동길 210
전자우편 nandatoogo@gmail.com **페이스북** @nandaisart **인스타그램** @nandaisart
문의전화 031-955-8865(편집) 031-955-2696(마케팅) 031-955-8855(팩스)

ISBN 979-11-91859-31-7 03810